FOLIO POLICIER

James Hadley Chase

Il fait ce qu'il peut

Traduit de l'anglais
par Michèle Vian

Gallimard

Titre original :

WHY PICK ON ME ?

James Hadley Chase est le pseudonyme le plus connu du Britannique René Brabazon Raymond, né à Londres le 24 décembre 1906. Courtier en librairie à l'âge de dix-huit ans, consciencieux et ayant l'habitude de lire les ouvrages qu'il vendait, il note l'engouement du public anglais pour les récits de gangsters américains et s'intéresse aux œuvres de Steinbeck, Hemingway ainsi qu'à la nouvelle esthétique américaine *hard-boiled* (durs à cuire) illustrée par les ouvrages de Dashiell Hammett. Son premier roman, *Pas d'orchidées pour Miss Blandish*, paru en 1939 et écrit, dit la légende, en six week-ends à l'aide d'un dictionnaire d'argot américain, est très vite un best-seller. Ce titre, enrichi d'une suite en 1948, *La chair de l'orchidée*, deviendra l'un des fleurons de la Série Noire imaginée par Marcel Duhamel en 1945. Près de quatre-vingt-dix romans et un recueil de nouvelles suivront, dont *Eva*, un autre grand classique destiné à marquer l'histoire du genre. James Hadley Chase est mort le 5 février 1985. Une quarantaine de films ont été adaptés de son œuvre caractérisée par le pessimisme de son univers, la qualité de ses intrigues et le refus du récit psychologique classique au profit d'une narration plus visuelle, privilégiant l'action comme étant encore le meilleur moyen de connaître l'âme de ses personnages.

CHAPITRE PREMIER

I

Sans se soucier des voix qui baissaient soudain d'un ton, des têtes qui se retournaient, du mouvement furtif d'un pouce qui le désignait, Corridon s'avança nonchalamment à travers le brouillard de fumée qui emplissait la salle, agressivement décorée de jaune et de rouge.

À Soho, il avait l'habitude d'être le centre des regards et l'objet des murmures. Ce gars-là traînait sa réputation comme un lépreux sa clochette.

Il savait qu'on l'avait à l'œil; il savait qu'on enviait ses biceps et sa parfaite indifférence au danger. Aujourd'hui encore, après six ans, on parlait de sa conduite pendant la guerre. On disait qu'un type capable de faire ce qu'il avait fait était capable de n'importe quoi.

Il tenait à sa réputation; elle lui était utile comme le sont leurs études à un docteur, un avocat ou un ingénieur; c'était son job à lui. Chaque fois qu'il se présentait un business pas très catholique, c'est à lui qu'on l'offrait. Ceux qui n'avaient pas le courage de risquer leur propre peau le payaient pour le faire à leur place. Ses prix étaient invariables : « La moitié tout de suite et le reste une fois le boulot terminé. » La plupart du temps, il prenait la moitié de la somme convenue et refusait ensuite de faire le travail. « Vous pouvez toujours me faire un procès », suggérait-il avec un sourire. Mais on ne lui faisait pas de procès. Ce n'était pas le genre de choses qu'on discute devant un juge.

Incroyable, le temps que ç'avait duré, ce racket. Personne n'aime se vanter d'avoir été faisandé, et Corridon comptait là-dessus. Ceux qu'il roulait la bouclaient. Corridon continuait à prêter l'oreille aux diverses propositions, posait ses conditions, acceptait le premier versement pour ensuite se défiler. Depuis cinq ans, il vivait dans un monde de faussaires, de fripouilles, d'escrocs et de voleurs. Il se considérait cyniquement comme un parasite de classe vivant aux dépens d'une horde de parasites de troisième zone. Ils étaient libres d'agir seuls, mais leur frousse, leur rapacité et leur épaisse bêtise les obligeaient à lui demander de l'aide. Une fois entre ses mains, il les tenait.

Mais ça ne pouvait pas durer indéfiniment. Corridon le savait. Tôt ou tard, ça finirait par se savoir. Tôt ou tard, deux ou trois de ces types se feraient des confidences et se rendraient compte de l'envergure de la combine. Ils découvriraient qu'ils n'étaient pas les seuls, que Solly, et Lew, et Petey, et un tas d'autres avaient eux aussi été tondus.

Alors les langues se délieraient et on lui claquerait la porte au nez, et il faudrait qu'il invente un nouveau moyen de gagner du pognon.

En fait, les langues commençaient déjà à marcher. Depuis déjà un mois, personne n'était venu le trouver ; les jours passaient et la liasse de billets qu'il portait sur lui s'amincissait. Quinze livres en poche, cette nuit : jamais il n'avait eu si peu d'argent depuis qu'il avait quitté l'armée.

Ça ne le gênait pas. Rien ne gênait Corridon. Fataliste, il préférait se fier à la chance plutôt que de se faire du souci.

Ce soir-là, par pure lassitude, il était venu à l'Amethyst Club, une des boîtes de nuit les plus louches de Soho, dans l'espoir qu'il arriverait quelque chose.

Le patron de l'Amethyst Club, c'était Zani. Impeccable dans son smoking bleu nuit, les traits sombres, négroïdes, figés en un masque pesant, il se tenait derrière le bar en forme d'S, tambourinant silencieusement de ses gros doigts épais sur le comptoir poli.

Il vit Corridon s'asseoir dans un coin discret, et les rides de son front s'accentuèrent. Il ne voulait pas de ce gars-là dans sa taule. Il avait entendu dire que le type était à sec, et Zani avait horreur d'être tapé. D'autre part, il savait qu'il serait peu prudent de refuser. Quand on lui refusait de l'argent, Corridon avait des réactions désagréables. Généreux pour sa part, prêtant avec insouciance à qui lui demandait, jamais pressé pour le remboursement, il exigeait la même attitude des autres. Il n'avait jamais tapé Zani, mais celui-ci n'en appréhendait pas moins une éventualité qu'il croyait proche.

Corridon repoussa son chapeau sur la nuque et examina la pièce rouge et jaune. Il y avait une trentaine de personnes, hommes et femmes, dans le club ; les uns sur les tabourets du bar, d'autres aux tables à dessus de verre, disséminées dans la salle, d'autres debout devant l'entrée ; tout ça buvait, fumait, et bavardait.

Corridon assis, ils ne firent plus attention à lui et il eut un sourire sarcastique en se rappelant les soirs où on se pressait autour de lui, où on se disputait l'honneur de lui payer un verre.

Il s'en fichait éperdument, qu'on l'ignorât. Ça l'amusait, même. Mais il se sentait brûlé dans le coin. Fallait se préoccuper d'un nouveau terrain de chasse. Pas question de faire un effort, ce n'était pas son genre, mais il lui faudrait changer de quartier, se répandre dans une région encore inexploitée, chercher de nouvelles poires et leur balancer sa réputation sous le nez, comme un pêcheur le ver au bout de son hameçon.

Mais où ? Pensivement il frotta sa lourde mâchoire. Hammersmith ? Il fit une grimace. Aller à Hammersmith, c'était dégringoler d'un degré ou deux. Birmingham ou Manchester ? Peut-être pas si idiot ! Il y avait bien dans le Nord des tas de racketeers, prêts à se faire pigeonner, mais, tant qu'à changer de secteur, pourquoi ne pas aller quelque part où il se trouverait bien ? Il savait que jamais il ne se plairait dans la crasse humide de Manchester.

Paris alors ?

Il alluma une cigarette et fit signe au garçon.

Oui, Paris. Six ans qu'il n'y était pas retourné. Après Londres, c'est Paris qu'il préférait à toutes les capitales du monde. Il y était comme chez lui. Il savait se débrouiller et qui toucher là-bas.

Mais il fallait d'abord trouver de l'argent. Inutile de partir pour la France sans un rond. Avant d'espérer ferrer une bonne prise, il faudrait vivre pendant quelques semaines. Et en jeter plein la vue, encore. Plus la façade est imposante, plus la poire est belle. Au minimum, il fallait trouver deux cents livres.

Le garçon attendait toujours.

— Un double whisky à l'eau, dit Corridon.

Puis, voyant Lawes s'avancer vers lui parmi les tables, il rectifia :

— Amenez-en deux.

Milly, une blonde, fragile et jolie, avait vingt-six ans. Son regard bleu porcelaine était vide, sa grande bouche peinte figée dans un perpétuel sourire. Elle avait quelque part une mioche, mais pas de mari, et faisait le trottoir pour gagner sa vie. Corridon la fréquentait par intermittence depuis deux ans. Il approuvait son amour pour sa fille, trouvait des excuses pour son business et allait jusqu'à lui prêter de l'argent quand elle était fauchée.

— Salut, Martin, dit-elle en s'arrêtant à sa table. Occupé ?

Il leva les yeux vers elle et secoua la tête.

— Tu as un verre qui s'amène, dit-il. Tu t'assieds ?

Elle jeta un coup d'œil derrière elle, consciente des regards.

— Ça ne t'ennuie pas, chéri ?

— J'ai horreur qu'on m'appelle chéri, dit Corridon. Assieds-toi, je te dis. Pourquoi ça m'ennuierait ?

Elle posa son sac et son parapluie sous sa chaise. Elle portait un tailleur de flanelle grise qui mettait sa silhouette en valeur. Corridon se dit qu'elle était assez correcte pour le Ritz, cette fille.

— Et comment va le travail, Milly ?

Elle fit la moue, puis se mit à rire.

— Pas tellement mal. C'est pas comme avant, bien sûr. J'ai plus mes Américains.

Le garçon posa les verres sur la table et Corridon régla. Milly, à qui rien n'échappait, haussa les sourcils en constatant la minceur de la liasse.

— Et toi, Martin ?

Il haussa les épaules.

— Comme ci, comme ça. Comment va Susie ?

Le visage de Milly s'éclaira :

— Oh ! tout à fait bien. Je vais la voir dimanche. Elle commence à parler.

Corridon grogna.

— Maintenant qu'elle a commencé, on ne pourra plus l'arrêter, dit-il. Fais-lui mes amitiés.

Il chercha dans sa poche, sépara un billet du reste, le froissa en boule et le lui lança sur les genoux.

— Achète-lui quelque chose. Les gosses, ça aime les cadeaux.

— Mais tu en as besoin, Martin. J'ai entendu dire…

— T'occupe pas de ce qu'on raconte, Milly.

Ses yeux gris s'étaient durcis.

— Fais ce qu'on te dit et boucle-la. Compris ?

— Oui, chéri.

Tout au fond, un petit homme maigre, vêtu d'une chemise à carreaux rouges et blancs et d'un pantalon de flanelle avec des poches aux genoux, s'était mis au piano. C'était Max. Il était là depuis l'ouverture du club. Le bruit courait qu'il était atteint de tuberculose, de cancer ou d'une tumeur incurable, ce qu'il n'avait jamais nié ni confirmé. Tout ce qu'on savait, c'est qu'il n'avait pas été mobilisé pendant la guerre et était resté à son piano, jouant pendant des heures, nuit après nuit, sans arrêt, expliquant qu'il faisait ainsi pénitence pour son inutilité.

Milly se mit à fredonner l'air, en marquant de ses hauts talons le rythme régulier et lancinant.

— C'est pas un merveilleux musicien ? Oh ! moi, je voudrais être capable de faire quelque chose vraiment bien. Dis, tu te rends compte ? Jouer de la musique comme ça ?

Corridon sourit :

— Tu as d'autres talents, ma gosse. Max changerait sûrement avec toi, même pour la moitié de ce que tu gagnes.

La fille fit la moue.

— Faut que je te montre quelque chose, Martin. Attention qu'on ne le voie pas.

Elle prit son sac, l'ouvrit, fouilla à l'intérieur et lui mit quelque chose dans la main.

— Tu sais ce que c'est, toi ?

À l'abri de la table, Corridon examina l'objet. C'était un morceau de caillou blanc, en forme d'anneau et dont le dessus était plat. Il fronça les sourcils en le retournant dans sa main. Puis il releva les yeux et lança un regard perçant à Milly.

— Où t'as trouvé ça ?

— Oh ! je... je l'ai ramassé.

— Où ?

— Qu'est-ce qu'il y a, Martin ? Sois pas si mystérieux.

— Je ne peux pas dire exactement. C'est du jade, et j'ai bien l'impression que c'est un protège-pouce d'archer.

— Un quoi ?

— C'est les Chinois qui fabriquaient ça. C'est peut-être une imitation. J'en sais rien, mais si c'est vrai, ça vaut gros.

— Combien ?

Le visage de Milly était tendu.

— Aucune idée. Une centaine de livres, peut-être. Je ne sais pas. Peut-être plus.

— Tu veux dire que les archers portaient des bagues comme ça ?

— Oui. Ils s'en servaient pour tirer la corde de leur arc. Si ce n'est pas une imitation, ça doit dater de deux cents ans avant Jésus-Christ.

Le visage de Milly était l'image de la perplexité.

— Avant Jésus-Christ ?

Corridon lui sourit.

— T'excite pas. C'est probablement du toc. Où l'as-tu trouvé ?

— C'est un des messieurs que j'fréquente qu'a

dû le laisser tomber, répondit prudemment Milly. Je l'ai ramassé sous la commode.

— Vaut mieux porter ça aux flics, dit Corridon. Si c'est d'origine, il va le faire rechercher. J'ai pas envie que tu te fasses coffrer.

— Mais il ne sait pas que c'est moi qui l'ai, gémit la fille.

— Il le saura vite, si tu essaies de le bazarder.

Milly tendit la main et Corridon lui repassa l'anneau sous la table.

— Tu crois qu'il va offrir une récompense ?

— Possible.

Elle réfléchit un moment et secoua la tête :

— Je peux courir ! Si ça vaut quoi que ce soit, tu penses comme tes flics vont me donner la prime ! Je les connais. Ils diront qu'ils l'ont trouvé tout seuls, les vaches !

C'était aussi l'avis de Corridon, mais il se garda bien de le dire.

— Vaut mieux t'en débarrasser, Milly. On pourrait très facilement retrouver sa trace.

— Tu voudrais pas l'acheter, toi, Martin ? Je te la laisserai pour… pour cinquante.

Corridon se mit à rire.

— Ça n'en vaut probablement pas plus de cinq. Non, merci, Milly, c'est pas ma partie. Je saurais pas à qui la refiler. Si elle est vraie, c'est trop dangereux. Si c'est du toc, ça ne vaut pas la peine de se casser la tête.

Milly remit la bague dans son sac avec un soupir déçu.

— Tant pis. J'en ferai bien quelque chose. Tu crois que Zani m'en donnerait du fric ?

— Sûrement pas. Y a même des chances pour qu'il te donne, toi.

— Je savais pas que c'était du jade. Je savais même pas qu'il y avait du jade blanc. Je pensais que c'était jaune.

— Tu confonds avec l'ambre, dit patiemment Corridon.

— Tu crois ? fit Milly, un peu perdue. Oh !... je suppose que tu dois avoir raison. Je ne sais pas comment tu peux connaître tous ces trucs. Mais j'étais sûre que tu pourrais me dire ce que c'est.

— Tu devrais aller de temps en temps faire un tour au British Museum, dit Corridon avec son sourire ironique, t'en saurais autant que moi.

— Oh ! là, là ! j'y crèverais d'ennui !

Elle reprit son parapluie.

— Non mais, tu me vois, au British Museum ! Allez, faut que je calte. Merci pour le cadeau à Susie. Je vais lui acheter un Mickey.

— Bonne idée.

Corridon écrasa son mégot.

— Et n'oublie pas de te débarrasser de ce truc. Donne-le au premier flic que tu vois et dis-lui que tu l'as trouvé.

Milly pouffa :

— J'ai rudement envie de le faire. Rien que pour voir la tête qu'il fera. Au revoir, Martin.

— Au revoir.

Un peu plus tard, Corridon quitta l'Amethyst Club, au grand soulagement de Zani, tout étonné qu'il n'ait pas essayé de le taper. En fait, l'idée n'avait même pas effleuré Corridon. Il se dirigea lentement vers l'appartement qu'il habitait dans Grosvenor Mews, avec garage au sous-sol.

Chemin faisant, il aperçut Milly au coin de Picadilly et d'Albemarle Street. Elle était en conversation avec un homme de petite taille, vêtu et coiffé de sombre. Corridon lui lança un coup d'œil en passant, mais elle était trop occupée pour le voir. Elle prit l'homme par le bras et ils suivirent Albemarle Street, où elle avait un appartement au deuxième.

Corridon n'avait accordé au type qu'un coup d'œil bref et indifférent. Pour l'instant, il réfléchissait à l'avenir. D'ordinaire, il était extrêmement observateur. En concentrant un peu son attention, il aurait été capable de conserver dans sa mémoire une image précise de l'homme. Mais il se trouvait occupé à résoudre son problème personnel, et l'homme resta pour lui une silhouette obscure et sans visage.

II

Il y avait un an que Corridon occupait un trois-pièces au-dessus d'un garage, derrière l'hôpital Saint-Georges. Une femme venait chaque jour faire le ménage et Corridon prenait ses repas dehors. Il ne se servait pour ainsi dire jamais du petit studio, misérablement meublé, humide, sombre et bruyant.

La chambre, tout aussi humide et sombre, prenait jour sur un grand mur qui arrêtait la lumière et ruisselait par temps de pluie. Mais Corridon s'en fichait comme de sa première liquette. Il ne tenait pas à se créer un foyer. Il possédait peu de vêtements, pas d'objets de valeur, et pouvait abandonner l'appartement à la minute, sans regrets et sans envie d'y revenir.

Pour y dormir, c'était suffisant et puis, cela comportait beaucoup d'avantages. C'était proche du West End. Il y avait des barreaux à chaque fenêtre et la porte d'entrée était solide. Au-dessus des autres remises, il y avait des bureaux commerciaux qui se vidaient à six heures tous les soirs, et Corridon restait le seul être vivant dans les vastes locaux qui servaient autrefois d'écuries.

Le lendemain matin, il se réveilla à huit heures. Les sourcils froncés, les yeux au plafond, il aborda immédiatement le problème : trouver suffisamment d'argent pour quitter l'Angleterre.

Il y pensait encore et rejetait la plupart des solutions, tout en achevant de se raser et en commençant à s'habiller. Deux cents livres ! Six mois plus tôt, ç'aurait été facile. En ce moment, c'était une impossibilité.

Comme il nouait sa cravate, le marteau de la porte retentit violemment. Il descendit l'escalier raide qui menait directement à l'unique entrée de l'appartement et ouvrit, s'attendant à voir le facteur. Au lieu de cela, il se trouva nez à nez avec le visage épanoui de l'inspecteur Rawlins.

— Bonjour ! fit Rawlins. Juste le pote que je voulais voir.

Rawlins était un gros père rougeaud qui avait

dépassé la quarantaine. Il s'arrangeait toujours pour avoir l'air de revenir à l'instant de quinze jours de vacances à la mer, et, même après une soixantaine d'heures de boulot ininterrompu, il paraissait suer d'énergie, de bonne santé, et montrait une jovialité plutôt accablante. Corridon savait que c'était un policier courageux, bûcheur, consciencieux, scrupuleusement loyal et malin. Un type qui cachait un esprit vif derrière un sourire rayonnant de curé de campagne.

— Oh ! c'est vous, dit Corridon en se renfrognant. Qu'est-ce que vous voulez ?

— Déjà déjeuné ? demanda Rawlins. Je vais prendre une tasse de thé avec vous, si vous n'avez pas commencé.

— Entrez donc, dit Corridon. J'ai pas de thé ; ça sera une tasse de café, et si vous n'aimez pas ça, vous pouvez toujours aller voir ailleurs.

Rawlins le suivit le long de l'escalier raide et pénétra dans la pénombre du petit studio. Pendant que Corridon ajoutait une tasse, une soucoupe et une autre assiette au couvert déjà mis, Rawlins arpentait la pièce, sifflotant doucement, inspectant tout de son regard aigu.

— Peux pas comprendre pourquoi vous créchez dans un taudis pareil, dit-il. Pourquoi vous ne cherchez pas quelque chose de plus confortable ?

— Moi, tel que c'est, ça me botte, répondit Corridon en versant le café. Je ne suis pas du genre pantouflard. Comment va madame ?

— Très bien, grogna Rawlins en avalant une gorgée de café. Je suppose qu'en ce moment elle se demande où je suis passé. C'est pas une vie d'être femme de flic. Quoique maintenant elle y soit habituée.

— Drôlement commode si vous avez envie de passer la nuit avec une mignonne, remarqua Corridon en allumant une cigarette et en se laissant tomber sur le canapé.

Il tournait son café en regardant Rawlins d'un air méditatif. Rawlins n'était pas venu pour une visite de politesse. Corridon le savait. Et il était curieux de savoir pourquoi le gars s'amenait à une heure pareille.

— J'ai passé l'âge des vadrouilles, dit Rawlins avec une pointe de regret. Et vous, où étiez-vous, la nuit dernière, mon petit vieux ?

Corridon secoua la cendre de sa cigarette sur le tapis et l'effaça doucement de la pointe de son soulier.

— Rawlins, un de ces jours vous allez y mettre des formes et je vais mourir de saisissement. Qu'est-ce qui est encore arrivé ?

Rawlins lui fit un grand sourire.

— Faut jamais se presser de conclure, mon petit vieux. C'est une de vos faiblesses. Je vous aime bien, Corridon. Oui, je vous aime bien. Un rien trop astucieux, la patte un peu croche, un petit peu fripouille et ainsi de suite, mais dans l'ensemble…

— Oh ! ça va, ça va, dit sèchement Corridon. Je ne suis pas d'humeur à apprécier vos plaisanteries d'éléphant. Qu'est-ce qui vous arrive ?

— Vous n'auriez pas bavardé avec Milly Lawes, hier soir ? demanda brutalement Rawlins tandis que ses petits yeux vifs scrutaient le visage de Corridon.

« Bon sang ! se fit Corridon. Elle s'est fait pincer à cause de la bague. Cette nom de Dieu de gourde ! »

— Si ! Je lui ai offert un verre. Et alors ?

— Vous l'avez ramenée chez elle ?

— Non mais, vous vous foutez de moi ? dit sèchement Corridon, et ses traits colorés se durcirent. Est-ce que j'ai une tête à ramener chez elle… comme vous dites, une môme comme Milly ?

— Vous fâchez pas. Vous auriez pu la reconduire sans monter, pas vrai ?

— Eh bien ! je l'ai pas ramenée chez elle, un point c'est tout. Pourquoi cet intérêt soudain pour Milly ?

Rawlins avala son café à petites gorgées, son visage rouge brusquement sérieux.

— Vous êtes copain avec elle, n'est-ce pas ?

— Oui. Elle a des emmerdements ?

Rawlins hocha la tête.

— Plus maintenant.

Il y eut un long silence, tandis que Corridon fixait sur lui des yeux écarquillés.

— Qu'est-ce que ça veut dire ?

— Elle est morte, mon vieux.

Corridon reposa la tasse dans la soucoupe et se leva. Un petit frisson courut le long de son échine.

— Morte ? Qu'est-ce qui s'est passé ?

Rawlins fit une grimace :

— Elle a été assassinée la nuit dernière, vers les onze heures et demie.

— Je vois.

Les mains enfoncées dans les poches de son pantalon, Corridon se mit à arpenter lentement la pièce. Quelle secousse ! Milly faisait partie de son décor. La gosse allait lui manquer, sûr.

— Nous n'avons guère d'indices, reprit Rawlins. On n'en a jamais dans ce genre d'affaire. Je me demandais si vous saviez quelque chose. Elle vous a dit si elle avait rendez-vous ?

— Elle est sortie de l'Amethyst Club à onze heures. Je suis parti dix minutes plus tard. Je l'ai vue en conversation avec un type, au coin de Piccadilly et d'Albemarle Street. Ils sont partis ensemble vers chez elle.

— Ça nous met aux environs de quoi ? Onze heures vingt ?

Corridon approuva de la tête.

— Ne me demandez pas de vous faire son portrait. Je l'ai à peine regardé. Et je le regrette maintenant, bon Dieu ! Tout ce que je peux vous dire, c'est qu'il était mince et portait un manteau et un chapeau foncés : un chapeau mou, à bord rabattu.

— Dommage, fit Rawlins en se frottant pensivement la mâchoire. En général, vous vous y entendez un peu à photographier les types. Tant pis, on n'y peut rien.

Corridon écrasa sa cigarette, en alluma une autre. Le front soucieux, il regardait par la fenêtre. Ses pensées se portaient sur la fille de Milly. Il faudrait qu'il s'occupe de la petite. Il se doutait bien que Milly n'avait pas mis un sou de côté. Ça rendait son besoin d'argent, à lui, encore plus pressant.

— Une mort plutôt dégueulasse, dit tranquillement Rawlins. Probablement un cinglé. Ces filles-là, ça attire les coups durs.

Corridon se détourna pour le regarder.

— Comment ça s'est passé, au juste ?

— Égorgée et éventrée. Le type a dû piquer une crise. Il va falloir surveiller les autres filles, maintenant. Ces crimes de sadique, sans mobiles, c'est le diable à dépister.

— Vous êtes sûr que c'est sans mobiles ?

— Meurtre classique. C'est pas la première fois qu'un sadique assassine une putain.

Rawlins eut un reniflement de dégoût.

— Et ça ne sera pas la dernière.

Il lui lança un regard pénétrant.

— Vous en voyez un, de mobile ?

— On n'a rien volé ? demanda Corridon. Son sac était là ?

— Oui. Apparemment, il ne manque rien. Qu'est-ce que vous avez derrière la tête ?

— Ça n'est peut-être rien, dit Corridon. Mais, hier soir, elle m'a montré une bague de jade qu'elle avait trouvée dans sa chambre. Elle m'a dit qu'un de ses clients avait dû la laisser tomber. Elle voulait savoir si ça avait de la valeur.

— Une bague de jade ? (Rawlins fixait sur Corridon un regard soudain éveillé.) Quel genre ?

Ce fut au tour de Corridon de regarder Rawlins.

— Une copie de protège-pouce d'archer, en jade blanc. Du moins, je suppose qu'il s'agissait d'une copie. Du vrai, ça vaudrait drôlement cher.

Ces trucs-là se fabriquaient aux environs de l'an 200 avant Jésus-Christ.

— Tiens ? (Rawlins se leva.) Et alors... elle vous l'a montrée, cette bague ?

— Tout juste. Mais qu'est-ce qui vous prend ? Vous faites la tête de quelqu'un à qui on a vendu des pois qui ne voulaient pas cuire.

— Ah ! oui ?

Rawlins écrasa sa cigarette.

— Qu'est-ce que vous diriez de faire un saut jusque chez Milly pour m'aider à chercher ce truc ?

— Si vous y tenez. Mais qu'est-ce qui vous arrive ?

— Rien du tout. Allons-y. Ça nous prendra cinq minutes. J'ai une voiture de police dehors.

En descendant l'escalier, Rawlins constata :

— La vie est pleine de coïncidences bizarres, pas vrai ?

— C'est possible, répondit Corridon. Mais pourquoi spécialement ce coup-ci ?

— Une idée comme ça, dit Rawlins, l'œil assombri.

Ils grimpèrent dans la voiture de patrouille, et, tout en filant à travers le parc, Rawlins reprit :

— Elle voulait la vendre, cette bague ?

— Si elle avait pu trouver un acheteur, je pense qu'elle l'aurait fait. Je lui ai conseillé de la remettre à un flic. Vu que c'était trop facile à retrouver pour qu'elle aille faire des blagues avec. Alors elle a dit qu'elle allait refiler le machin au premier poulet qu'elle rencontrerait. Peut-être qu'elle l'a fait ?

— Je l'espère, dit Rawlins.

À cette heure-là, il n'y avait guère de circulation et il leur fallut quelques minutes seulement pour se rendre à Albemarle Street.

— On a dû enlever le corps, dit Rawlins, qui grimpait l'escalier en soufflant, mais c'est pas joli joli, là-haut.

— Si vous pouvez tenir le coup, je pense en être capable, moi aussi, dit Corridon, sarcastique.

— C'est vrai. J'oubliais que les horreurs, ça vous connaît.

Un agent salua d'un geste vif quand ils atteignirent le palier.

— Yates est toujours là ? s'enquit Rawlins.

— Oui, monsieur.

— Entrez donc, dit Rawlins à Corridon. Vous êtes déjà venu, je pense ?

— Je ne suis jamais monté, répliqua Corridon en suivant le large dos de l'inspecteur le long du couloir.

Rawlins tourna une poignée, poussa la porte et pénétra dans une chambre spacieuse où le sergent John Yates, assisté de deux autres inspecteurs en civil, armés de vaporisateurs, déposaient de la plombagine sur la porte de la salle de bains et les appuis de fenêtre.

Le lit était tout au fond de la pièce. Corridon entra, les mains dans les poches, le visage dur et figé. Le lit, le mur et le tapis étaient éclaboussés de sang. De ce côté, la pièce ressemblait à un abattoir. Juste au-dessus de la tête du lit, on voyait une série d'empreintes de mains sanglantes.

— Celles de Milly, dit Rawlins, impitoyable. Il

a commencé par lui couper la gorge pour qu'elle ne crie pas.

— Épargnez-moi les détails. Ça ne m'intéresse pas, dit brutalement Corridon.

Rawlins se dirigea vers une commode. Dessus, il y avait le sac de Milly. Il l'ouvrit et le vida par terre.

Corridon et lui se penchèrent sur les restes pathétiques : un rouge à joues, un porte-cigarettes, un portefeuille contenant six billets de cinq livres, un mouchoir sale, quelques cartes de visite retenues par un élastique.

Rawlins farfouilla à l'intérieur du sac et le laissa choir.

— Ça n'y est pas. Dites donc, Yates ?

Petit, large d'épaules, avec des cheveux gris fer et des yeux bleus fouineurs, Yates s'avança. Il lança à Corridon un regard indifférent et accorda toute son attention à Rawlins.

— Avez-vous repéré une bague en pierre blanche, dans les environs ? demanda Rawlins. Probablement du jade.

— Non. On a tout retourné, mais on n'a rien vu qui ressemble à ça.

— Recommencez, c'est important. Passez tout au peigne fin, faites-moi du boulot sérieux. Mais je ne crois pas que vous la trouviez. Du moins, ça m'étonnerait beaucoup.

Comme Yates s'éloignait pour commencer ses recherches, Rawlins ouvrit la porte de la salle de bains et fit signe à Corridon de le suivre.

La salle de bains était toute petite et les deux hommes avaient juste la place de bouger. Rawlins ferma la porte, se coula jusqu'au w.-c., baissa le couvercle et s'assit sur le siège.

— Asseyez-vous sur la baignoire. J'ai à vous parler.

— Pourquoi ne pas parler dehors ? dit Corridon en s'asseyant. Vous tenez à jouer les mystérieux ?

— Tout juste ! fit Rawlins, épanoui. C'est quelque chose que je n'ai pas envie de crier sur les toits. Vous avez vu le colonel Ritchie, dernièrement ?

Corridon n'essaya pas de dissimuler sa surprise. Il fixa sur Rawlins un œil rond.

— Qu'est-ce qu'il vient faire là-dedans ?

— Laissez-vous faire, supplia Rawlins. Vous savez bien que j'ai mes manies. Répondez seulement à mes questions. Vous serez bientôt dans le coup, je vous le promets.

Corridon sortit un paquet de Players et lui en offrit une. Tout en allumant la cigarette de Rawlins, puis la sienne, il dit :

— Non, je l'ai pas vu. Je l'ai pas vu depuis que j'ai quitté en 1945.

— Chic type, fit Rawlins d'un air pensif.

Corridon resta muet. Il aspira une longue bouffée de fumée et, en esprit, remonta dans le passé. Il avait un souvenir extrêmement net du colonel Ritchie, même au bout de cinq ans et demi. Il n'aurait pas dit que c'était un chic type. Ce n'était pas le terme exact. Et pourtant il pouvait être chic quand ça lui chantait. On pouvait avoir entière confiance en lui… Mais il n'avait aucune pitié. Il avait envoyé à la mort pas mal de copains de Corridon, et il en était désolé, mais il n'hésitait jamais à sacrifier quelqu'un.

— Ça vous ferait plaisir de le rencontrer ? demanda Rawlins, qui examinait ses grands ongles en touches de piano, d'un air faussement détaché.

— Non, merci, dit vivement Corridon. Il me demanderait de travailler pour lui. Et j'en ai soupé de ce genre de boulot.

Rawlins parut attristé.

— Dommage. Il a besoin de types sérieux. C'est pas une mauvaise vie, d'ailleurs : l'aventure, les voyages à l'œil, et on n'est pas mal payé.

— Tu parles ! Il les lâche avec un élastique ! fit Corridon sèchement. Moi, je n'ai pas le goût de ce genre d'aventures. Ça pouvait aller pendant la guerre : fallait bien faire quelque chose. Mais plus maintenant. Vous ne me croirez peut-être pas, mais j'ai du goût pour la vie, moi. D'abord, qu'est-ce que Ritchie vient faire dans le coup ?

— Je lui parlais pas plus tard qu'hier, dit Rawlins avec un grand sourire. Il me disait qu'il avait un job pour vous. Vous êtes un peu raide, non ?

Corridon eut un haussement d'épaules découragé.

— Quand est-ce que vous perdrez l'habitude de fourrer votre nez dans mes affaires ? Et puis j'en veux pas, de son boulot. Je file à Paris à la fin de la semaine.

— Pas possible ?

Rawlins avait l'air étonné.

— Les filles, hein ! Eh bien ! je ne peux pas vous donner tort. C'est la belle vie, là-bas !

— Est-ce que la bague a quelque chose à voir avec Ritchie ? coupa Corridon.

Il avait le chic pour toucher le point sensible au bon moment.

Rawlins opina du chef.

— Je ne comptais pas vous le cacher bien longtemps. Et comment, que ça a quelque chose à voir avec Ritchie ! Mais il vous racontera ça lui-même. C'est ce que je pensais il y a un instant, quand je disais que la vie est pleine de coïncidences. On va de ce pas lui rendre visite.

— Pas moi, dit vivement Corridon.

Il se leva.

— Voilà un type dont je peux me passer sans dommage. Il y a des tas d'autres mecs pour faire ces boulots à la noix. Pour moi, y en a marre.

Rawlins se leva à regret. Il n'avait pas dormi de la nuit et paraissait maintenant fatigué.

— Oh ! faites pas tant d'histoires, mon vieux. Il va seulement vouloir des détails sur la bague. C'est un meurtre, tout de même. Faut y mettre un peu du sien…

— Qu'est-ce que ça peut bien lui foutre ?

— Ça compte énormément.

Rawlins étouffa un bâillement.

— Allez, finissons-en. On n'en a pas pour longtemps.

Il rentra dans la chambre et s'attarda à contempler les deux empreintes sanglantes sur le mur.

— Ça vous intéresse qu'on attrape le type qui a fait ça à Milly ? demanda-t-il. Si vous nous aidez, on l'aura. C'était une copine à vous, non ?

J'ai entendu dire que vous êtes le parrain de sa gosse.

— Ça va, pas de violoncelle, dit Corridon avec un sourire narquois. Sans ça, je vais chialer. C'est bon, je vous suis.

Rawlins retrouva instantanément son sourire.

— Je m'en doutais. J'avais dit à Ritchie que c'était pas la peine de rédiger un mandat d'arrêt.

— Toujours ses combines à la noix, fit Corridon, amer. Qu'est-ce que ç'aurait été, cette fois-ci ? Sa montre, encore un coup ?

Rawlins ferma un œil.

— En fait, ça devait être son porte-cigarettes. Va falloir me le rendre, d'ailleurs. Je viens de le fourrer dans votre poche.

Corridon le lui tendit. Son visage était vide d'expression.

— Et si je n'avais pas marché, j'étais bon pour un mois au gnouf… c'est bien ça ?

Rawlins eut un rire un peu confus.

— L'emmerdement, avec vous, c'est que vous repérez les ficelles avant qu'on les tire, Entre nous, vous écopiez probablement de deux mois, ce coup-ci. Ritchie tient tout particulièrement à vous voir.

III

Quand Rawlins et Corridon pénétrèrent dans le bureau-antichambre, la grosse petite mère Fleming tapait à la machine.

Corridon la regarda avec un dégoût résigné. Il n'arrivait pas à concevoir comment une femme pouvait être aussi mal fringuée, aussi moche que celle-là. Il se rappelait avoir fait la même réflexion cinq ans plus tôt en la voyant pour la première fois, le jour où il était venu faire ses adieux à Ritchie. Elle n'avait pas changé d'un poil pendant ces cinq ans et demi. Son nez était toujours aussi rouge et flamboyant, ses cheveux aussi négligés, ses vêtements aussi ternes. Elle n'avait même pas vieilli, et son absence totale de soucis concernant son aspect extérieur faisait à Corridon l'effet d'une insulte personnelle.

Il connaissait son exceptionnelle compétence. Il savait qu'elle parlait couramment une dizaine de langues et qu'on l'avait décorée pour son travail clandestin pendant la guerre. Le fait qu'elle était le bras droit de Ritchie prouvait ses capacités. Il fallait être constamment sur le qui-vive pour pouvoir rester cinq minutes avec ce type. Celui-ci exigeait d'autrui autant qu'il donnait lui-même, c'est-à-dire le maximum. Mais, en dépit de toutes ses qualités, Corridon ne comprenait pas comment Ritchie pouvait la supporter.

Elle leva les yeux et l'examina de ce regard impersonnel et scrutateur, presque insultant, tout en agitant une main tachée d'encre dans la direction d'une porte à côté de son bureau.

— Entrez directement, je vous prie. Le colonel vous attend.

— Merci, dit Rawlins sans se départir de son sourire rayonnant. Belle journée… On se sent…

Le reste de sa phrase se perdit dans le bruit de

la machine à écrire sur laquelle Miss Fleming s'était remise à taper.

— Gardez ça pour l'Armée du Salut, grogna Corridon en poussant Rawlins vers la porte. Fanny n'encourage pas le baratin.

Rawlins lui lança un regard chargé de reproches et pénétra dans le bureau.

Le colonel Ritchie se tenait debout devant un maigre feu de bois, les mains derrière le dos, le visage détendu. Haut de six pieds, avec de larges et lourdes épaules, le dos droit comme un fil à plomb, il était militaire jusqu'aux doigts de pied. Ses cheveux grisonnants étaient coupés court, et le bandeau noir remplaçant l'œil gauche, arraché par un Turc au cours de la Première Guerre mondiale, lui donnait une allure de matamore.

Par-dessus Rawlins, il regarda Corridon et sourit :

— Hello, Martin, fit-il. Ça me fait plaisir de vous voir.

— Tant mieux, fit Corridon, l'air sombre, et il lui serra la main. Parce que vous avez l'air un peu à plat.

— On ne peut pas tous mener la vie de château, dit Ritchie en gardant le sourire. Je suis assez occupé la plupart du temps.

Il désigna un fauteuil.

— Installez-vous. Je ne peux guère vous accorder que vingt minutes. J'ai un rendez-vous à midi aux Affaires étrangères.

Corridon s'assit, chercha une cigarette, l'alluma et lança l'allumette dans la cheminée. Il était mal à l'aise. Tout ça l'ennuyait considérablement. Il avait entendu dire que Ritchie faisait du sur-place ; faute de collaborateurs, il était obligé d'assurer lui-même la routine quotidienne. Dans ses moments de divagation, Corridon avait été tenté de lui offrir son aide. Mais cette pensée ne lui entrait pas plutôt dans le crâne qu'il l'en chassait avec vigueur. Fini, ce temps-là. On n'était plus en guerre. Ritchie était un brave type, soit, mais Corridon ne se sentait plus de jouer les pigeons. Toutefois, en le voyant ainsi défait, il éprouvait un certain remords.

— Vous semblez préoccupé, dit Ritchie, qui observait Corridon.

La plupart du temps, Ritchie déchiffrait un homme comme un livre.

— À quoi pensez-vous ?

Corridon lui adressa un petit sourire ironique.

— Je me demande pourquoi vous conservez cette horrible Fleming. Pourquoi vous ne vous offrez pas une gentille petite un peu mariole pour éclairer ce trou sinistre ?

L'espace d'un instant, Ritchie eut l'air déconcerté.

— Que reprochez-vous à Miss Fleming ? Elle est remarquable.

— Je n'ai rien dit. Vous ne la voyez peut-être même plus. Aucune importance. Tenez, Rawlins crève d'envie de vous apprendre les nouvelles.

Oui, il en crevait. Il avait attendu avec impatience, et, quand Ritchie se tourna vers lui, il se lança à corps perdu dans le meurtre de Milly.

— Corridon la connaît, dit-il après avoir raconté sa vie et sa mort. Il lui a parlé la nuit dernière. Elle lui a montré un anneau de jade blanc qu'elle avait trouvé dans sa chambre, probablement perdu par un de ses clients.

— Un anneau de jade blanc ? répéta Ritchie, le visage durci.

— Un protège-pouce d'archer, intervint Corridon. Vous avez dû en voir. Il y en a tout un tas au British Museum. Possible que celui de Milly soit une imitation.

Ritchie, glissant le pouce et l'index dans la poche de son veston, en sortit un petit objet qu'il jeta sur les genoux de Corridon.

— Comme ça ? demanda-t-il tranquillement.

Corridon ramassa la bague de pierre blanche qui, de ses genoux, était tombée par terre. Il l'examina, la retourna entre ses longs doigts maigres et lança un bref regard à Ritchie.

— Oui, fit-il. C'est le même anneau ? On le dirait bien.

Ritchie fit « non » de la tête.

— Oh ! non. Ce n'est pas le même anneau. Il y en a pas mal en circulation. Ils sont tous numérotés, je crois. Si vous regardez à l'intérieur, vous verrez que celui-ci a le numéro douze. Vous souvenez-vous du numéro gravé sur celui trouvé par Milly ?

Corridon alla à la fenêtre pour examiner la bague. Il aperçut les chiffres un et deux gravés profondément dans le jade.

— Je crains que non, dit-il. Il faisait pas très clair et Milly ne voulait pas qu'on le voie. Je l'ai regardé sans y faire vraiment attention.

— Dommage, dit Ritchie.

Il se tourna vers Rawlins :

— Vous ne l'avez pas retrouvé, je suppose ?

Rawlins hocha la tête.

— Yates le cherche. Mais il y a peu de chances...

— Il ne le trouvera pas, dit gravement Ritchie. Les autres ont eu toute la nuit pour le devancer.

— Corridon croit avoir vu le type, dit Rawlins. Seulement, comme il n'y a pas fait particulièrement attention, il ne peut pas le décrire.

Sous le regard de Ritchie, une rougeur fugitive monta aux joues de Corridon.

— D'accord. J'ai pas été à la hauteur, mais je ne pouvais pas savoir que ce type allait la bousiller, dit-il avec irritation. Après tout, je ne travaille plus pour vous.

— Ne soyez pas susceptible, fit Ritchie. Mais avouez tout de même que ça ne vous ressemble pas. La vie facile a émoussé vos talents.

— Pour ce qu'ils me servent maintenant !

— Un œil infaillible est toujours utile. Je me souviens d'un temps où il vous suffisait de jeter un coup d'œil sur une feuille de papier pour pouvoir vous rappeler le texte mot pour mot. Est-ce que vous en seriez toujours capable ?

— Je ne sais pas. Je n'ai pas eu l'occasion d'essayer, répliqua Corridon, hargneux. Et maintenant, si c'est tout ce que vous vouliez, je vais prendre congé. J'ai à faire, moi, et de plus, vous risqueriez d'être en retard aux Affaires étrangères.

Rawlins esquissa un mouvement maladroit en direction de la porte.

— Vous n'avez plus besoin de moi, n'est-ce pas, colonel ?

Ritchie fit un signe négatif :

— Encore un mot, Martin, avant que vous ne partiez.

Ils attendirent que Rawlins fût sorti, puis Corridon grogna, sans regarder Ritchie :

— Je m'excuse, colonel, mais je sais que vous êtes occupé et je ne veux pas vous faire perdre votre temps ; je ne cherche pas de travail.

Ritchie s'était assis à son bureau et, les mains croisées sur son sous-main, regardait Corridon avec gravité.

— Vous avez besoin d'argent, n'est-ce pas ?

Corridon sourit avec dédain.

— D'argent, oui, mais pas de fifrelins du ministère de la Guerre. Je marche plus dans ce genre de combine.

— Vous vous êtes bien amusé ? fit Ritchie, impassible.

Corridon fronça les sourcils.

— Qu'est-ce que vous voulez dire ?

— Il paraît que vous êtes un drôle d'arnaqueur, dit doucement Ritchie. Il semble que vous vous soyez fait à Soho la réputation d'un gars qui ne tient pas sa parole ?

— Rawlins raconte des conneries, fit Corridon. (Mais, de nouveau, une brève rougeur lui monta au visage.) Vous avez tort de les écouter.

— Je ne l'écoute pas. J'ai d'autres sources d'information. Je parlais avec Lew Isaacs la semaine dernière. D'après lui, il vous avait demandé de passer en fraude une centaine de montres suisses. Il vous offrait cent livres. Vous en avez pris cinquante et vous n'avez rien fait. Vous lui avez seulement conseillé de vous poursuivre en justice s'il voulait récupérer son argent. C'est vrai ?

— Plus ou moins. Quel mal y a-t-il à escroquer un salaud comme Isaacs ? D'abord, d'où le connaissez-vous ?

— Dans mon boulot, on est amené à fréquenter toutes sortes de gens, et Isaacs l'a bien cherché, en effet. Mais vous n'aviez pas à lui promettre de faire le travail. Moi, ce que j'en dis, après tout, c'est pour vous. C'est votre réputation qui en souffre, pas la mienne.

Corridon écrasa sa cigarette et regarda ostensiblement sa montre.

— Vous voyez ce que je veux dire, Martin. Quand vous travailliez pour moi, je pouvais me fier à vous.

— Oui, mais justement je ne travaille plus pour vous. Et j'ai pas l'intention de recommencer.

— Bon, bon, fit Ritchie, qui parut soudain las et dégoûté.

Puis, de but en blanc :

— Est-ce que deux cents livres vous seraient utiles ?

Corridon se raidit :

— C'est de la voyance, ma parole ! Il est vrai que j'ai terriblement besoin de deux cents livres.

— Un travail à exécuter. En cas de réussite, il rapporte deux cents livres. Ça vous intéresse ?

Les yeux gris clair étaient froids et impersonnels, et Corridon y perçut un mépris non formulé. Il s'agita.

— Ne me dites pas que le War Office est prêt à lâcher tout ce fric !

— Non, certes, je ne le dirai pas. Deux cents livres, c'est une somme. Malheureusement, il semble que vous soyez le seul homme capable de faire ce travail, et je suis disposé à vous payer de ma poche, dit Ritchie.

Il leva les yeux vers lui et ajouta sèchement :

— Je crains de ne pouvoir me conformer à vos conditions habituelles, la moitié d'avance et le reste une fois le travail fait. Cette fois, vous vous passerez d'à-valoir.

— Vous êtes une belle vache quand vous vous y mettez, fit Corridon avec amertume. Et vous pouvez les mettre où je pense, vos économies ! Et votre travail aussi, par la même occasion !

Ritchie soupira :

— Eh bien ! ça fait toujours plaisir d'apprendre que vous ne voulez pas de mon argent. Dommage pour le travail. Peut-être pourrais-je faire appel à votre patriotisme ?

Corridon repoussa son fauteuil et se leva.

— Gâchez pas votre salive. Pourquoi moi ? Pourquoi vous faites pas le boulot vous-même, si c'est tellement important ?

Ritchie répondit calmement :

— Parce que ce travail ne peut être fait que par un type comme vous, Corridon, un type sans honneur, un faisan, un menteur, un tricheur. Voilà pourquoi je vous ai choisi, vous.

Corridon se mit à rire, sans joie :

— Parole ! on dirait que vous êtes sérieux ?

Les yeux gris et froids heurtèrent les siens, et ce furent les siens qui cédèrent les premiers.

— Oui, je suis sérieux, fit Ritchie. Vous avez

très mauvaise presse, vous ne serez pas suspect. C'est un travail qui doit vous plaire. Vous aurez probablement l'occasion de commettre quelques exactions pour votre compte personnel. Je ne dis pas que j'en suis sûr, mais que ça peut se trouver. Vous voulez savoir de quoi il s'agit ?

— Ce serait l'heure de vous rendre aux Affaires étrangères, dit-il en désignant la pendule de bureau.

Ritchie traversa le bureau, ouvrit la porte et dit quelque chose à Miss Fleming, puis il revint lentement à sa table et se rassit.

— C'est bien plus important que les Affaires étrangères, dit-il, et cela vous confère par conséquent plus d'importance aussi.

— Allez-y de votre histoire. Je ne vous promets rien, mais je veux bien écouter.

— Je serai bref, dit Ritchie. Il existe dans ce pays une organisation qui chaque mois augmente en force et en importance. Elle a pour but le sabotage dans tous les domaines. Je ne sais pas qui est derrière, mais je la crois financée par nos ennemis d'Europe. Je pense qu'elle opère de la façon suivante : celui qui se trouve à la tête est en contact avec un certain nombre de puissances étrangères et leur loue ses services. Supposez, par exemple, que l'une d'elles s'aperçoive que nos exportations de charbon menacent son propre marché. Elle contacte le chef de l'organisation. Peut-il faire quelque chose pour les aider ? Les crédits sont illimités. L'homme a placé un certain nombre d'acolytes dans les mines. Il leur donne des instructions. Un mois plus tard, grève des mineurs. Et la courbe de nos exportations baisse immédiatement.

« Autre exemple. Vous devez vous rappeler que le ministre des Affaires européennes est mort dans un accident de chasse. Ce n'était pas un accident. Nous n'avons pas de preuves formelles, mais nous en sommes parfaitement sûrs. Ce ministre commençait seulement à inquiéter sérieusement un certain pays européen et l'organisation en question s'est chargée de le supprimer.

« Je ne perdrai pas de temps à vous donner d'autres exemples. L'organisation est continuellement au travail : sabotages, grèves, meurtres, des douzaines d'autres moyens propres à ralentir notre rétablissement économique sont journellement appliqués sous son commandement. Nous voulons savoir qui est à la tête. »

Corridon projeta sa cendre sur le tapis et fronça les sourcils.

— Mais qu'est-ce que je viens foutre là-dedans, moi ? Vous n'espérez pas que je vais le découvrir, quand même ?

— Je crois que si, dit Ritchie, j'estime que vous auriez plus de facilités que n'importe qui de ma connaissance.

— Comment ça ?

— Le chef de cette organisation est à la recherche de types dans votre genre : des sortes de hors-la-loi, des hommes qui en veulent à la société, qui aiment l'argent facile, des hommes sans scrupules, sans aucun sens patriotique. Vous êtes un saboteur accompli. Vos citations de guerre sont impressionnantes et votre réputation pourrait bien le tenter.

— Ça ne l'a pas tenté jusqu'ici, en tout cas, fit remarquer Corridon.

— Parce que vous n'avez fait aucun effort pour vous mettre en rapport avec lui. Nous avons capturé un de ses hommes, qui cherchait à détruire des usines à Harwell. Nous avons trouvé l'anneau sur lui et nous l'avons amené à parler. Nous savons maintenant que chacun des membres de l'organisation porte un de ces anneaux, ce qui leur permet de se reconnaître entre eux. Nous savons qu'un cabaret de Western Avenue, Le Chapon Rouge, est un de leurs lieux de rendez-vous. Le type que nous avons pris était assez entêté, et il nous a été très difficile de le faire parler. Hum !... Il s'est tué dans sa cellule avant que nous puissions l'interroger une seconde fois.

Corridon grogna.

— Alors vous voulez que j'aille me balader du côté du Chapon Rouge pour voir ce qui arrivera ?

— C'est ça. Vous savez où c'est ?

Corridon fit signe que oui.

— Le patron est le commandant Georges Manners. Je le connais. Pensez-vous qu'il soit mêlé à tout ça ?

— C'est possible. Tout ce que je sais avec certitude, c'est que l'endroit sert de temps en temps, aux membres de l'organisation, de lieu de réunion pour la mise au point de leurs projets. Vous acceptez le travail ?

— Je ne sais pas, dit Corridon en se levant. Voilà ce que je vais faire : je vais y aller ce soir et verrai ce qui arrivera. Je ne ferai aucun effort pour contacter la bande, mais, si on me fait des propositions, je leur joue le jeu. Selon toutes probabilités, il ne se passera rien. Dans ce cas, j'irai chercher ailleurs l'argent de mon voyage à Paris. Je ne promets rien. Vous me connaissez. Je n'ai jamais couru après les emmerdements, moi.

Ritchie retint un sourire.

— Vous les trouverez quand même, Martin. À partir de maintenant, évitez-moi. N'essayez pas de me contacter par lettre ou par téléphone. Si ces gars vous acceptent, ils vous surveilleront. Ne les sous-estimez pas : ils sont forts. Voilà six mois qu'ils opèrent et ils n'ont fait qu'une seule boulette jusqu'ici.

Corridon haussa ses lourdes épaules.

— Ne vendez pas la peau de l'ours, colonel. Il se peut très bien que rien ne se passe ; mais s'il se passe quelque chose, comment vous le ferai-je savoir ?

— Quelqu'un d'ici vous contactera. Vous pouvez compter sur moi. Le mot de passe sera… Au fait, qu'est-ce que ça sera ?

— À Paris, au printemps, dit Corridon avec un sourire en coin ; ça me servira de stimulant.

CHAPITRE II

I

Ce soir-là, peu après neuf heures, Corridon sortit la M. G. du garage au-dessous de son logement ; puis, à vive allure, il prit la direction de Shepherd's Bush.

Il conduisit machinalement, l'esprit préoccupé.

Depuis sa visite à Ritchie, il avait passé son temps à remettre les affaires de Milly en ordre. La fille, comme il s'y attendait, ne laissait ni testament ni bien, à l'exception de quelques pauvres bijoux sans valeur et de six billets de cinq livres trouvés dans son sac.

Corridon avait persuadé Rawlins de ne pas consigner les bijoux au greffe et les avait vendus en discutant âprement. Avec le produit de la vente, il s'était entendu avec un avoué pour pourvoir aux besoins immédiats de Susie. Et il avait promis, plutôt imprudemment, de lui faire parvenir une autre somme à la fin du mois.

Ayant réglé le sort de la gamine pour quelques

semaines, il se trouvait maintenant en route pour Le Chapon Rouge.

Selon Ritchie, cette mystérieuse organisation disposait de crédits illimités, et Corridon pensait que c'était probablement la vérité. Des gens capables d'organiser une grève de mineurs doivent avoir des ressources considérables. Possible qu'il trouve là une occasion de se refaire, et pas seulement de quelques centaines de livres.

Il était peu probable, pensa Corridon, que cette organisation mît son argent à la banque. Il y a trop de curieux, de nos jours, pour qu'on puisse laisser de grosses sommes dans n'importe quel endroit sans qu'on vous pose des questions. L'argent devait être dans une planque aisément accessible. Première chose à faire, se dit Corridon, trouver la cachette. Et se servir.

Il passa en trombe par la porte de White City et, après les tourniquets, fonça dans Western Avenue. Une fois là, il accéléra encore.

Le Chapon Rouge se trouvait à environ deux milles du champ d'aviation de Northolt. Le bâtiment était en retrait de la route et se cachait derrière une haie vive de deux mètres cinquante. Corridon était déjà venu une fois, amené par un ami membre du club. Il se rappelait qu'il avait eu du mal à entrer. Même présentés par un membre, les invités n'étaient pas vus d'un très bon œil.

Il se demandait si Georges Manners allait se souvenir de lui. Possible. Quatre ans qu'il ne l'avait pas vu. Leur dernière rencontre avait eu lieu dans un bistrot de Soho. Manners, ivre, insultait un jeune garçon au visage inexpressif, aux yeux fuyants, qui l'accompagnait. La querelle se traduisait par de longs murmures sourds et furieux. Et, tout à coup, Manners gifla le garçon qui tira instantanément un couteau. Sans l'intervention de Corridon, Manners aurait été blessé.

Manners avait vidé les lieux, blême et fortement ému. Corridon avait offert un verre au jeune gars.

Celui-ci était tout prêt à parler de Manners. Peut-être le billet d'une livre glissé dans sa main par Corridon lui avait-il délié la langue, mais l'occasion était particulièrement propice. À cet instant, le garçon haïssait Manners. Il raconta à Corridon pourquoi Manners avait dû démissionner du bataillon des « Guards » et tout un tas d'autres détails peu ragoûtants.

À ce moment-là, Corridon ne pensait pas que ces renseignements pussent lui être utiles, mais maintenant, tout en roulant dans Western Avenue, il voyait comment manœuvrer son « ami ».

En face de lui brillait la lueur rouge du néon qui frangeait l'extérieur du Chapon Rouge.

Un instant plus tard, il ralentit et tourna le nez de la voiture vers l'entrée majestueuse.

Il roula jusqu'au parc à voitures et, comme il s'arrêtait, un petit blond en uniforme pourpre et argent s'approcha et le salua.

— Bonsoir, dit-il en se penchant pour examiner Corridon. Êtes-vous membre du club, monsieur ?

— Bonsoir, dit Corridon, avec douceur et il descendit de voiture. Non, je ne suis pas membre. J'aimerais dire un mot au major Manners.

Le blondinet leva un sourcil languissant.

— Je regrette, monsieur, mais le major ne reçoit que sur rendez-vous.

— Comme c'est dommage, fit Corridon. Y a-t-il quelqu'un à qui je puisse m'adresser ?

— Qu'est-ce qui cloche ?

Une voix dure et froide, derrière lui, fit retourner Corridon. Un homme assez jeune, vêtu d'un habit impeccable, un œillet rouge à la boutonnière, s'était avancé dans l'allée sans éveiller l'attention de Corridon ou de son interlocuteur. Carré d'épaules, brun, fraîchement rasé, arrogant. Il avait le regard fixe, noir et dur.

— Qui êtes-vous ? demanda Corridon avec son plus aimable sourire.

— Je m'appelle Brett, je suis gérant de la maison. Qu'est-ce qui cloche ?

— Rien, fit Corridon. Je voudrais simplement voir le major Manners.

— Il vous connaît ?

Corridon haussa ses larges épaules.

— Il ne se souvient peut-être pas de moi. Ça fait quelques années que nous nous sommes perdus de vue. Je m'appelle Martin Corridon. Vous seriez très aimable de lui dire que je voudrais lui parler d'Ernie.

Brett pinça ses lèvres minces.

— De qui ?

— Ernie. Il comprendra.

Brett fit signe à l'employé de s'éloigner. Il demeura immobile, ses yeux noirs rivés sur le visage de Corridon. Quand le jeune homme fut hors de portée de voix, il dit sèchement :

— Qu'est-ce que c'est que cette histoire ?

— Il n'y a pas d'histoire. Je voudrais voir Manners.

— Qui est ce dénommé Ernie ?

— Demandez à Manners. S'il tient à ce que vous le sachiez, il vous le dira.

L'espace d'un instant, Brett hésita, puis, avec un bref haussement d'épaules irrité, il tourna les talons.

— Suivez-moi.

Corridon le suivit le long de l'allée, passa devant une grande piscine éclairée à giorno où nageaient quelques spartiates des deux sexes et grimpa un escalier de pierre flanqué de bacs de tulipes jaunes et noires, astucieusement éclairées par des projecteurs invisibles.

Le club était un long bâtiment d'un étage, avec un toit de chaume et des murs rugueux. Des lampes au néon jaune ambré et bleu pâle en soulignaient les contours.

Brett poussa une porte et entra dans un bar brillamment éclairé. Des gens en tenue de soirée buvaient, assis sur les hauts tabourets. Ils lancèrent un coup d'œil curieux à Corridon et deux des femmes sourirent à Brett en le saluant d'un geste. Il s'inclina sèchement et traversa le bar pour entrer dans un bureau.

— Si vous voulez bien m'attendre ici, dit-il.

Et, ouvrant une porte au fond de la pièce, il entra dans un autre bureau considérablement plus vaste que le premier.

Corridon alluma une cigarette. L'air rêveur, il tendait l'oreille, mais il n'entendit rien.

Cinq minutes passèrent, interminables, puis la porte s'ouvrit d'un coup et Brett sortit.

— Vous pouvez entrer, dit-il en désignant la porte ouverte, et, sur ce, il s'éclipsa.

Corridon pénétra dans une pièce luxueusement meublée ; un feu clair brillait dans la cheminée. Il y avait un bureau près des doubles fenêtres, et, à ce bureau, Georges Manners était installé.

Il n'avait pas beaucoup changé depuis sa dernière rencontre avec Corridon. Un petit peu vieilli, peut-être, un peu épaissi, et ses cheveux noirs s'éclaircissaient aux tempes. Il devait être, estima Corridon, au début de la cinquantaine. Un type à la moustache visiblement teinte, à la bouche molle et faible, et qui gardait une vague allure militaire.

— Vous vouliez me voir ? demanda-t-il sans un geste.

Il surveillait Corridon de ses petits yeux soupçonneux et sa voix était doucereuse, comme celle d'un marguillier à l'église.

— Mon Dieu ! oui, dit Corridon, très à l'aise.

Il ferma la porte et traversa la pièce.

— Je voudrais faire partie du club.

— Alors, ce n'est pas moi qu'il faut voir, dit Manners et il tendit le bras pour appuyer sur un bouton. C'est Brett qui s'occupe de ça.

— Pas la peine de sonner, fit Corridon en s'asseyant. Je préfère avoir affaire à vous, même si c'est pas tout à fait dans les règles. J'ai cru comprendre qu'il y avait quelques formalités et une cotisation de cinquante guinées. Je n'ai pas les cinquante guinées, major, mais j'ai quand même l'intention de faire partie du club.

Le major retira lentement sa main. Les yeux baissés, il contempla son buvard blanc.

— Vraiment ? Et vous avez quelqu'un pour vous parrainer ?

— Vous, dit Corridon d'un air enjoué. Et j'ose assurer que si je retrouve Ernie, il dira sûrement un mot en ma faveur. Vous vous souvenez de lui, major ? La dernière fois que je vous ai rencontrés ensemble, ça remonte à quatre ans à peu près. Il essayait de vous flanquer un coup de couteau.

Manners se figea, le visage impénétrable.

— C'est donc ça, fit-il d'un ton amer. J'ai entendu. Vous avez la réputation d'un individu dangereux et sans scrupules, n'est-ce pas ?

— J'en ai bien peur, dit Corridon avec insouciance. Mais glissons. Je n'en suis pas plus fier.

— Pourquoi voulez-vous faire partie de ce club ?

Corridon éteignit sa cigarette et tendit la main pour en prendre une autre dans le coffret d'or sur le bureau de Manners.

— Mais ça crève les yeux ! Je n'ai plus assez de poires dans mon verger personnel et mes finances s'en ressentent. C'est chez vous que les riches oisifs — ou ce qui en reste — passent leurs loisirs. Ça me paraît un excellent terrain de chasse. Vous comprenez ça, je suppose ?

— Vous avez l'intention de tondre ma clientèle ? dit Manners en tapotant nerveusement le buvard de ses doigts courts et soignés. Et vous voudriez que je vous donne ma bénédiction ?

— Ça ne serait pas très malin de me la refuser. Soyons francs. Ernie a bavardé. À ce moment-là, il était pas mal en rogne contre vous, et il m'a raconté, à votre sujet, des tas d'histoires intéressantes. Le scandale effarouche les gens, major. Même les originaux qui font vivre votre maison vous laisseraient tomber comme une vieille chaussette, s'ils connaissaient Ernie et les raisons de votre si subite démission des « Guards ».

D'une main légèrement tremblante, Manners prit une cigarette dans la boîte et l'alluma. Le visage décomposé, il contempla le briquet d'or qu'il tenait à la main.

— Alors, c'est du chantage ! J'aurais dû m'en douter.

— Vous avez vous-même déclaré que j'étais un personnage sans scrupules, n'est-ce pas ?

— Et si je vous fais membre ?

— Naturellement j'oublierai Ernie. Mon cher major, je vois que nous nous comprenons. Ne perdons pas de temps. Vous êtes en sûreté entre mes mains. Vous admettrez que je n'ai aucune raison de vous doubler et de saboter mon gagne-pain.

— Je vois.

Manners fit un effort pour contrôler la rage qui l'étouffait. Il ouvrit brutalement un tiroir et en sortit une carte sur laquelle il griffonna rapidement quelques mots.

— Voilà, dit-il en jetant la carte à travers le bureau. Mais je vous avertis, Corridon, si un membre quelconque se plaint de vos agissements, l'affaire m'échappe automatiquement des mains. Nous avons un comité qui s'occupe des plaintes et vous serez foutu dehors en moins de temps qu'il n'en faut pour le dire.

Corridon éclata de rire.

— Ne vous en faites pas. Personne ne se plaindra. J'ai une technique à toute épreuve.

— Espérons-le.

Pendant qu'ils parlaient, la porte s'ouvrit et une fille entra. Corridon se retourna pour la regarder.

Avec sa longue robe blanche, elle composait, dans l'embrasure de la porte, un ravissant tableau. Elle était petite, brune et mince. Sa chevelure lustrée lui tombait sur les épaules, encadrant un charmant et mince visage, éclairé par des yeux noirs et brillants.

— Oh ! je m'excuse, dit-elle en s'arrêtant. Je pensais que vous étiez seul.

— Entrez, Miss Feydak, dit Manners en se levant. J'ai terminé. Puis-je vous être utile ?

La jeune fille jeta un rapide coup d'œil à Corridon. Il vit, à son regard, qu'il l'intéressait.

Il se leva tandis qu'elle lui souriait. Et, malgré l'accélération subite de son pouls, il réussit à ne prêter que le minimum d'attention au protège-pouce de jade blanc qui, contre sa gorge, serrait étroitement une écharpe de tulle.

II

— C'est tout, n'est-ce pas ? demanda Manners, tourné vers Corridon. Si vous désirez vous renseigner sur les règles du club, Brett est à votre disposition.

— Merci, dit Corridon en ramassant la carte.

Tout en la glissant dans sa poche, il regarda de nouveau la jeune fille. Il avait eu un tas d'aventures féminines. Il savait qu'elle était attirée par lui, et lui-même éprouvait pour elle une inclination physique indéniable.

— Seriez-vous un nouveau membre ? lui demanda-t-elle avec un sourire.

Elle avait un léger accent étranger. Il se dit qu'elle devait être autrichienne.

— À la seconde, répondit-il. Croyez-vous que je le regretterai ?

— Oh ! non, c'est un club sympa, fréquenté par des gens très aimables.

Elle jeta un coup d'œil interrogateur à Manners. Corridon pensa que c'était très joliment fait.

À contrecœur, Manners dit, d'un ton glacial :

— M. Martin Corridon, Miss Lorène Feydak.

— Enchanté.

Corridon dut faire un véritable effort pour ne pas regarder la bague de jade blanc à son cou.

— Faites-vous partie des membres aimables ?

— Je crois bien. Pourquoi donc ?

— J'espérais que vous me prendriez en pitié et que vous me feriez les honneurs de la maison. Mais, naturellement, vous êtes accompagnée ?

Elle se mit à rire.

— Je serais ravie de vous faire les honneurs de la maison. J'attends mon frère. Il n'est jamais à l'heure...

— Excusez-moi, Miss Feydak. Vous vouliez me voir ? interrompit sèchement Manners.

— Oh ! pardon. En effet, je voulais toucher un chèque.

Elle ouvrit son sac et en sortit un papier plié.

— Je vous attends à côté, dit Corridon, prêt à sortir.

Au moment où il ouvrait la porte, il jeta un coup d'œil par-dessus son épaule. La fille lui tournait le dos, mais Manners le suivait du regard. Corridon lui fit un clin d'œil appuyé du genre badin et passa dans le bureau voisin. La fille le rejoignit au bout d'une ou deux minutes.

— Si nous prenions un verre ? dit-elle.

— C'est exactement ce que j'allais suggérer.

Il ouvrit la porte du bureau-antichambre et s'effaça. Elle passa dans le bar. Il remarqua la légèreté et la souplesse de sa démarche : un vrai mannequin professionnel. Peut-être l'était-elle ? Il le lui demanda pendant qu'elle s'asseyait à une table basse et ronde dans un coin tranquille.

— Vous marchez avec une telle grâce que je me demandais... dit-il, s'excusant de sa question.

Le compliment lui fit plaisir.

— Je l'ai été pendant quelque temps, mais je suis trop petite pour qu'on me prenne au sérieux, lui dit-elle.

Et elle continua, expliquant qu'elle avait été modéliste à Vienne. Corridon hocha la tête. Il y avait tant de gens qui avaient changé de pays et de profession depuis la guerre !

— Je parie que vous êtes autrichienne, dit-il. Réfugiée, naturellement.

Elle était réfugiée à cause de son frère, lui dit-elle. Mêlé à des histoires politiques, il avait eu la chance de pouvoir s'enfuir de Vienne. Il avait été condamné à mort par contumace. Tous deux étaient maintenant naturalisés et comptaient faire de l'Angleterre leur résidence permanente.

Pendant qu'elle parlait, le barman s'approcha et Corridon commanda du champagne.

— Je me sens d'humeur à fêter ça, expliqua-t-il en voyant son expression surprise. Une jolie femme et un bon vin sont un hommage l'un à l'autre. Êtes-vous heureuse en Angleterre ?

Oui, elle était heureuse, mais son frère regrettait Vienne.

— Et qu'est-ce que vous faites ? demanda Corridon.

— Dessinatrice de mode dans Bond Street, et mon frère est un des directeurs des Beaux Voyages, l'agence Mayfair Street.

Le barman revint avec le champagne dans un seau de glace. Corridon examina le bouchon et l'étiquette avant de goûter le vin. Il était très bon et il paya le prix exorbitant sans sourciller.

Il savait l'importance de la mise en scène. Qu'il ait eu la chance fantastique de tomber si vite sur un agent de l'organisation, ça devait s'arroser. Mais il se rendit compte que cette rencontre était peut-être un peu trop naturelle et décida de n'avancer qu'avec prudence. Ritchie l'avait mis en garde contre ces gens. Ils pouvaient avoir surveillé l'appartement de Milly et l'avoir aperçu en compagnie de Rawlins, ou le suivre au ministère de la Guerre. Cette rencontre d'apparence fortuite cachait peut-être un piège.

— Puisque nous sommes en veine de confidences, dit Lorène en regardant Corridon verser le champagne, racontez-moi ce que vous faites.

— Je suis un mercenaire, dit Corridon.

— C'est-à-dire ?

— Quelqu'un qui se vend pour le profit, l'aventure et le plaisir, dit Corridon avec un sourire.

— Mais voilà une profession qui doit avoir un champ d'action plutôt limité.

— Le champ d'action n'est pas très large, mais je me débrouille pour être suffisamment occupé. Quand je travaille, je me fais assez d'argent pour pouvoir traverser les périodes d'inactivité. En ce moment, je suis dans une période de calme, alors je commande du champagne et je vous fais la conversation. Quoi de plus agréable ? À la vôtre !

Ils burent.

— Malheureusement, je ne vais pas pouvoir rester longtemps, dit-elle avec regret. J'attends mon frère. C'est son anniversaire et j'ai promis de dîner avec lui.

— Vous ne pouvez pas vous débarrasser de lui ? fit-il sans ambages.

— Parfaitement impossible ! C'est son anniversaire.

— Évidemment, c'est une raison, dit Corridon en s'assombrissant. Alors il va falloir que j'attende. C'est dommage, naturellement. Peut-être ne serez-vous pas dans les mêmes dispositions la prochaine fois que nous nous reverrons. Les femmes sont si changeantes.

— Et vous pensez que je suis dans des dispositions favorables, en ce moment ?

— Je suis tenté de le croire.

— Alors, peut-être bien que c'est dommage, dit-elle, souriante.

— Quand nous voyons-nous ?

— Dimanche.

— Pas avant ?

— Vous ne pouvez pas attendre trois jours, monsieur Corridon ?

— Appelez-moi Martin. Si nous devons faire fi des convenances, ne commençons pas à être conformistes.

— Mais vous dites des choses épouvantables !

— Je sais. Alors, nous nous voyons dimanche. Où et à quelle heure ?

— J'habite un appartement dans Bayswater Crescent, numéro 29. Au dernier étage. Venez à sept heures.

— Et vous serez seule ?

— Vous n'êtes pas pour les subtilités, on dirait.

— Je me conforme à mes principes. Vous serez seule ?

Elle sourit.

— Si je suis dans de bonnes dispositions.

Corridon fit un signe d'approbation.

— Bravo ! Il est bon de laisser planer un doute, dans ce genre d'affaires.

Pendant qu'il remplissait les verres, elle dit :

— Nous avons tout l'air d'avoir fait pas mal de chemin depuis notre rencontre, non ? Est-ce que vous passez toutes les haies aussi cavalièrement, d'ordinaire ?

— Il me faut une certaine coopération, dit Corridon avec un sourire ironique.

Il se pencha en avant et examina l'anneau de jade blanc qu'elle portait au cou,

— C'est drôle, ce truc-là. D'ici, on dirait un objet chinois, un protège-pouce d'archer.

Ses yeux froids et verts plongèrent droit dans ceux de Lorène, épiant la moindre réaction, mais il n'y en eut pas.

— Mais vous êtes très calé ! C'est exactement ça ! Comment le savez-vous ?

— Je passe mes moments de loisir au British Museum, dit-il, un peu déçu de ce qu'elle ne parût pas attacher d'importance à l'objet. C'est l'endroit rêve pour qui désire accroître son bagage culturel. Il y a tout un tas d'anneaux de ce genre au Muséum. Il est authentique ? Je peux le voir ?

— Mais bien sûr !

Elle dénoua le tulle de son cou et fit glisser l'anneau.

— Il est dans ma famille depuis des générations.

Comme elle s'apprêtait à le lui tendre, une main surgit de derrière son épaule et s'en empara.

Tous deux firent brusquement volte-face.

— Oh ! Slade, mon chou ! dit-elle en fronçant les sourcils. Tu m'as fait peur !

Elle se tourna vers Corridon :

— Je vous présente mon frère, Slade, continua-t-elle en posant sa main sur le bras de l'homme qui était apparu avec discrétion. Slade, c'est Martin Corridon. Il vient juste de s'inscrire au club. Il m'a dit être mercenaire de profession.

III

Slade Feydak était la version mâle de sa sœur : mince, brun, avec des traits fins et les mêmes yeux sombres. Il avait le front haut et large et les yeux très écartés. Un visage studieux et intelligent, pensa Corridon, un visage de conspirateur peut-être, sûrement de fanatique.

— Mercenaire, dit-il en regardant curieusement Corridon, voilà qui est intéressant. Puis-je m'asseoir avec vous ?

Tout en parlant, il glissait l'anneau de jade dans la poche de son gilet.

— Certainement, dit Corridon. Un peu de champagne ?

Il fit un signe au barman d'apporter un autre verre.

— Lorène me disait justement que c'était votre anniversaire.

Feydak acquiesça.

— Qu'est-ce que vous entendez, au juste, par mercenaire ? demanda-t-il en prenant place entre Lorène et Corridon.

— Je suis à vendre pour n'importe quel boulot bien payé, dit Corridon. Je me suis débrouillé pour me fabriquer une réputation dans certains milieux, et il y a un tas de choses qui me sont réservées.

— Quelle réputation, monsieur Corridon ? demanda Feydak pendant que Corridon remplissait son verre.

— Celle de ne pas être trop pointilleux, répliqua Corridon en souriant.

— Je vois. Très intéressant. Vous m'excuserez si je vous semble curieux, mais puis-je vous demander comment vous l'avez acquise ?

— Ne sois pas si indiscret, interrompit Lorène d'un ton fâché.

Il était visible, pour Corridon, qu'elle réprouvait la curiosité de son frère.

— Voyons, Slade, c'est à peine si tu viens de faire la connaissance de monsieur. Est-il absolument nécessaire que tu lui fasses passer cet examen ?

Corridon se mit à rire.

— Tranquillisez-vous. Ça ne me choque pas le moins du monde. Quelquefois, la publicité paye.

Feydak, d'un petit geste impatient, fit signe à Lorène de ne pas l'interrompre.

— Alors, monsieur Corridon, répondez-moi. Je vous avoue franchement que je suis curieux.

— Les gens ont l'impression que j'aime prendre des risques, que je ne suis pas à cheval sur la morale et que je flanquerais le gouvernement par terre si on m'en donnait l'occasion, dit Corridon. Dans un sens, l'impression est juste. J'ai une dent contre l'autorité, et je ne m'en cache pas.

— Serait-ce manquer de tact que de vous demander le pourquoi de cette animosité ? demanda Feydak en souriant.

— Je vous en prie, dit Corridon. C'est une histoire que tout le monde connaît. Mais peut-être votre sœur commence-t-elle à s'embêter ?

— Ça l'intéresse autant que moi, dit Feydak,

devançant la réponse de Lorène. Continuez, je vous prie.

Et, de nouveau, il fit un petit geste à l'adresse de Lorène.

— Pendant la guerre, j'étais un des gars qui faisaient la navette entre l'Angleterre et le continent, fit Corridon. Mon boulot consistait à me rendre en Allemagne, pour y rechercher les agents, traîtres ou autres, qui travaillaient pour l'ennemi en spécialistes, et à les tuer. Mes chefs choisissaient les victimes. Moi, je les pistais et je mettais fin à leurs activités.

— Ce devait être terriblement dangereux, dit Feydak, les yeux brillants. On vous a pris ?

— Je suis tombé dans les pattes de la Gestapo, mais j'ai eu la veine de m'en sortir.

Corridon alluma une cigarette et continua :

— Sans me vanter, je crois pouvoir dire que j'ai pas mal servi mon pays. À la fin de la guerre, on m'a nommé à Londres comme agent de renseignements. On m'avait donné une mission difficile. Je devais subtiliser des papiers dans une ambassade. Au moment où j'ouvrais le coffre-fort, j'ai été surpris par un des secrétaires qui était resté travailler tard. Il fallait agir rapidement. Il allait donner l'alarme. Je l'ai tué. J'ai barboté les papiers et je les ai apportés au quartier général. La police m'a pisté jusqu'à la porte et m'a sauté dessus au moment où je ressortais. Mes chefs, selon la plus pure tradition, m'ont désavoué et m'ont laissé me débrouiller. J'ai loupé de peu la potence. Depuis ce temps-là, ces messieurs me snobent et ça m'a rendu un petit peu rancunier.

— Voilà qui est très intéressant, dit Feydak. En fait, il m'est arrivé une aventure de ce genre. J'ai été obligé de m'exiler. Je vous comprends aisément.

Il sortit son portefeuille et y prit une carte.

— Voici l'adresse de mon bureau. Peut-être pourriez-vous m'appeler ? Il est possible que nous puissions nous rendre mutuellement service.

Corridon leva ses sourcils épais.

— Vraiment ? Et en quoi ?

— C'est ce que nous pourrions discuter, dit Feydak avec un petit sourire d'intelligence. Je vous promets que vous ne perdrez pas votre temps. Il m'arrive d'avoir besoin d'un homme de votre genre pour divers petits travaux.

— Ça m'étonnerait ; mes travaux habituels n'ont guère de rapport avec une agence de voyages, monsieur Feydak.

— Malgré tout, je vous assure que, si vous voulez bien venir en parler avec moi à mon bureau, ça pourrait vous intéresser.

— Je vous avertis, dit Corridon avec son sourire ironique, que mon intérêt ne s'éveille qu'à partir d'une certaine somme.

— Nous pourrons nous entendre là-dessus aussi, dit Feydak.

Avec un haussement d'épaules sceptique, Corridon accepta la carte et la glissa dans la poche de son gilet. Geste qu'il accomplit avec un air d'indifférence étudié.

— Et maintenant, si vous voulez bien m'excuser… dit Feydak en se levant. J'ai un mot à dire au maître d'hôtel. Tu es prête, Lorène ?

— Dans une seconde, dit-elle sèchement. Je n'ai pas fini mon champagne. Je te rejoins.

— Bon.

Feydak était debout. Il tendit la main à Corridon.

— Notre rencontre m'a vivement intéressé, dit-il. J'espère que vous viendrez me voir bientôt.

Corridon lui serra la main.

— Certainement. Dès que j'aurai un moment de libre, je passerai, répliqua-t-il du ton que l'on adopte pour les promesses que l'on ne tiendra pas.

Lorsque Feydak se fut éloigné, Lorène dit, furieuse :

— Vous êtes complètement fou ! N'allez surtout pas vous coller dans les histoires de Slade. Ne me posez pas de questions, mais pour l'amour du Ciel, évitez-le comme la peste !

Corridon feignit la surprise.

— Vous êtes la fille la plus marrante que j'aie jamais vue. Vous devriez être contente que je plaise à votre frère.

— Mais vous ne voyez pas qu'il ne cherche qu'à se servir de vous ! dit-elle, les yeux luisants de colère rentrée. Et je ne vais pas le laisser se servir de mes amis.

Corridon lui caressa la main.

— Ne vous fâchez pas. Je vous garantis que personne ne s'est servi de moi sans le regretter.

Il se leva.

— Maintenant, il faut que je m'en aille. Amusez-vous bien pendant votre dîner. Je voudrais qu'on soit déjà dimanche.

— Je vous en prie, n'allez pas à son bureau, dit Lorène, et il y avait maintenant dans son regard autant d'angoisse que de colère.

— Je n'irai pas. Je n'en avais pas l'intention, dit Corridon, souriant. Et n'oubliez pas, cultivez vos dispositions jusqu'à dimanche. Vous êtes tout à fait ravissante.

Les mains dans les poches et sifflotant doucement, il s'éloigna tranquillement, enchanté de sa soirée.

IV

Au moment où Corridon s'installait à son volant, des lanternes, un peu plus loin, s'allumèrent. Il démarra, embraya et descendit lentement l'allée en direction des grilles.

Sur le tableau de bord, la montre marquait dix heures quarante-cinq. Debout dans le faisceau de lumières au néon, le garçon blond en uniforme lui adressa un sourire indifférent.

Corridon lança la voiture sur la grande route et accéléra immédiatement, passant rapidement ses vitesses tandis que l'aiguille du compteur montait à cent.

Dans le rétroviseur, il aperçut les deux taches de lumière jaune derrière lui et il sourit. Ritchie avait prédit qu'ils le surveilleraient. Ils n'avaient pas perdu de temps.

Il n'essaya pas de semer l'auto qui le suivait.

En atteignant Shepherd's Bush, où la circulation est plus dense, il ralentit pour faciliter la tâche de son poursuivant.

Ils voulaient probablement s'assurer qu'il habitait bien dans Grosvenor Mews. Eh bien, il ne s'en cachait pas, bien au contraire !

Derrière lui, l'auto n'était plus qu'à quelques mètres, lorsqu'il ralentit pour tourner dans Grosvenor Mews. L'autre accéléra et le dépassa. À ce moment, il eut la vision rapide du profil d'une Buick et distingua deux silhouettes sombres sur le siège avant.

Il coupa le contact et descendit la rue, l'oreille aux aguets. La Buick aussi s'était arrêtée, hors de vue, et il comprit que c'est à pied qu'ils allaient revenir.

Il s'arrêta devant son garage et alluma les phares. « Pourquoi ne pas leur faciliter le boulot ? » pensait-il en s'apprêtant à ouvrir les portes du garage.

Une silhouette sortit de l'obscurité et s'avança dans les cercles de lumière blanche. Une seconde, Corridon resta saisi et s'immobilisa, muscles bandés, puis, quand il aperçut la cape de renard, le parapluie court et le grand sac à main, il respira.

La fille qui sortait de l'ombre d'un petit pas affecté était longue, svelte et blonde. Son visage maquillé était dur, ses lèvres rouges et pleines s'écartaient en un sourire factice d'invitation sensuelle. Elle portait un ensemble noir tout simple avec l'allure désinvolte de la putain prospère.

— Bonsoir, chéri, dit-elle. Tu cherches peut-être une petite femme à la page ?

Corridon lui fit un sourire amical en ouvrant les portes du garage.

— Non, dit-il. Qu'est-ce que tu fabriques dans ce coin ?

Elle haussa légèrement les épaules.

— Je cherche un gentil garçon dans ton genre, dit-elle, et elle se rapprocha.

Son parfum évoquait le lilas. Il aimait assez ça.

— Si on s'amusait un peu tous les deux, chéri ?

— Pas ce soir, dit-il en grimpant dans la voiture. Tu perds ton temps. Une petite femme à la page, je ne saurais pas quoi en faire.

Sans attendre sa réponse, il fit entrer la voiture dans le garage, en ressortit et ferma les portes. Ce faisant, il jeta un coup d'œil dans la rue. Il y avait un réverbère tout au bout et son œil de lynx détecta une silhouette obscure à demi cachée sous un porche.

La fille se rapprocha de lui.

— Change d'avis, chéri, dit-elle. Après tout, c'est le printemps à Paris.

Corridon éclata de rire.

— Tiens, j'ai déjà entendu ça quelque part ! Ça vous a un petit cachet que je connais !

Elle dit dans un murmure à peine audible :

— Si c'est un cachet de jade blanc, tu le connais sûrement…

Corridon l'attira contre lui et posa sa main sur son bras. Pour ceux qui épiaient du bout de la rue, ils composaient un tableau banal de Piccadilly : un type en train de marchander avec un tapin.

— Y a deux zèbres qui nous surveillent, dit-il à voix basse. Voulez-vous entrer ?

— Oui. Il a dit que vous seriez sans doute surveillé. C'est lui qui a eu l'idée de m'arranger comme ça. Pas moi.

Corridon lui sourit :

— Il n'a jamais fait grand cas de ma moralité, mais ça ne fait rien. Si vous n'y voyez pas d'inconvénient, je serais mal venu de faire le délicat.

Sans lâcher son bras, il la mena devant l'entrée et ouvrit la porte.

— Montez tout droit. La première porte à droite.

D'un coup de pouce, il manœuvra le commutateur et s'arrêta un moment pour la regarder monter l'escalier. Ses yeux s'attardèrent sur les jambes gainées de nylon et il pinça les lèvres.

« Ça, c'est une poupée, pensa-t-il. Je parie que Ritchie n'a même pas remarqué comment elle est carrossée. »

Il ferma la porte et, grimpant les marches trois par trois, il la rejoignit au moment où elle allumait dans le petit salon.

Tous deux se firent face. Son visage s'était adouci et, malgré le fond de teint et le rouge à lèvres, il percevait une beauté pleine de fraîcheur derrière le masque.

— C'est drôlement réussi, votre maquillage, dit-il. Vous m'avez eu, et j'ai pourtant la prétention de m'y connaître.

— Une idée de Ritchie, fit-elle avec une petite grimace. Il m'a dit qu'ils trouveraient normal de me voir rôder autour de chez vous. J'espère qu'il se trompe.

Corridon la débarrassa de son chapeau et de son manteau :

— Ritchie a du génie, dit-il. Oui, il se trompe, mais l'ennui, c'est que les autres s'attendent justement à ça de ma part. C'est ça, le coup de génie. Asseyez-vous, reprit-il. Qui êtes-vous ?

Elle s'installa sur une chaise, près de la table. Corridon l'examinait avec curiosité. Visiblement, elle avait subi l'entraînement et la discipline militaires. Maintenant qu'elle ne jouait plus son rôle et qu'elle s'était détendue, son regard était grave et direct ; l'expression de sa bouche signifiait : « Pas de bêtises ! » et elle savait s'asseoir le dos droit et les épaules carrées.

— Je m'appelle Marian Howard, répondit-elle. Chaque mardi soir, à la même heure, je viendrai aux nouvelles.

Corridon sourit :

— J'ai l'impression que ma réputation va en prendre un vieux coup. Vous n'avez pas soif ?

Elle secoua la tête.

— Je ne bois pas.

— Une cigarette ?

— Je ne fume pas.

— Pas de vices, alors ?

— Je n'ai pas le temps d'en avoir. À propos, j'ai de l'argent pour vous.

Elle ouvrit son sac.

— Ils se sont montrés phénoménalement généreux : cinquante livres.

Corridon siffla :

— Mazette ! Qu'est-ce qui leur prend ? Je n'ai jamais réussi à leur en tirer plus de vingt-cinq.

— Je sais.

Elle sortit dix billets de cinq livres et les laissa tomber sur la table.

— Ils considèrent ça comme une mission plutôt importante. Comment vous en êtes-vous sorti ?

Corridon s'assit sur le sofa et alluma une cigarette :

— Vous m'avez l'air bien sûre de mon accord. Je n'ai rien promis à Ritchie.

Elle sourit. Il conclut qu'elle était gentille et qu'elle lui plaisait bien. Il aimait son sourire franc et amusé et son regard confiant.

— Ritchie est un vieux renard, dit-elle. Il savait qu'une fois le nez là-dedans, vous ne pourriez plus en sortir. Mais ne perdons pas de temps. Je dois lui faire mon rapport ce soir même.

— Soyez prudente. Rien ne les empêche de vous filer. Il y en a deux au bout de la rue.

— J'ai un gentil petit appartement dans Dover Street. Tout est arrangé. Au cas où ils me suivraient, je suis exactement ce qu'ils croient. Un des gars vient me voir à minuit et demi ce soir. C'est à lui que je dois passer tout ce que vous me raconterez.

Corridon grogna.

— Je suppose que Ritchie sait ce qu'il fait. Il m'a l'air de prendre de drôles de précautions.

— C'est nécessaire. Ces gens sont dangereux. Que s'est-il passé, ce soir ?

— Beaucoup trop de choses, en fait. J'ai vu Manners et l'ai convaincu de m'inscrire comme membre du club. Pas difficile, j'étais en mesure de le faire chanter. Au moment où il remplissait ma carte de membre, une fille est entrée dans la pièce. Elle portait au cou un protège-pouce en jade blanc. Elle s'appelle Lorène Feydak ; elle habite 29, Bayswater Crescent, un appartement au dernier étage et travaille chez Dumas, dans Bond Street. Elle a obligé Manners à me présenter à elle, et nos relations sont pas mal amorcées. Nous devons nous retrouver le dimanche qui vient, sur un terrain un peu plus intime.

Il sourit.

— Elle sera, sans doute, dans d'autres dispositions quand nous nous reverrons, mais, ce soir, c'était plein de promesses.

— Vous croyez qu'elle sert d'appât ? demanda Marian.

— C'est probable. Il existe encore des femmes qui n'y vont pas par quatre chemins, mais c'est plus vraisemblablement une ruse pour me faire marcher. Nous verrons dimanche. Elle a un frère, Slade Feydak, qui travaille aux Beaux Voyages, une agence de Mayfair. Nous nous étions à peine rencontrés qu'il me faisait l'offre obscure de travailler pour lui. Il est plus que vraisemblable qu'il a parlé à Manners avant de venir nous rejoindre, sa sœur et moi. Je suis absolument certain qu'il s'était renseigné sur mon compte avant de me faire son offre. Il veut que je l'appelle à son bureau pour discuter d'une proposition. Dès qu'il est parti, Lorène m'a traité d'imbécile et m'a défendu d'avoir affaire à lui pour quoi que ce soit.

Il se pencha pour laisser tomber sa cendre dans la cheminée.

— Je n'ai pas encore pu déterminer si le frère et la sœur travaillent en tandem. Je lui ai posé des questions sur l'anneau et elle m'a raconté que c'était un bijou de famille. Ma première impression, c'est que tout le truc est une mise en scène. Ce qui me tracasse, c'est comment ils ont su que j'allais venir au club. Ils étaient visiblement préparés à me recevoir. S'ils ont collé devant chez Milly quelqu'un qui m'a repéré avec Rawlins, je ne pourrai pas les mener longtemps en bateau.

— C'est chose possible, dit Marian, mais le dénommé Brett a pu dire aussi à Feydak que vous étiez arrivé, et en train de parler à Manners. Feydak a envoyé sa sœur pour entrer en relations avec vous.

— C'est une idée. Dans ce cas, ça signifierait que Brett lui aussi est mêlé au truc.

— Pensez-vous que Manners le soit ?

Corridon haussa les épaules.

— Je ne sais pas. Ça se pourrait, mais je ne le crois pas assez culotté pour ce genre de travail. Dites à Ritchie de faire rechercher les antécédents de Lorène et Slade Feydak. Dites-lui aussi de sortir tout ce qu'il peut sur les Beaux Voyages, Manners et Brett.

— Et vous ?

Corridon se pencha et ramassa les dix billets de cinq livres. Il les fit défiler sous son pouce et les mit dans sa poche.

— Je ne bouge pas d'ici dimanche. Tout dépend uniquement de ce qui arrivera à ce moment-là. Je crois que ce serait une faute d'aller voir Feydak. Je veux lui donner l'impression que je suis difficile à accrocher.

— Bien, dit Marian. Alors je reviens mardi prochain. S'il arrive quoi que ce soit d'urgent, téléphonez-moi.

Elle gribouilla son numéro de téléphone.

— Ils ont peut-être une table d'écoute, aussi il vaut mieux que vous me demandiez de passer. Ce n'est pas loin. Je peux être là très rapidement.

Corridon lui lança un sourire sournois. La situation l'égayait :

— Je voudrais bien être toujours sûr qu'une jolie fille va rappliquer à mon premier coup de fil. Rien de tel que le service secret pour vous faire voir la vie en rose.

Ses calmes yeux gris plongèrent dans les siens.

— J'ai peur que vous ne voyiez pas grand-chose de la vie en ma compagnie, dit-elle d'une voix à peu près aussi engageante qu'un mur de briques.

— Je le crains, en effet, dit Corridon avec une nuance de regret. Ritchie vous a-t-il dit que vous n'auriez aucun ennui avec moi, que je me conduis toujours en galant homme ?

Elle éclata de rire.

— Non, pas précisément. Il m'a dit que vous étiez un parfait satyre et qu'il fallait se tenir sur ses gardes.

— Il n'a pas changé d'un poil, le vieux chimpanzé, fit Corridon en ouvrant la porte. Mais quand même, vous êtes beaucoup trop bien balancée pour ce boulot.

Elle passa devant lui et s'avança sur le palier.

— C'est une question de point de vue, dit-elle.

Il la suivit jusqu'à la porte d'entrée. En l'ouvrant, il dit :

— Il vaudrait peut-être mieux qu'on s'embrasse devant l'entrée. Il faut convaincre ces deux zèbres, vous savez.

— C'est tout à fait inutile, dit-elle en s'engageant dans la rue. Bonsoir.

Elle s'enfonça dans la nuit sans se retourner.

CHAPITRE III

I

Les deux types qui avaient suivi Corridon depuis Le Chapon Rouge se mirent en devoir de le filer partout où il se rendait. C'étaient des spécialistes, et seule sa vieille expérience permit à Corridon de se rendre compte qu'ils étaient continuellement sur ses talons. Et ce n'est que le second jour qu'il put les entrevoir.

Le premier était un petit trapu au visage sanguin et bouffi, au cou de taureau ; Corridon pensa qu'il pouvait être Allemand. L'autre, grand, mince, avait des yeux brillants, très creux. Il avait l'air russe, avec sa figure aux traits aplatis, ses cheveux blonds coupés ras et son habitude de fumer des cigarettes de papier brun.

Le cœur léger, Corridon les baptisa Doublepatte et Patachon.

Ces deux-là seraient dangereux. Corridon connaissait ce genre : des tueurs. Tous deux semblaient nerveux. Patachon, le courtaud, avait les paupières agitées de tics et il clignait perpétuellement des yeux. Doublepatte, le grand, montait et descendait des gammes le long de ses cuisses avec ses longs doigts maigres. Tous deux se mouvaient comme des ombres, sans bruit sur leurs semelles de crêpe, et ils avaient tous deux des yeux comme des bouts de verre noir ; sans expression, froids et inhumains.

Ils avaient emménagé dans un appartement en face du sien, de l'autre côté de la rue. Comment ils s'étaient débrouillés, ça, il n'aurait pu le dire. C'était un bureau de bookmaker, et, d'un seul coup, l'enseigne du bookmaker disparut et une note au crayon informa sa clientèle qu'il s'était installé à Park Court, une ruelle parallèle à Grosvenor Mews, et voilà Doublepatte et Patachon embusqués derrière leurs rideaux de filet. De ce lieu bien placé, ils pouvaient surveiller Corridon avec le minimum d'efforts et il se rendit compte que Ritchie avait vu juste, en camouflant Marian en fille légère. Ses visites hebdomadaires n'éveilleraient pas leurs soupçons : c'était le genre de mœurs qu'on pouvait prêter à Corridon.

Le deuxième soir qui suivit la visite de Marian, Corridon découvrit que son téléphone était branché sur une table d'écoute. Au courant de tous les trucs de ce genre, ayant lui-même surveillé des douzaines de lignes durant sa carrière d'agent secret, il découvrit aussi qu'on avait essayé d'entrer dans son appartement. Mais il avait veillé depuis longtemps à ce que personne ne puisse le faire à moins de démolir la porte à coups de hache. Chaque fenêtre était garnie de barreaux espacés de dix centimètres, et la serrure massive faisait partie intégrante de la porte.

« Probable, pensa-t-il, qu'ils voulaient planquer un micro quelque part. » Et, bien qu'il sût qu'il était impossible d'entrer par effraction, il prit la précaution de fouiller l'endroit.

Bien lui en prit, car il découvrit un micro, petit, mais d'une extrême sensibilité, pendu dans la cheminée de son salon. À un moment quelconque de la nuit, l'un d'eux avait dû grimper sur le toit et le faire descendre dans la cheminée. Il obtura le conduit à l'aide d'un vieil imperméable, qui assourdirait les sons, sans toucher au micro lui-même.

Les trois jours suivants passèrent avec lenteur. Corridon était agacé de se sentir suivi partout où il allait. Il prenait garde de n'en rien laisser voir. Il se rendit à ses occupations habituelles, passa son temps dans les bistrots et dans les boîtes de nuit de Soho, tentant, sans succès, de racoler une victime. Il fut soulagé quand arriva le dimanche et qu'il put rendre visite à Lorène.

Il soigna sa mise, ce soir-là, passa un smoking et s'affaira à confectionner un nœud de cravate satisfaisant. Puis il s'éloigna de la grande glace pour un dernier examen.

Satisfait de son aspect, il passa un pardessus léger et descendit vers la porte. Les fenêtres de l'appartement d'en face étaient éteintes, mais il se douta que l'un des deux gars l'épiait à travers les rideaux.

Il sortit la M. G. du garage et descendit lentement la rue. Quand il déboucha dans Knightsbridge, il repéra Patachon qui l'attendait, à califourchon sur une moto. Au moment où il le dépassa, Patachon mit la machine en marche et se coula à sa suite dans le flot de la circulation.

Corridon atteignit le 29, Bayswater Crescent un peu après sept heures. La maison faisait partie d'une rangée de grands immeubles à la façade plate, anciennes demeures de riches commerçants, qui avaient été convertis depuis en appartements pour gens de la haute.

La porte d'entrée ouverte donnait sur un hall rébarbatif, empli de lourds meubles d'époque victorienne. Au fond de l'entrée, un large escalier et pas d'ascenseur visible.

Avant de monter l'escalier, Corridon s'assura que Patachon venait de garer sa moto au fond de Crescent, d'où il pouvait surveiller le 29 de façon pas trop ostensible ; puis il commença la longue ascension.

Ayant escaladé quatre étages, il se trouva sur le dernier palier, légèrement essoufflé. En face de lui il y avait une porte peinte en vert clair, nantie d'un marteau chromé étincelant et d'une fente de boîte aux lettres.

Il poussa le bouton de sonnette et attendit, en songeant que cette porte était plus impressionnante que toutes celles qu'il venait de dépasser en montant l'escalier ; il se demandait si l'appartement serait aussi élégant et vieux.

La porte s'ouvrit et il fut un peu déconcerté de se trouver en face de Slade Feydak.

— Par exemple !... Entrez donc ! s'exclama Feydak en empoignant la main de Corridon. En voilà une chance ! J'espérais bien vous revoir. Comment allez-vous ?

Corridon pénétra dans la petite entrée et ôta son chapeau et son manteau. Il répondit qu'il n'allait pas mal, mais le ton était revêche.

— Lorène n'est pas là ? demanda-t-il à brûle-pourpoint.

— Mais si, elle prend un bain, répondit Feydak. (Sa gaieté forcée tapait sur les nerfs de Corridon.) J'ai bien peur que nous n'ayons bavardé sans faire attention à l'heure. Mais entrez donc : je vais vous faire un dry-Martini.

Corridon le suivit dans une pièce spacieuse et claire où des monceaux de fleurs jetaient leur note vive.

Devant le feu de bûches, encadré par un fauteuil d'un côté et un canapé de l'autre, se tenait un personnage trapu en tenue de soirée bleu nuit. Son visage mince, couleur de vieux parchemin, rappela à Corridon le masque mortuaire d'un obscur empereur chinois qu'il avait aperçu une fois dans une boutique de brocanteur. Il devait avoir entre cinquante et soixante ans, ses petits yeux étroits étaient vifs et perçants. Sa fine moustache noire lui donnait l'air d'un mondain tout en évoquant pourtant la cruauté impitoyable d'un Tartare.

— Je vous présente Martin Corridon, dit Feydak. Monsieur Corridon, permettez-moi de vous présenter le président de notre firme, Joseph Diestl.

Diestl fit un pas en avant et tendit une petite

main aux ongles soignés. Le sourire avare dont il salua Corridon n'était qu'un rictus.

— Ravi de vous connaître, monsieur Corridon, dit-il. J'ai beaucoup entendu parler de vous.

« Cette fois, pensa Corridon, tout en lui serrant la main, voici un homme dangereux. Un homme à qui il ne faut pas se fier et qui est parfaitement de taille à diriger l'organisation. » Il avait perçu la puissante personnalité, le caractère impitoyable et l'aptitude au commandement, cachés derrière le sourire mince. Comparer Diestl à Feydak équivalait à comparer un tigre à un chaton.

— Pas en mal, j'espère, dit Corridon. Les gens se font parfois des idées bizarres sur mon compte.

— Mais vous admettrez que vous êtes quelqu'un de connu, dit Diestl en désignant le canapé. J'ai pris quelques renseignements sur vous. Asseyez-vous donc. Je suis impatient de causer avec vous.

Comme Feydak s'approchait avec un Martini, Corridon dit :

— Je ne suis pas venu ici pour parler affaires. Je pensais sortir avec Lorène.

Feydak eut un sourire éclatant.

— Mais bien sûr, monsieur Corridon. Elle ne va pas tarder, mais pendant que nous l'attendons…

Il jeta un coup d'œil à la pendule sur la cheminée.

— Nous avons nous-mêmes rendez-vous pour dîner dans vingt minutes.

Corridon haussa les épaules. Il s'assit et prit le cocktail que lui offrait Feydak.

— Slade m'a dit qu'il vous avait prié de l'appeler au bureau, dit Diestl en refusant de la main le verre que Feydak lui présentait. Il vous a laissé entendre que nous aurions du travail pour vous, je crois…

Corridon fronça les sourcils, simulant un effort de mémoire.

— Il m'a dit ça ? C'est bien possible. J'en reçois souvent des propositions de ce genre. En général, il n'en sort rien.

— J'espérais que vous passeriez, dit Diestl. Je désirais faire votre connaissance.

Corridon indiqua d'un geste que, si Diestl avait souhaité faire sa connaissance, il était servi.

— Dans l'ensemble, je suis assez occupé, dit-il avec indifférence.

— Mais je crois que vous ne faites rien en ce moment, repartit Diestl d'un ton légèrement acide.

— Pour le moment, je savoure un repos bien gagné.

— Mais personne ne peut vivre de l'air du temps ?

Diestl s'assit sur le bras du canapé, ses mains sur les genoux.

— J'ai un petit travail à faire exécuter. Je me demandais si ça vous intéresserait.

— Tout dépend du travail et des honoraires, répliqua Corridon. Je vous préviens que mon but essentiel est de fournir le minimum d'effort pour une rétribution maximum.

Diestl le regarda ; ses yeux noirs et perçants étaient hostiles.

— Il semble que ce soit la tendance générale de nos jours. Enfin, certains sont en mesure de poser de telles conditions. Vous, par exemple. Le travail vous demandera moins d'une heure et vous rapportera deux cents cinquante livres.

Corridon alluma une cigarette avant de dire :

— C'est tentant. De quoi s'agit-il ?

— En deux mots, monsieur Corridon, j'agis pour le compte d'un client. Je dois vous signaler que ce n'est pas la première fois que mes clients me demandent d'arranger des affaires personnelles. Dans ma partie, je suis en contact avec un nombre considérable de gens riches des deux sexes, et certains me demandent conseil à titre privé.

Le sourire se fit plus aigre encore.

— Il semble que je leur inspire confiance. C'est flatteur, certes, mais souvent c'est assommant. L'homme dont je vous parle a des histoires avec une femme. Elle le fait chanter. Entre nous, c'est un imbécile et un vicieux. Malheureusement pour lui, c'est également un homme en vue. La femme est en possession d'un certain nombre de lettres, plutôt compromettantes. Si elles tombent dans des mains hostiles, il est fichu.

Corridon se mordit les lèvres.

— C'est un boulot pour les flics, non ?

— Oh ! non. Pas question de police. Il m'a demandé de lui trouver quelqu'un qui puisse récupérer des lettres chez la dame. Ça ne doit pas être très dur.

Corridon jeta un coup d'œil à Feydak, qui se tenait debout derrière Diestl, silencieux et effacé. Leurs regards se rencontrèrent et Feydak sourit d'un air gêné. « Pourquoi moi ? pensa Corridon. Doublepatte ou Patachon sont parfaitement capables de faire le boulot élémentaire qui consiste à s'introduire dans une maison et à voler des lettres. Pourquoi moi ? »

— Soyons francs, dit-il en reposant son verre vide. Je ne vous connais ni d'Ève ni d'Adam. Vous tombez du ciel avec votre proposition. Qu'est-ce que j'en sais, si vous avez un client ? Qui me dit que vous n'allez pas vous servir de ces lettres pour faire chanter cette femme ? Mettez-vous à ma place ! Écoutez, je vais être tout à fait sincère avec vous : avant que je considère votre offre, il faudra me convaincre que vous n'allez pas me faire voler ces lettres à votre profit.

— Je ne pensais pas que vous étiez si pointilleux, dit Diestl d'un petit air sarcastique, Mais je comprends votre point de vue, naturellement. Si ça peut vous tranquilliser, je détruirai les lettres quand vous me les donnerez, et cela, sous vos yeux.

Corridon hésitait. Quelque chose lui disait de ne pas accepter, mais, d'un autre côté, il pensait que cette offre était l'examen qu'il devait subir avant qu'on ne lui confie un travail pour l'organisation. Il savait que Ritchie lui aurait dit d'accepter, mais son instinct personnel était contre.

Il haussa les épaules.

— D'accord, dans ces conditions, ça marche.

Anxieux jusqu'ici, Feydak se détendit soudain et s'empara du verre de Corridon.

— On va arroser ça, fit-il en souriant. J'avais bien dit à Diestl que vous étiez celui qu'il nous fallait.

Pendant qu'il remplissait le verre de Corridon, Diestl demanda :

— Est-ce que ça vous irait, demain soir ? Je sais qu'elle rentrera très tard. Elle vit seule. Vous pourrez travailler sans être dérangé.

— Demain soir, ça va, répondit Corridon. Où est-ce ?

— Ça, je l'ignore. J'aurai des détails et un plan de l'appartement demain après-midi. Slade viendra vous chercher et vous y conduira. J'ai cru comprendre qu'il y avait une serrure Yale à la grande porte. Cela ne vous gênera pas ?

Corridon secoua la tête.

— Je préférerais examiner les lieux avant de faire le truc, dit-il.

Diestl eut un petit geste de regret.

— J'ai bien peur que ce soit impossible. Le mieux que je puisse faire est de vous avoir un plan détaillé. Désolé.

— Eh bien, tant pis ! Faudra bien que ça aille.

— Tout est réglé, alors ? dit Feydak en tendant à Corridon un autre Martini. Vous nous excuserez de nous sauver si vite, mais nous sommes déjà un peu en retard pour notre rendez-vous. Lorène n'en a que pour quelques minutes. Ça ne vous ennuie pas trop que nous vous abandonnions ?

— Je n'en mourrai pas, fit Corridon.

— Je ne crois pas que Slade sache où vous habitez, fit Diestl en mettant son pardessus.

Corridon sourit.

— En effet, je ne pense pas.

Il donna son adresse, que Slade gribouilla au dos d'une enveloppe.

— C'est parfait, dit-il. Je passe vous prendre

demain soir à dix heures. Quand vous aurez les lettres, je vous ramène chez Diestl.

— Moi, je les détruis et je vous paie votre dû, dit Diestl. Nous sommes d'accord ?

— Entièrement.

— Et si vous réussissez, monsieur Corridon, je pourrai probablement vous offrir quelques autres affaires un peu plus intéressantes et beaucoup plus rémunératrices, ajouta Diestl en lui serrant la main.

— En général, je réussis ce que j'entreprends, précisa Corridon.

— Parfait. J'espère que dans l'avenir nous travaillerons ensemble, répondit Diestl.

— Alors à demain soir, répéta Feydak. Dans l'intervalle, je vous en prie, ne dites rien à personne.

— Même à votre charmante sœur ?

Le sourire de Feydak se crispa légèrement.

— S'il vous plaît.

Il y eut un silence. Puis les deux hommes lui sourirent et sortirent. Peu après, la porte d'entrée claqua.

II

Corridon se dirigea vers la fenêtre et regarda dans rue. Il vit Diestl et Feydak dépasser Patachon d'un pas rapide et sans regarder de son côté. Corridon continua à observer la silhouette épaisse et courtaude à califourchon sur la moto. Quand Diestl et Feydak eurent tourné le coin, Patachon mit sa machine en marche et disparut rapidement dans la direction opposée.

« De toute évidence, pensait Corridon, il leur suffisait de me savoir entre les mains de Lorène. » Il traversa la pièce et ouvrit la porte pour regarder dans le hall. Il y avait un petit couloir à droite de la porte d'entrée. Au fond du couloir, une autre porte lui faisait face.

Élevant la voix, il appela :

— Vous en avez encore pour combien de temps ?

— C'est vous, Martin ?

Il y eut un moment de silence, puis la porte s'ouvrit. Souriante, Lorène se tenait dans l'embrasure, en déshabillé de soie verte.

— Bonsoir, dit-elle et elle s'avança vers lui, la main tendue, les yeux brillants et vifs. Slade vous a fait entrer ? Je ne savais pas que vous étiez là.

Corridon prit sa main et la retint.

— Ça fait une bonne demi-heure. Ils m'ont dit que vous étiez dans votre bain.

— C'était exact.

Elle essaya de retirer sa main, mais il la serra fermement.

— Comme vous êtes fort ! Vous m'avez l'air bien agressif, ce soir.

— Et je le suis, dit Corridon en l'attirant à lui.

Son bras glissa autour de sa taille.

— Dans quelles dispositions êtes-vous, ce soir ?

— Pas très favorables, je le crains.

Et, posant sa main libre contre sa poitrine, elle le repoussa.

— Je vous en prie, ne jouez pas à l'homme des cavernes. Je ne trouve pas ça drôle.

— Je vous avais bien dit que les femmes étaient capricieuses, dit Corridon en la lâchant. Maintenant, je suppose que vous allez faire des façons.

— Je ne vois pas ce que vous voulez dire. Maintenant, écoutez, j'en ai à peine pour dix minutes. Soyez mignon et allez m'attendre dans le salon. Je vous jure que je me dépêche.

— Je m'embête en tête à tête avec moi-même, répondit Corridon et, passant devant elle, il entra dans la pièce d'où elle était sortie. Je vais vous regarder vous habiller. Ça sera plus sympa que de rester assis tout seul.

Il se tenait au milieu de la chambre et examinait l'ensemble, l'air approbateur. C'était une pièce spacieuse, au mobilier coûteux, arrangée avec goût.

— Ma parole ! on se gâte. Quel luxe, baronne !

Il se dirigea vers le lit et l'éprouva :

— Un vrai nuage ! Pas étonnant que vous ayez l'air d'un ange.

Elle entra dans la pièce et referma la porte.

— Est-ce que vous n'allez pas un peu loin en vous croyant tout permis ? dit-elle d'une voix légèrement acerbe. Les hommes n'entrent pas ici.

Nonchalamment, il alla vers la coiffeuse garnie de bouteilles de lotions, de crèmes, de parfums et d'astringents.

— Vous êtes fâchée, ma parole ! dit-il en s'emparant d'un des flacons. Si vous veniez chez moi, je serais ravi que vous visitiez ma chambre.

Il dévissa le bouchon et renifla.

— Hum, excellent.

En reposant la bouteille, il dit :

— Ce Diestl, c'est un drôle de numéro, hein ? Ça fait longtemps que vous le voyez ?

— Je le connais à peine. C'est un ami de Slade, dit-elle sèchement. Maintenant, je vous prie d'aller m'attendre dans l'autre pièce.

Toujours paisible, Corridon s'avança vers le lit et s'assit dessus.

— Je me trouve bien ici. Je voulais vous emmener chez Prunier, ce soir, mais j'ai changé d'avis.

— Où allons-nous, alors ?

— Nulle part. On reste ici.

— Ah ! ça, sûrement pas ! Je sais que c'est ma faute. Je vous ai fait marcher, l'autre soir, mais j'avais bu. Pas question de faire des bêtises. On va chez Prunier.

— Chose étrange, dit Corridon avec désinvolture, vous n'aviez absolument rien bu, l'autre soir. J'admets que vous m'ayez fait marcher, mais de toute évidence vous aviez un mobile. Dois-je préciser lequel ? Vous vouliez que je vienne ici pour que Diestl et votre gentil petit frère puissent me persuader de faire pour eux un petit boulot pas propre. L'appât que vous m'avez balancé sous le nez, c'était une nuit de… d'amour, dirons-nous ?

Deux taches d'un rouge éclatant apparurent sur ses joues et ses yeux s'assombrirent.

— C'est absolument faux ! Je ne sais pas ce que vous voulez dire !

Corridon sourit.

— Vous ne savez pas ? Ils ne vous ont rien dit ? C'est censé être un secret, mais je suis sûr que Slade a dû vous le glisser dans le creux de l'oreille. Ils m'offrent deux cent cinquante livres pour voler quelques lettres indiscrètes.

— Je ne suis au courant de rien ! Maintenant, écoutez, Martin, tout ça est allé trop loin. Je vous prie de partir. Je ne sors pas avec vous, ce soir.

— Je sais. C'est justement ce que je venais de vous dire.

Il étendit brusquement la main et l'attrapa par le poignet.

— Venez vous asseoir près de moi.

Elle tenta de se libérer, mais il était bien trop fort pour elle. Il la força à s'asseoir sur le lit à côté de lui.

— Lâchez-moi ! dit-elle avec fureur. Quel toupet !

— Je crains que vous ne l'ayez cherché, dit-il avec douceur. Si ça vous dégoûte vraiment, vous pouvez toujours crier. Il y aura bien quelqu'un pour vous entendre si vous braillez assez fort.

— Lâchez-moi ! cria-t-elle en luttant pour se libérer.

Elle voulut lui flanquer une gifle, mais il attrapa son bras au vol et, d'une seule main, il lui emprisonna les deux poignets.

— Et maintenant, qu'est-ce que vous allez faire ? demanda-t-il. Je suis bien trop fort pour vous et vous ne pourrez pas faire appel à un sens moral dont je suis complètement dépourvu. J'ai bien peur que votre cas ne soit plutôt désespéré.

— Vous me faites mal ! dit-elle, furieuse. Lâchez-moi immédiatement.

— Ça vous apprendra peut-être à ne pas faire des promesses suggestives, dit Corridon d'une voix douce. J'insiste toujours pour être payé.

Il la rejeta en arrière, et elle se trouva couchée en travers du lit.

— Je crains que vous ne deviez vous considérer comme une martyre de la cause.

— Salaud ! souffla-t-elle en le fusillant du regard. Je vais hurler si vous ne me lâchez pas.

— Hurlez donc, je vous en prie !

Il se penchait sur elle en souriant.

— Ça ne me dérange absolument pas.

Sans lâcher ses poignets, il se pencha sur elle et sa bouche couvrit celle de Lorène. Un court instant elle lutta pour se libérer, puis il sentit qu'elle se décontractait. Alors, il lui lâcha les mains et la prit dans ses bras.

— Hurlez donc ! murmura-t-il. Avant qu'il ne soit trop tard.

— Oh ! la ferme, dit-elle farouchement, et ses bras se nouèrent autour de son cou.

III

— J'ai faim, dit Corridon plaintif en soulevant sa tête de l'oreiller et considérant la chambre obscure.

Le clair de lune entrait par la fenêtre et découpait un petit carré de lumière sur la moquette blanche.

— Ça t'apprendra, dit Lorène paresseusement.

Elle étira un ravissant bras nu au-dessus de sa tête et soupira d'aise.

— Tu n'avais qu'à aller chez Prunier comme tu voulais le faire.

— Oui, dit Corridon et il ferma les yeux. Des huîtres et du xérès, une aile de canard, des petits pois et des pointes d'asperges au beurre. Tu as parfaitement raison. Je n'aurais pas dû traîner ici. Dommage que tu aies fait tant de difficultés ! Si tu avais été plus gentille, j'y serais allé.

Elle lui frappa la poitrine à coups de poings.

— Tu as des manières de sanglier ! dit-elle. Et maintenant, je suppose qu'il va falloir que je te trouve quelque chose à manger, sinon tu ne reviendras plus.

Il se tourna sur le côté pour la regarder :

— Voilà que tu deviens intelligente. C'est exactement la réflexion que j'attendais.

Elle ramassa le déshabillé de soie qui gisait à terre. En la regardant dans la lumière diffuse du clair de lune, Corridon se dit qu'elle était vraiment très belle.

— J'aurais bien voulu que tout ça n'arrive pas, dit-elle en enfilant le déshabillé. J'ai bien peur que ce ne soit très mauvais pour moi.

— Pourquoi donc ?

— Parce que c'est comme ça.

Elle sortit de la pièce.

Quand elle fut partie, Corridon alluma la lampe de chevet et consulta sa montre. Onze heures vingt.

Il alluma une cigarette et contempla méditativement le plafond. Il savait qu'il devait contacter Marian Howard et lui raconter ce qui se mijotait pour le lendemain soir, mais ça l'embêtait. Il ne voulait pas y penser pour le moment. Lorène s'était donnée à lui, si complètement qu'il se sentait tout attendri. Il admit avec une moue de résignation qu'il était fin prêt à se laisser glisser dans la sentimentalité. Ça ne durerait pas, bien sûr, mais tant que ça durerait, il était prêt à en profiter. Il lui avait fait violence pour une raison : il connaissait les femmes. Si elle acceptait de coucher avec lui, c'était une façon simple de se l'attacher. Et il pensait avoir réussi.

Il passa ses mains sur ses épaules musclées, lança les jambes hors du lit et se dirigea vers la penderie à la recherche de quelque chose à se mettre sur le dos. Il trouva une robe de chambre d'homme pendue parmi les affaires de Lorène. Elle était un peu étroite des épaules et bien trop courte pour lui, mais il la mit quand même. Il retourna au lit et se rassit, le front plissé, passant ses doigts à travers son épaisse tignasse.

— Si Slade te voyait; ça lui ferait plaisir, dit Lorène en entrant avec un plateau. Pour l'amour du ciel, ne la déchire pas. Elle a l'air tellement fragile sur toi.

Corridon examina le plateau. Il y avait des morceaux de poulet froid, de minces tartines de pain beurré, des pêches, bien que ce n'en fût pas la saison, et un shaker extrêmement impressionnant.

— Pas mal, fit-il. Mais, pour être tout à fait à la hauteur, tu aurais dû me faire cuire quelque chose.

— Assez ! fit Lorène en posant le plateau sur le lit. Tu es vraiment impossible.

— Au fait, pourquoi serait-ce mauvais pour toi ? demanda-t-il en attaquant le poulet. Ta réflexion laisserait-elle présager des choses sinistres ?

— Tu le sais très bien, pourquoi, répondit-elle sans le regarder.

Elle défit le bouton du shaker et versa deux dry-Martini.

— Ne joue pas la comédie.

— Allons, dis-moi. C'est toujours dangereux de garder les choses pour soi.

— Je suis tombée amoureuse de toi. Et j'ai horreur d'être amoureuse. Ça complique tout. Je le savais que ça arriverait si on faisait des bêtises. Eh bien, c'est fait.

— Et quel mal y a-t-il à être amoureuse de moi ? dit-il négligemment en plongeant son aile de poulet dans le sel. Ça devrait te rendre heureuse !

— Tu n'es pas le genre d'homme dont on peut s'éprendre. Tu le sais parfaitement. Tu es incapable d'aimer qui que ce soit. Et l'amour unilatéral, c'est déconseillé. La femme doit obligatoirement en souffrir.

Corridon commençait à déplorer la tournure que prenait la conversation.

— Les femmes exigent toujours. Pourquoi souffrirais-tu ? Je serai très gentil, très tendre avec toi.

— Je ne dis pas non, fit-elle en lui tendant un autre Martini, mais tu ne m'aimeras pas. Et figure-toi que ce petit détail a son importance. (Elle haussa les épaules.) Enfin, peu importe. C'est tant pis pour moi. Ça t'amuse de me savoir amoureuse de toi ?

— Pourquoi prendre ce ton amer ? L'ennui, avec les femmes, c'est que, dès qu'elles ont une aventure, elles en concluent automatiquement que ça durera toujours. Pourquoi ne pas accepter les choses comme elles viennent et se contenter, comme l'homme, de jouir du présent au lieu de constamment se tracasser pour le lendemain ? Rien ne dure toujours. Dans une semaine, tu trouveras probablement quelqu'un de beaucoup mieux que moi et tu oublieras mon existence. Ne fais pas de tragédie, pour l'amour du Ciel !

— Et voilà ce qui s'appelle laisser la porte de derrière entrouverte ! fit-elle d'un ton léger, avec un sourire. D'accord, il n'est rien qui dure toujours. Quand tu en auras assez de moi, tu pourras partir sans histoires. Aimons-nous aujourd'hui, comme si demain ne devait jamais exister.

Corridon se mit à peler une pêche :

— Je regrette que tu prennes les choses de cette façon. Mais tu conviendras que tu ne peux t'en prendre qu'à toi. C'est toi qui as tendu l'hameçon. Ce n'est pas ma faute si tu y as mordu toi-même. Et si tu cherches un bouc émissaire, adresse-toi à ton frère. C'est lui le responsable. J'imagine qu'il a tenu à me rencontrer ici ?

— C'est bon, fit-elle sans cesser de sourire, j'en conviens. N'empêche que c'était un peu cavalier de ta part de t'imposer comme tu l'as fait.

— Ah ! pardon ! Là non plus, je ne marche pas ! Si tu ne m'avais pas encouragé, je n'aurais pas insisté. Tu as déjà vu un mécanicien de locomotive arrêter son train devant un feu vert ? Allons, allons, un peu de franchise !

— Tu es un affreux mufle ! Tu ne me laisses pas l'ombre d'une échappatoire. Mais je m'en fiche.

— Voilà au moins qui est franc, dit Corridon en se levant pour aller à la salle de bains laver ses mains poisseuses de jus de pêche. Quand il revint, Lorène avait enlevé le plateau et était étendue sur le lit, les mains derrière la nuque. Il se planta devant elle.

— Est-ce qu'on peut avoir confiance en Diestl ? demanda-t-il à brûle-pourpoint.

Elle fit une petite grimace.

— Je ne sais pas. Je le déteste et je voudrais bien que Slade ne travaille pas pour lui.

Corridon eut un drôle de sourire.

Dans la salle de bains, il avait trouvé dans la poche de sa robe de chambre un mouchoir aux initiales de Diestl. Il conclut avec regret que tous ses jolis sentiments étaient gaspillés en pure perte.

IV

Le lendemain soir, à dix heures tapant, une Buick noire stoppa devant le logement de Corridon ; celui-ci descendit ouvrir la porte d'entrée.

— Tout est arrangé, dit Feydak en sortant de la voiture. J'ai le plan. Puis-je entrer pour l'examiner avec vous ?

— Certainement, dit Corridon en le menant à l'étage supérieur.

Feydak haussa les sourcils à l'aspect de la petite pièce lugubre. Corridon le regardait avec un sourire ironique. Feydak, dans son costume impeccable, paraissait déplacé en ce lieu.

— Figurez-vous que vous faites une visite de charité, dit Corridon égayé, et ça vous donnera un complexe de supériorité. Je ne m'excuse pas pour ce trou. J'ai perdu l'habitude des falbalas. Je trouve que les appartements de luxe vous amollissent.

Feydak eut l'air embarrassé.

— Peut-être, dit-il d'un ton dubitatif, et il s'assit. J'espère que vous avez passé une soirée agréable avec Lorène.

Corridon approcha une chaise de la table et s'assit en face de Feydak.

— Nous nous sommes mutuellement distraits. Je peux voir le plan ?

Feydak lui lança un regard inquisiteur, mais le visage sans expression de Corridon ne lui apprit rien. Il produisit une feuille pliée et la lui passa.

— Il ne doit y avoir aucune difficulté. L'appartement est au rez-de-chaussée et la porte est hors de vue de l'entrée principale. Le portier termine sa garde à neuf heures. Si vous réussissez à ouvrir la porte d'entrée, le reste est simple. Les lettres sont enfermées dans le bureau du salon. Cette pièce-ci.

Il se pencha et la désigna sur le plan.

— Vous entrez par ici, tournez à gauche et la porte du salon est là. Le bureau est à côté de la fenêtre. Peut-être sera-t-il fermé, mais je ne pense pas qu'il vous donne grand mal. Les lettres sont dans le tiroir du haut, à droite.

Corridon examina le plan.

— Êtes-vous sûr de vos renseignements ?

Feydak fit signe que oui.

— Oui. On a surveillé la cible. Nous avons soudoyé sa femme de chambre. Elle est absolument affirmative quant à la cachette des lettres.

— Ce n'est pas très sûr comme planque, fit sèchement Corridon.

Il commençait à avoir des soupçons. C'était un peu trop facile. Il regretta de ne pas avoir consulté Ritchie avant d'accepter le travail. Mais des obstacles étaient intervenus. Il n'avait quitté l'appartement de Lorène qu'après midi. Patachon l'attendait dehors. Corridon pensa à ce moment que Patachon pourrait avoir des soupçons s'il téléphonait à Marian, même d'une cabine publique. Et maintenant, il regrettait de ne pas l'avoir fait.

— Elle m'a l'air un peu novice, votre bonne femme.

— Sans aucun doute, dit Feydak en souriant. Si ce type n'était pas tellement en vue, ça ne serait rien. Mais il ne peut pas se permettre de mettre la police au courant. Je crois que les lettres ne sont pas très ragoûtantes.

Corridon lui rendit le plan.

— Eh bien, ça paraît simple. Et si les lettres ne sont pas là ?

— Mais elles y seront.

— Il reste toujours la possibilité qu'elle les ait

transférées à une autre cachette. Si elles ne se trouvent pas dans le bureau, que dois-je faire ?

— Je vous assure qu'elles y seront, dit Feydak. Sinon, il faudra les chercher. Vous aurez tout le temps. Nous avons promis de les récupérer, quoi qu'il arrive. Elle passe la soirée dans une boîte sur la route de Maidenhead. Il est peu probable qu'elle soit de retour avant deux heures du matin. Mais nous avons pris nos précautions. Diestl est là-bas. Il la surveille. Si elle part plus tôt il appellera chez elle. Si le téléphone sonnait, n'oubliez pas de répondre. Il vous préviendra dès qu'elle partira.

Corridon se leva.

— Vous m'avez l'air d'avoir soigné le détail. On part maintenant ?

— Je pense. Êtes-vous prêt ?

— Dans un instant.

Corridon passa dans sa chambre, ouvrit un tiroir et en sortit un petit rouleau de toile contenant un jeu d'outils. Il le glissa dans sa poche et prit une paire de gants de cuir fin qu'il enfila. Il jeta un coup d'œil sur son browning neuf millimètres dans le tiroir, mais en fin de compte le laissa où il était. Il revint au salon.

— Allons-y, dit-il.

En descendant, Feydak dit :

— J'attendrai dehors. S'il y a quoi que ce soit de louche, je klaxonne.

— C'est bon à savoir. La seule chose qui cloche, c'est qu'il n'y ait pas de sortie de service. Si un escadron de police s'amène, je ne peux pas éviter de me flanquer dans leurs pattes.

— Je ne vois pas de raison pour qu'ils s'amènent, dit Feydak en mettant le moteur en marche.

Il avait l'air un peu agacé.

— Fiez-vous à la police pour ce qui est du manque de tact. Ils ont le don de rappliquer dans les endroits les plus imprévus. Si ça se passe mal, filez au bout de la rue et attendez-moi.

— Naturellement, mais tout ira bien.

Quelques minutes à bonne allure les amenèrent à une rue tranquille derrière l'Albert Hall. Feydak ralentit et se rangea le long du trottoir.

— C'est la maison en face, dit-il. Numéro 37.

Il jeta un coup d'œil à la pendule du tableau de bord.

— Vous avez tout le temps. Je vous attends ici. D'accord ?

— D'accord. Si les lettres sont là où vous le dites, je ne mettrai pas plus de six ou sept minutes. Laissez tourner le moulin.

— D'accord. Bonne chance.

Corridon se pencha et du regard, chercha Feydak derrière la vitre.

— J'espère que Diestl a le pognon tout prêt, dit-il. Je ne donne les lettres que contre argent comptant.

Feydak se força à sourire. À la lueur du tableau allumé, son visage prenait la couleur du vieil ivoire et il semblait crispé.

— Il n'y aura aucun ennui de ce côté.

— Ça va, dit Corridon.

Il traversa la rue, regarda à droite et à gauche avant de monter les marches qui menaient à l'entrée d'un hall bien éclairé. Il y pénétra sans hésiter.

Comme il traversait le hall en direction du couloir qui ouvrait sur sa gauche, les portes de l'ascenseur, en face de lui, s'ouvrirent et un homme en habit de soirée en sortit. Il jeta un regard perçant à Corridon, qui continua délibérément son chemin sans lui accorder un second coup d'œil.

« Pas de chance d'avoir été vu, pensa Corridon. Si la femme portait plainte, cet homme pourrait donner mon signalement. »

Il entendit l'homme descendre rapidement l'escalier vers la rue et jeta un coup d'œil derrière lui. Personne. Il suivit le couloir et s'arrêta devant une solide porte de chêne qui, selon le plan, était celle de l'appartement à cambrioler.

Il sortit de sa poche un morceau de cellulloïd épais qu'il pressa contre le pêne de la serrure. Une seconde manœuvre fut amplement suffisante pour que le pêne s'efface. Il poussa la porte et se trouva dans une petite entrée obscure. D'une autre poche, il sortit une torche. Il ferma silencieusement la porte et braqua le faisceau vers la gauche. Devant lui se trouvait une porte, comme sur le plan. Il y alla sans bruit, écouta un instant, l'oreille collée contre le panneau, puis referma sa main sur le bouton. Il le tourna à fond, lentement et avec douceur. Il poussa la porte. L'obscurité l'accueillit. Il ouvrit la porte en grand, et balada sa lampe électrique dans la pièce, constatant qu'elle était vide, il s'avança et referma la porte.

Le bureau se trouvait près de la fenêtre aux rideaux fermés. Il traversa la pièce et l'examina.

La serrure paraissait solide. Corridon fit la grimace. Une pince-monseigneur en aurait raison sans beaucoup de difficultés, mais Corridon mettait un point d'honneur à forcer les serrures sans bruit et sans dégâts. Sur son outillage, il préleva un petit crochet qu'il introduisit dans la serrure. Il travailla quelques minutes, puis il le retira, saisit une paire de petites pinces et le recourba légèrement. Il le glissa de nouveau dans la serrure, farfouilla délicatement et fut récompensé par le petit bruit du verrou qui tournait.

Il remit la pince et le crochet dans la trousse de toile qu'il glissa dans sa poche et ouvrit le bureau. De chaque côté, il y avait tout un tas de tiroirs. Il ouvrit celui du haut, à droite. Il était vide.

D'un geste rapide, il ouvrit le tiroir du haut, à gauche. Il était plein de morceaux de cire à cacheter, de bouts de crayons, de coupures et d'objets dans le même genre. Mais pas de lettres. Rapidement il examina les autres tiroirs sans trouver ce qu'il cherchait. Les lettres n'étaient pas dans le bureau.

Il s'immobilisa un moment, sourcils froncés. Ou bien elle avait changé de cachette, ou bien les lettres n'existaient pas. Il s'était bien dit que le travail était trop simple. Un traquenard ?

Il alla à la fenêtre et souleva le rideau. La rue sombre et silencieuse était vide. La Buick était partie.

Un piège, donc, pensa Corridon en montrant ses dents dans un sourire sans gaieté. Quelqu'un l'attendait probablement dans le hall. Un coup d'œil à l'extérieur lui montra que, s'il arrivait à ouvrir la fenêtre, il pourrait sauter de l'appui par-dessus la grille en fers de lance qui bordait le sous-sol. Ça ne serait pas facile, mais ça pouvait se faire. Ça serait plus facile que de passer par le hall.

Il fallait d'abord fermer la porte à clé. Mais, comme il se préparait à traverser la pièce, la porte s'ouvrit en grand et une lumière éclatante inonda la pièce.

Une belle grande femme en peignoir couleur de nacre se tenait dans l'embrasure. Ses longs cheveux noirs retombaient sur ses épaules, et, derrière elle, Corridon aperçut un homme au visage ahuri, vêtu d'une robe de chambre en soie.

— Ne bougez pas ! dit la femme d'une voix coupante et assurée.

Elle leva un petit automatique et le braqua sur Corridon.

— Haut les mains !

— Seigneur Dieu ! s'exclama l'homme derrière elle. Un cambrioleur ! Faites attention ! Ces individus sont dangereux !

Tout en levant les mains, Corridon lança un sourire en coin à la femme. Il essayait de se rappeler où il avait vu l'homme. Ça l'agaçait, ce visage connu qu'il n'arrivait pas à identifier.

— Appelez la police, John, dit la femme. Je le surveille.

L'homme s'avança prudemment, très pâle, visiblement terrorisé. Corridon le reconnut et sentit un frisson lui courir le long de l'épine dorsale : John Lemmon, sous-secrétaire d'État permanent aux Affaires européennes.

— Nous ne pouvons pas appeler la police, dit Lemmon d'une voix rauque. À quoi pensez-vous ? Il vaut mieux le laisser partir.

— C'est très sage, monsieur Lemmon, dit Corridon avec son sourire ironique. Pensez ! Quel scandale !

— Il faut le fouiller, dit la femme. Il a pu voler quelque chose.

— Je n'ai pas l'intention de le toucher, dit Lemmon en s'essuyant le visage avec son mouchoir. Vous... sortez d'ici, continua-t-il à l'adresse de Corridon en désignant la porte d'un doigt tremblant.

— Pas d'objection ? demanda Corridon en se tournant vers la femme. J'aurais horreur qu'on me tire dessus à cause d'un malentendu.

Elle s'éloigna de lui tout en le couvrant de son revolver.

— Vous pouvez vous vanter d'avoir de la chance, fit-elle. Partez !

Mais il y avait quelque chose qui ne collait pas. Corridon eut le pressentiment soudain qu'elle allait tirer. Il vit son doigt presser lentement la détente. Ses yeux avaient une expression froide et féroce.

Puis il comprit ce qui allait arriver, pourquoi il était ici, et l'ingéniosité du piège dans lequel il avait donné. Elle allait tuer Lemmon et c'est lui qu'on accuserait.

— Attention ! cria-t-il, et il s'élança brusquement.

Mais il avait compris une fraction de seconde trop tard.

La femme se tourna d'un coup et tira sur Lemmon sans que Corridon puisse l'atteindre. Avant qu'elle ait tiré une seconde fois, il lui avait saisi le poignet et lui arrachait le revolver. Il l'écarta de lui tandis que Lemmon pliait les genoux et s'affalait sur le tapis.

Un coup d'œil sur le trou bleu au milieu du front de Lemmon apprit à Corridon qu'il était mort. Il bondit vers la porte, juste à la seconde où la femme commençait à hurler.

CHAPITRE IV

I

Au moment où Corridon débouchait dans le hall principal, il vit Patachon debout devant la porte qui menait à la rue.

— Reste où tu es, dit celui-ci d'une voix basse et gutturale. Pas question que tu te barres !

— C'est ce que tu crois, mon gros, dit Corridon.

Un bref coup d'œil lui montra que Patachon n'était pas armé. Il n'hésita pas, sachant que chaque seconde était précieuse. S'avançant avec circonspection, il s'approcha de lui.

Il savait qu'un corps à corps lui serait fatal, car, de toute évidence, l'homme était d'une force colossale. Sa seule chance de fuite rapide était de descendre Patachon d'un seul coup, mais, comme il s'y préparait, Patachon leva les mains. La façon dont il se mit en garde apprit à Corridon qu'il en savait autant sur la boxe que Corridon lui-même.

Attaquant brusquement, Corridon lui envoya un jab du gauche au visage. Patachon para le coup et contra avec une vitesse surprenante. Corridon, qui ne s'était pas battu depuis des mois, le vit venir un poil trop tard, mais se débrouilla pour lever l'épaule à temps pour amortir le coup. Il en reçut cependant assez pour perdre l'équilibre. Il s'attendait à ce que Patachon rentre en corps à corps, mais en vain. L'autre maintenait sa position, souriant, uniquement préoccupé d'empêcher Corridon d'atteindre la sortie.

Corridon attaqua à nouveau. Un gauche lui arriva sur le côté de la tête, et le droit qui suivit siffla par-dessus son épaule tandis qu'il plongeait pour l'éviter. Il sonna Patachon dans les côtes d'un gauche et d'un droit avant de se mettre hors d'atteinte.

Patachon n'aimait pas tellement les coups. Son sourire disparut et il grogna.

Corridon feinta du gauche, esquiva au moment où le poing droit de Patachon lui arrivait dessus et le cueillit d'une bonne droite sur le cou. Patachon chancela et laissa tomber sa garde. Corridon sauta sur l'occasion et lui balança un coup terrible à la mâchoire. Instinctivement, l'autre leva l'épaule et amortit un peu l'impact. Mais Corridon le savait touché et, reprenant l'attaque, sans souci du danger, il se laissa empoigner. C'était comme si un ours venait de l'étreindre.

Les grands bras de Patachon lui encerclèrent les côtes et il les sentit craquer sous la pression. Il fourra la paume de sa main sous le menton de Patachon et lui repoussa la tête en arrière. Un long moment, les deux hommes luttèrent, mais Corridon avait la supériorité du levier et l'autre dut relâcher sa prise. Comme il reculait en chancelant, Corridon le frappa sauvagement à la pointe du menton. Patachon tomba en avant à quatre pattes, roula sur lui-même. Il essayait désespérément de se remettre sur pied au moment où Corridon bondit vers la porte.

Mais le retard lui avait été fatal. Quatre policiers à casquette plate montaient les marches au pas de course.

Sans ralentir sa charge, Corridon vira d'un bloc, sauta par-dessus le corps affalé de Patachon et se jeta dans l'ascenseur. Son doigt écrasait le bouton quand la police fit irruption dans le hall. Les portes se refermèrent au moment où l'un d'eux se précipitait vers lui en braillant.

Haletant, Corridon pressa le bouton du haut et l'ascenseur amorça une montée rapide.

Il réfléchit qu'il aurait environ deux minutes d'avance au moment où il atteindrait l'étage supérieur. Ils allaient grimper l'escalier à peu près aussi vite que l'ascenseur. Il avait eu le temps de voir qu'ils étaient tous jeunes et costauds. Une course de quatre étages ne devait pas les impressionner beaucoup.

Avant même que l'ascenseur s'arrête, il ouvrit la porte et enfila en trombe un long couloir. Il entendait la cavalcade dans l'escalier et inspecta rapidement le palier. Il y avait une fenêtre tout au fond du couloir. En face de lui une porte. Une autre un peu plus loin dans le couloir. Sans hésiter il courut à la fenêtre. Quand il y fut, il tourna la poignée et l'ouvrit en grand. À portée de sa main, il y avait un tuyau et, juste au-dessus de sa tête, le toit et les gouttières. Il n'était pas sujet au vertige et grimpait comme une vraie chèvre. Pour lui, une échelle n'aurait pas été plus commode que le tuyau.

Il escalada l'appui de la fenêtre, tâtonna pour atteindre le tuyau et s'y cramponna. Au moment où il s'élançait hors de l'appui, il entendit crier en bas. Un moment il resta suspendu. Ses pieds cherchaient un appui, puis il se hissa le long du tuyau jusqu'à ce qu'il fût à portée de la gouttière. Il étendit la main et prudemment éprouva sa solidité. La gouttière lui sembla assez résistante et, le cœur battant, il y répartit son poids, se hissant à la force du bras jusqu'au toit en pente douce.

La gouttière craqua, fléchit et, un instant, il pensa qu'elle allait s'arracher du mur. Grâce à un rétablissement désespéré, il parvint à hisser son buste sur le toit, et, dans une contorsion convulsive, ses jambes suivirent. Il s'immobilisa un moment, reprenant son souffle, sachant combien il était facile de glisser. Une fois le mouvement amorcé, rien ne pourrait arrêter son élan et l'empêcher de plonger vers la rue.

Il examina le toit. Le clair de lune était assez intense pour lui permettre de constater qu'il montait en pente abrupte jusqu'à une faîtière en arête aiguë pour redescendre de l'autre côté. À sa droite se trouvait un autre toit plat légèrement plus bas. S'il pouvait l'atteindre avant la police, il restait une chance de lui échapper.

Avec d'infinies précautions, il fouilla dans sa poche et en sortit une pince-monseigneur courte et solide. Il cassa une tuile, puis une autre, se fabriquant ainsi un appui pour les mains et les pieds. Travaillant rapidement, se hissant de tuile en tuile, il atteignit le haut du toit. L'autre côté descendait jusqu'à une grosse gouttière, qui le reliait au toit en pente de la maison adjacente. Il se laissa aller, glissant le long des tuiles jusqu'à ce qu'il atterrisse dans la gouttière. Immédiatement il se dirigea vers le toit plat.

Il allait vivement, à pas feutrés. Quand il eut atteint le haut de la gouttière, il s'arrêta pour scruter l'espace devant lui. Tout d'abord, il ne vit rien, puis, près d'un tuyau de cheminée, il aperçut une silhouette sombre qui regardait dans sa direction. Il s'accroupit dans l'ombre et attendit.

Deux autres silhouettes apparurent. La lune fit briller des boutons. « Il doit y avoir une lucarne sur le toit plat », pensa-t-il.

— Tu ne l'as pas repéré, Jack ? souffla une des silhouettes.

— Il n'est pas là. Moi, je parie qu'il est toujours là-haut. Il n'a pas pu grimper. C'est impossible.

— Le sergent est allé voir ça de la maison d'en face. Les pompiers arrivent.

— Ça va, vous deux, bouclez-la ! dit une autre voix. Dispersez-vous et ouvrez l'œil. Il a laissé son revolver dans l'appartement, mais il peut en avoir un autre !

Deux des silhouettes disparurent dans l'ombre. Le troisième policier restait planté là. Il regarda de droite à gauche, hésitant, puis il s'avança vers Corridon. Il marchait doucement, mais Corridon put constater, d'après ses mouvements, qu'il ne s'attendait pas à le rencontrer. De toute évidence, il était convaincu que Corridon était prisonnier sur le toit en pente, et qu'il n'y avait rien à faire qu'attendre les pompiers.

Corridon était accroupi dans l'obscurité. Le policier était tout près, maintenant : une silhouette corpulente. Corridon percevait sa respiration pesante. Il affermit ses pieds contre la gouttière et se prépara à bondir.

Le policier était presque sur lui maintenant, et il avait dû sentir la présence de Corridon, car il se raidit soudain et scruta l'ombre où se cachait le fugitif. Corridon lui sauta dessus, cherchant la gorge. Il réussit sa prise et enfonça les pouces dans les veines de chaque côté du cou.

L'autre le frappait violemment au corps, lui coupant le souffle, mais il tint bon, grinçant des dents et pressant plus fort. Le policier leva la main pour frapper encore, mais Corridon avait arrêté l'afflux du sang au cerveau. L'autre s'évanouit soudain et, subitement flasque, fit chanceler Corridon.

Haletant, Corridon le déposa doucement à ses pieds. En deux secondes, il eut dépouillé l'agent de sa casquette et de sa veste. Enlevant rapidement son veston et son gilet, il enfila l'uniforme, roula ses vêtements en un paquet serré qu'il mit sous son bras et, quittant l'obscurité, s'avança dans la clarté de la lune.

— Ça va, Jack ? appela une voix.

Il regarda sur sa gauche. Sur un toit voisin, il vit la silhouette d'un policier lui faire des signes. Il répondit par d'autres signes, traversa le toit plat en direction des ombres que projetait un tuyau de cheminée. « Quelque part sur ce toit, il doit y avoir une lucarne », pensa-t-il. Il jeta un coup d'œil circulaire. Immédiatement au-dessous de lui, il y avait un garage, une ruelle. Il distinguait des silhouettes qui bougeaient dans la rue. Il semblait qu'il y eût une foule d'agents, en bas. Au loin, il entendit la cloche de la voiture des pompiers.

Il conclut qu'il était trop dangereux de se laisser tomber sur le toit du garage. Ils le verraient à coup sûr. La lucarne ou rien du tout.

Il repéra rapidement, dans une tache d'ombre, une trappe recouverte de tôle. Il la souleva du bout des doigts et découvrit une petite pièce remplie de malles et de caisses en bois.

Il se laissa glisser dans la pièce, se releva, remit la trappe en place et gagna silencieusement la porte. Il l'ouvrit et se trouva devant un escalier. Il y avait de la lumière dans le hall en bas.

La sirène des pompiers était assourdissante, maintenant, et il entendit des voix au-dessous de lui. Il se pencha par-dessus la rampe.

Plantés devant la porte d'entrée ouverte, un homme et une femme d'un certain âge regardaient dans la rue. Ils étaient figés sur place et surexcités quand la voiture d'incendie déboucha en trombe dans la rue.

Corridon commença à descendre, sans hâte et sans bruit. Il ne quittait pas des yeux l'homme et la femme, s'attendant à chaque instant qu'ils se retournent et l'aperçoivent. Mais ils étaient bien trop fascinés par l'arrivée des pompiers pour penser à regarder derrière eux.

Silencieusement, il longea le couloir qui menait

derrière la maison. Il marchait de biais pour les surveiller tout en s'éloignant. Le couloir s'incurvait légèrement, et, quand il eut dépassé la courbe, il s'arrêta de nouveau pour reconsidérer la situation. Il se trouvait en haut d'un petit escalier qui menait à la porte de derrière.

Il descendit, tourna la clé dans la serrure et tira doucement la porte à soi. Devant lui s'étendait un petit jardin obscur terminé par un mur bas en briques qui bordait la ruelle aperçue du haut du toit.

Il suivit l'allée du jardin jusqu'au mur et jeta un coup d'œil par-dessus. L'autre côté semblait désert. Il lança sa jambe par-dessus le mur et se laissa glisser à terre. Il s'arrêta un moment pour s'orienter. À gauche, il se dirigeait vers l'Albert Hall, à droite vers le coin de Hyde Park. S'il parvenait à l'appartement de Marian Howard, dans Dover Street, il pourrait s'y cacher jusqu'à ce qu'on abandonne les recherches. Il se mit silencieusement en marche le long de la ruelle.

Tout à coup une vive lumière blanche éclaira le ciel, et, levant les yeux, il vit un projecteur balayer les toits. Il pressa le pas. Ce n'était plus qu'une question de minutes avant qu'on découvre qu'il n'était plus là-haut.

Sa hâte faillit le perdre. Une silhouette se détacha de l'ombre et il faillit l'emboutir.

— C'est toi, Bill ?

Corridon se trouva face à face avec un policier. L'homme le vit à peine. Il contemplait les toits inondés de lumière.

— Ils vont le pincer, maintenant, dit-il avec

satisfaction. Mais ils ont quand même pris leur temps pour rappliquer.

Le visage levé, le menton pointé formaient une trop belle cible. Corridon savait que, si l'homme le regardait vraiment, la partie serait finie. Il prit son élan et son poing s'écrasa sur la mâchoire de l'agent. L'homme vacilla et tomba sur le dos. En deux bonds, Corridon fut au bout de la ruelle.

II

À l'extrémité de Dover Street, côté Piccadilly, Corridon se faufila sous une porte cochère. Il fit une pause d'une minute pour inspecter la rue du haut en bas. Sûr que personne ne faisait attention à lui, il chercha son chemin en tâtonnant le long du couloir et commença à gravir un escalier raide. Il respirait avec effort. Knightsbridge, le Parc et Picadilly grouillaient de policiers. Des cars patrouillaient dans les petites rues. Des hommes en civil surveillaient les sorties des différentes stations de métro.

Il lui avait fallu plus d'une heure pour atteindre Dover Street. Il s'était caché dans les buissons du Park pendant vingt minutes environ, attendant l'occasion de traverser Picadilly pour filer dans l'obscurité de Shepherd Market. De là, il avait gagné Berkeley Square, une petite rue menant à Brewer Street et enfin Dover Street.

L'appartement de Marian se trouvait tout en

haut. Il pressa le bouton de sonnette et traversa le palier pour regarder par-dessus la rampe.

Marian ouvrit la porte et il se retourna. Un moment il ne la reconnut pas sans l'épais maquillage qu'elle s'était fabriqué lors de leur première rencontre.

— Salut ! dit-il en baissant la voix. Je peux entrer ?

Elle s'effaça.

— Bien sûr.

Il passa dans un salon meublé de façon trop voyante et où brûlait un radiateur électrique.

— Dites à Ritchie de rappliquer, dit-il en enlevant son veston.

Il le lança sur une chaise.

— J'ai des tas d'emmerdements.

— L'appartement est peut-être surveillé, dit-elle. C'est si urgent que ça ?

Il sourit.

— Plutôt. Et on sait bien que vous recevez des messieurs, hein ? Il faut que je lui parle.

Elle lui lança un regard aigu, puis se dirigea vers le téléphone. Elle composa un numéro, attendit, puis parla rapidement, à voix basse. Corridon restait planté devant le radiateur électrique pour se chauffer les cuisses.

Elle remit le récepteur en place et se retourna.

— Il arrive.

Corridon hocha la tête.

— Vous connaissez les nouvelles ?

— Quelles nouvelles ?

— Lemmon a été assassiné cette nuit.

Il se frappa la poitrine.

— Et je suis bon pour encaisser.

— Je vais vous chercher à boire. Vous devez en avoir besoin, dit-elle en sortant de la pièce.

« Pas d'histoires, pas de questions, mais elle pense à ce qu'il me faut », se dit Corridon, approbateur. Elle montait un degré de plus dans son estime. Il se laissa tomber sur le canapé et se frotta le visage. Sa tête lui faisait mal là où Patachon avait cogné et il se sentait les jambes lourdes. L'escalade du toit et la dépense nerveuse au cours de la poursuite l'avaient épuisé.

Elle revint avec du whisky, un verre et un siphon. Elle les posa sur la table,

— Voulez-vous manger quelque chose ? demanda-t-elle.

Il secoua la tête et se servit un whisky bien tassé.

— Non, ça va. Il ne va pas tarder, j'espère ?

— Dix minutes.

Corridon but une gorgée de whisky, chercha des cigarettes dans sa poche, esquissa le geste d'en offrir et sourit :

— Vous ne fumez pas, je crois ?

— Non, merci.

— Je ne pense pas que Ritchie soit très content de moi, dit Corridon, le front soucieux, je me suis laissé avoir. Ah ! zut, puisque c'est lui qui m'a fourré là-dedans, il va falloir qu'il m'en sorte.

— Il le fera, dit Marian avec une tranquille confiance.

— Je n'en suis pas sûr. Ça va bagarrer dur. Il y a des gens qui vont vouloir ma peau.

— J'ai bien peur qu'on en veuille à la sienne

aussi, dit Marian. Il ne se défile pas derrière ses agents, vous savez.

Corridon se sentit soudain mal à l'aise. Jusqu'ici, il n'avait pensé qu'à lui. L'idée que Ritchie était probablement plus visé que lui ne l'avait même pas effleuré.

— Aussi, pourquoi est-il venu me chercher ? dit-il avec irritation. Ce n'est pas moi qui ai demandé à le faire, ce boulot.

— Vous étiez son meilleur homme, dit Marian. Il vous admire.

— Moi ? dit Corridon, surpris. Cette blague ! Il m'a choisi parce que j'ai une sale réputation. Il va se péter une veine quand il entendra ce qui s'est passé.

— Il vous a choisi parce que c'est l'affaire la plus importante et la plus vitale que nous ayons sur les bras en ce moment, dit Marian avec gravité. Il m'a dit lui-même qu'il se reposait sur vous. Bien sûr, qu'il vous admire.

— Permettez-moi de ne pas être de votre avis, conclut Corridon en terminant son whisky. Juste ce qu'il me fallait. Vous ferez bien de m'enlever la bouteille. Il n'aime pas qu'on boive en service.

Pendant qu'elle rangeait le whisky et le siphon dans un placard, il continua :

— Soit dit en passant, je ne crois pas que ce soit le genre d'affaires auxquelles il faille vous mêler. Ces deux types qui me filent sont des gars dangereux.

Elle sourit.

— Je les ai vus. Le petit, c'est Carl Brüger. Il était à la tête d'un commando de tueurs en

Pologne. Le grand, c'est Yvan Yevsky qui a tiré de l'or de pas mal de mâchoires juives. Des deux, je dirais que c'est lui le plus dangereux. Mais si vous voulez faire une omelette, il faut vous attendre à casser quelques œufs.

Corridon haussa les épaules.

— Quand, on sait à qui on se frotte tout va bien. Je disais ça pour vous, tout en sachant bien que je gâchais ma salive. Ritchie a vraiment le chic pour dégotter des malheureux qui ne savent pas à quoi ils s'exposent.

Elle se mit à rire.

— Ce n'est pas si terrible... et merci d'avoir pensé à moi. Je voudrais bien que vous ne soyez pas si amer au sujet du colonel Ritchie. Il ne fait que son devoir.

— Je sais.

Corridon écrasa sa cigarette et en prit une autre.

— Mais il ne devrait pas y mêler des femmes.

La sonnette d'entrée tinta, stridente.

— Assurez-vous que c'est bien lui, dit Corridon en se levant. Ils m'ont peut-être suivi jusqu'ici.

Elle sortit de la pièce.

Corridon prêta l'oreille, mais il se détendit en entendant la voix calme de Ritchie qui saluait Marian. La porte s'ouvrit et Ritchie entra.

Les deux hommes se regardèrent, pendant que Marian disparaissait discrètement dans une autre pièce.

— Eh bien, vous en avez fait du beau, cette fois, dit Ritchie, d'un ton sec.

Il avait l'air fatigué et ses yeux étaient mauvais.

— Voulez-vous, au nom du Ciel, me dire ce que c'est que ce pastis.

— Ils m'ont tendu un piège et j'ai foncé dedans, dit Corridon. C'est entièrement ma faute. Comme vous le savez, je pense, j'avais rendez-vous dimanche avec Lorène Feydak. Son frère et un type qui se fait appeler Joseph Diestl se trouvaient dans son appartement. Diestl m'a offert deux cent cinquante livres pour voler des lettres à une fille qui était censée faire chanter un de ses clients. J'ai immédiatement conclu que c'était une épreuve. Si j'acceptais et si je réussissais le boulot, je pensais que Diestl me ferait entrer dans l'organisation. Au lieu de ça, c'était un traquenard pour me faire endosser le meurtre de Lemmon.

— Vous avez rencontré Diestl, dimanche ?

Corridon hocha la tête.

— Pourquoi ne l'avez-vous pas rapporté à Marian ? Supposez que vous ayez été tué ? Je n'aurais pas entendu parler de Diestl. Vous pourriez quand même vous rendre compte qu'un renseignement pareil est de la plus haute importance.

— J'ai passé la nuit avec Lorène Feydak, déclara Corridon. À ce moment, je ne trouvais pas le renseignement très important.

Ritchie le regarda longuement, puis se dirigea vers le canapé et s'assit.

— Si vous aviez averti Marian de ce qui se tramait, je vous aurais fait surveiller par quelqu'un. Vous auriez un témoin. Ça ne vous ressemble pas d'agir sans réfléchir.

— Ça va, dit farouchement Corridon. Je baisse, mais j'en voulais pas, de ce sacré boulot. C'est vous qui m'avez foutu dedans. Je sais que j'aurais dû avertir Marian, mais, à ce moment-là, ça ne me semblait pas nécessaire. Cette fille m'a collé après jusqu'à…

— Oui, je crois effectivement que vous baissez, dit calmement Ritchie. Je ne vous ai jamais vu chercher des excuses, autrefois.

— Oh ! allez vous faire foutre ! s'exclama Corridon. Je ne cherche aucune excuse. Je vous raconte ce qui s'est passé.

— Vous vous rendez compte que Lemmon est un homme de premier plan ? dit Ritchie. Cette histoire va faire un raffut du diable. Il me semble que vous vous êtes montré particulièrement maladroit. On vous a vu entrer dans l'appartement. La femme et un homme qui habite l'appartement au-dessus ont donné un signalement très précis. La police sait que c'est vous. La femme affirme qu'elle gardait ses bijoux dans le bureau et que vous les avez pris. Elle dit que vous avez tiré de sang-froid sur Lemmon.

— Il n'y avait pas de bijoux et je n'ai pas tiré sur Lemmon, dit Corridon.

— Je sais bien, mais ça sera difficile à prouver.

— Eh bien, il faudra le prouver quand même ! coupa Corridon. J'ai bien failli être pendu pour le dernier travail que j'ai fait pour vous. Je n'ai pas envie de remettre ça.

Ritchie prit son porte-cigarettes, l'ouvrit et en choisit une.

— Pouvez-vous me suggérer quelque chose ? demanda-t-il d'un ton détaché.

— Je vais aller raconter mon histoire à la

police et vous la confirmerez. Si la police cuisine la bonne femme, elle se mettra à table.

— Je crains que ce ne soit pas si facile, dit Ritchie. Naturellement, vous voyez les choses de votre point de vue. Ce dont vous ne semblez pas vous rendre compte, c'est que cette organisation ne se doute pas encore qu'on l'a démasquée. Ils croient que nous ignorons que ces meurtres et ces sabotages sont projetés et réalisés par cette même équipe. Ils pensent avoir brouillé leur piste et croient que nous nous débattons dans le noir. Ils ne savent pas que je suis déjà sur eux. Si je me découvre et confirme votre histoire, je dévoile mes cartes, et ça devient bien plus difficile de les avoir. Je crains que les intérêts du pays ne m'interdisent de sortir de l'ombre.

Corridon restait immobile. Son visage se durcit.

— Si je comprends bien, vous me jetez dans la gueule du loup ?

Ritchie alluma sa cigarette et déposa l'allumette dans le cendrier.

— J'en ai bien peur. Vous avez fait une boulette et, vous l'admettez vous-même, vous ne devez vous en prendre qu'à vous. Si vous ne vous étiez pas conduit inconsidérément avec cette fille, vous auriez pu avertir Marian et j'aurais pu vous couvrir. J'aurais chargé Saunders de vous filer. Et, sitôt le premier coup tiré, il aurait sauté dans la pièce et pris la femme sur le fait. Vous auriez eu le témoin qui vous était nécessaire et je n'aurais pas eu à intervenir. Mais, telles que les choses se présentent, c'est vous ou mon pays. Je regrette.

Corridon alla au placard d'où il sortit le whisky et le siphon.

— Eh bien, puisque je ne travaille plus pour vous, je ne vois pas pourquoi je me priverais.

Et il se versa une bonne dose.

— Vous en voulez ?

Ritchie secoua la tête.

— Vous ne pensez tout de même pas que je vais m'amener chez Rawlins ? reprit Corridon. Vous ne vous imaginez pas que je vais me laisser conduire à l'abattoir comme un agneau ? Vous devriez me connaître un peu mieux. Ça vous est facile, à vous, de parler du pays d'abord. Vous ne risquez pas votre peau. Moi, j'aime bien la mienne et j'ai l'intention de la conserver aussi longtemps que je pourrai. J'ai peur que votre petit plan ne fasse long feu.

— J'ai l'impression que je me suis trompé sur votre compte, dit Ritchie. C'était stupide de ma part de vous mettre au courant de tout ça.

— Je le crains fort, en effet, dit Corridon. Je vous avais averti. Je regrette, colonel, mais je n'entre pas dans vos vues patriotiques. Je passe de l'autre côté. Je suis persuadé que si je leur dis que c'est vous le type dont il faut se méfier, ils me recevront comme un frère. Ça les intéressera sûrement de savoir ce qui est arrivé au Numéro 12, le type que vous avez cuisiné et qui s'est suicidé. Ça les intéressera aussi de connaître un peu vos méthodes, telles que vous me les avez si obligeamment enseignées autrefois. Et je ne m'engage pas beaucoup en pariant qu'ils me trouveront une planque à la hauteur, quand ils se rendront exactement compte de tout ce que je sais des astuces de votre métier. Qu'en dites-vous, colonel ?

Ritchie pinçait son long nez en bec d'aigle entre le pouce et l'index, tout en regardant Corridon d'un air préoccupé. Puis son visage s'éclaira et il sourit.

— Mais vous avez absolument raison, dit-il. C'est la seule façon de jouer le jeu. S'ils pensent que nous sommes brouillés, ils peuvent très bien vous faire confiance. C'est un jeu dangereux, mais vous pouvez vous en tirer.

Corridon sourit :

— Bon Dieu ! Moi qui espérais vous faire sauter au plafond ! C'est le seul moyen désormais, colonel. Seulement, ce sera à vous de vous méfier. Si je goupille mon truc proprement, c'est vous qui me servirez d'appât.

— Ne vous gênez pas, je prendrai mes précautions. C'est un jeu risqué, mais on peut gagner. Il va falloir leur dire tout ce que vous savez, et que ce soit la vérité. Ils vont essayer de vérifier tout ce que vous leur raconterez, et s'ils découvrent que vous avez menti, nous sommes coulés tous les deux. Je vous laisse carte blanche pour les détails. S'ils vous acceptent, vous devriez être capable de les nettoyer. Je vous demande juste une chose : laissez Marian en dehors de tout ça. Je ne crois pas vous l'avoir dit : c'est ma nièce et j'ai beaucoup d'affection pour elle. Ne la mêlez pas à cette histoire.

— Si je veux arriver jusqu'au grand patron, dit Corridon, il m'est impossible de couvrir qui que ce soit. Vous le savez. Je ne dirai rien, à moins qu'ils ne me posent des questions. Mais, à ce moment-là, je parlerai. Il est probable qu'ils l'ont surveillée. Il vaudrait mieux la faire partir et la planquer quelque part où ils ne puissent pas la trouver. Si je dois réussir, il ne faut pas qu'ils me prennent en flagrant délit de mensonge.

Ritchie approuva.

— Vous avez raison, je vais la faire partir.

Il contempla Corridon pendant une ou deux minutes.

— Je regrette d'avoir dit ce que j'ai dit. Je retire tout. Vous n'avez pas changé d'un poil.

Corridon sourit.

— Je me suis peut-être ramolli et je suis peut-être moins sérieux, mais personne ne me fera passer pour un toquard sans le payer avec intérêts. Diestl m'a joué un tour de cochon. Il va le regretter. Maintenant, je m'en vais. Quand vous partirez, prenez Marian avec vous. D'ici une heure, elle ne sera plus en sécurité.

Il tendit la main.

— Au revoir, colonel. Je vous ferai cadeau de leurs scalps avant peu. Y compris celui du grand chef, et ça ne vous coûtera rien. Je travaille gratis et j'ai l'intention de rigoler cinq minutes.

Ritchie lui serra la main.

— Bonne chance, Martin, et soyez prudent. Si vous avez besoin d'aide, vous savez où en trouver.

— Ça ne sera pas tellement facile. Il va falloir que je goupille la chose tout seul. Si je vous appelle, ça sera pour la mise à mort. Et maintenant, au revoir.

— Je crois que Marian aimerait vous souhaiter bonne chance, dit Ritchie.

Corridon secoua la tête.

— Non. J'ai déjà une femme sur les bras et je n'ai pas envie d'en avoir une seconde.

Il sourit.

— L'ennui, avec votre nièce, c'est qu'elle est très séduisante. Vous savez une chose, colonel : je pourrais très bien en pincer pour elle. C'est mon type. Alors, moins je la verrai, mieux cela vaudra pour elle — et probablement pour moi.

Marian, qui prêtait l'oreille derrière la porte de la chambre, devint écarlate.

III

Corridon pressa fortement le bouton de sonnette de l'appartement de Lorène. Il était deux heures quarante du matin. En se rendant à Bayswater Crescent, il l'avait échappé belle par deux fois ; d'abord à cause d'une voiture de police, ensuite d'un policier en civil, qui avait tenté de l'arrêter tout seul. Corridon avait semé la voiture en escaladant le mur d'un jardin et en jouant un jeu de cache-cache diabolique pendant environ vingt minutes. Pour le policier, ç'avait été plus facile : un bon coup dans les gencives au moment où l'autre l'empoignait.

Il écouta le grelot strident de la sonnette et se

demanda si Lorène était seule. « Elle ne se presse pas pour ouvrir », pensa-t-il avec amertume.

Puis il entendit sa voix par la fente de la boîte aux lettres.

— Qui est là ?

Il se pencha et plongea son regard dans ses yeux ahuris.

— Bonjour, mon cœur, dit-il. Ouvre-moi, je voudrais entrer.

Elle ouvrit. Elle paraissait minuscule et charmante dans une chemise de nuit de crêpe de Chine transparent, mais son regard était effrayé.

— Martin !... Au nom du Ciel... Tu te rends compte qu'il est presque trois heures ?

Il entra et referma la porte d'un coup de talon.

— Je sais l'heure qu'il est.

Il la poussa vers le salon.

— Il faut que je donne un coup de fil. Va te mettre quelque chose sur le dos et fais-moi du café.

— Martin, est-ce que tu deviens fou ? Tu ne peux pas entrer ici comme ça...

Il lui saisit les bras et la secoua. Ses yeux verts étaient féroces.

— Fais ce que je t'ai dit. Quel est le numéro de téléphone de ton frère ?

— Lâche-moi ! Comment oses... ?

De nouveau il lui infligea une secousse brutale qui lui rejeta la tête en arrière et lui coupa la respiration.

— Je ne joue pas, Lorène. C'est sérieux. Le numéro de téléphone de ton frère.

— Berkeley 5445, dit-elle. Mais pourquoi as-tu besoin de Slade ? Que s'est-il passé ?

— Des tas de choses, dit Corridon en allant vers le téléphone. Ton charmant petit frère et son copain m'ont embringué dans une histoire de meurtre.

Il forma le numéro qu'elle lui avait donné.

— Ne reste pas plantée là bouche bée. Va me faire du café et enfile un peignoir. Cette tenue est d'une indécence !

Elle ne fit pas un geste, mais resta les mains crispées sur la poitrine, le visage blanc, les yeux ronds.

— De meurtre ? Sa voix se cassa.

— Oui.

Corridon entendit qu'on décrochait, et la voix endormie de Feydak demanda :

— Qui est à l'appareil ?

— C'est Corridon. Maintenant, écoutez-moi bien. Tâchez de trouver Diestl et amenez-vous à l'appartement de votre sœur illico. Vous avez suffisamment rigolé. À mon tour. Et si vous avez l'intention de me doubler, rappelez-vous que Lorène est dans mes mains et que ça me ferait un singulier plaisir de tordre son joli cou. Compris ?

Comme Feydak reprenait son souffle, tout suffoquant d'étonnement, Corridon laissa retomber le récepteur sur l'appareil.

Lorène recula précipitamment.

— Mais, Martin !…

— Ne t'affole pas. Il ne t'arrivera rien, dit Corridon en la dévisageant d'un air féroce. Étais-tu au courant de ce qu'ils allaient faire ?

— Je ne sais pas de quoi tu parles, Martin ! Tu me fais peur. Qu'est-ce qui s'est passé ?

— Tu es au courant de l'histoire des lettres ?

Elle hésita, puis :

— Eh bien ! Slade m'en a vaguement parlé. Il… il voulait… que tu…

— Tu ne savais pas que c'était un traquenard ?

Il ne la quittait pas du regard.

— Non, tu ne devais pas le savoir, conclut-il. Il n'y avait pas de lettres. La femme était en conversation intime avec John Lemmon. Quand je suis arrivé, elle lui a collé du plomb dans le crâne, et c'est moi le pigeon. C'est Diestl et ton petit frangin qui ont manigancé le crime. Et c'est moi qui suis censé trinquer.

— Je n'en crois rien.

— Tu le croiras en lisant les journaux demain matin, et tu le croiras quand tu verras Slade au bout d'une corde.

— Oh ! chéri !

Elle s'approcha vivement de lui et lui jeta ses bras autour du cou.

— Tu me fais tellement peur. Mais si tu as des ennuis, je ferai n'importe quoi pour t'aider.

Il la repoussa.

— Ça, c'est gentil, dit-il avec son sourire ironique. Eh bien, commence tout de suite et fais-moi du café. Et je vais te refiler un tuyau, ma douce : débarrasse-toi de cet anneau de jade. C'est malsain.

Il la vit tressaillir.

— Tu es sûr que tu te sens bien ? dit-elle, anxieuse. Tu dis des choses tellement bizarres.

— Va me chercher du café et ne joue plus les gourdes. Tu es plus transparente qu'un tube au néon.

Il la fit pivoter et d'une claque sur les fesses la mit en marche.

— Allez. Magne-toi.

Tandis qu'elle allait chercher le café, il ôta son manteau et se laissa tomber sur le canapé. Il attendit. Les minutes s'écoulèrent à petit bruit. Il l'entendait se déplacer dans la cuisine. Il se demandait jusqu'à quel point elle se trouvait mêlée à l'affaire. Pas très sérieusement, conclut-il. Slade devait se servir d'elle pour tirer les marrons du feu. Cette explication paraissait la plus vraisemblable.

Elle revint, portant un plateau. Elle avait brossé sa chevelure sombre et mis un peignoir. Il vit que sa main tremblait en versant le café.

— Et maintenant, assez blagué. Jusqu'à quel point es-tu mouillée dans cette affaire ?

Elle lui jeta un regard effrayé.

— Je t'en prie, ne parle pas par énigmes. Qu'est-ce que tu veux dire ? Quelle affaire ?

— Slade et Diestl dirigent une organisation dont le but principal est de freiner au maximum le redressement économique de ce pays. Tu ne savais pas ça ?

Elle se mordit la lèvre.

— Je… je savais qu'il faisait quelque chose. Il ne m'a jamais dit quoi.

Corridon lui prit la tasse de café des mains.

— Eh bien, tu le sais maintenant !

— Je n'arrive pas à le croire. Je t'en prie, ne

parle pas comme ça. Je… Je ne veux pas en entendre davantage.

— Pourquoi portes-tu cet anneau ? continua-t-il. Tu ne sais pas que chaque membre de l'organisation en porte un pareil ?

— C'est Slade qui me l'avait donné. Et maintenant, il me l'a repris…

Possible, pensa Corridon. Peut-être était-ce un moyen de l'appâter…

Il reposa sa tasse de café et allongea ses jambes sur le canapé.

— Ne pense plus à tout ça, dit-il. Mais reste dans les parages quand ton frère arrivera. Tu entendras vraisemblablement des choses qui t'intéresseront.

Ils attendirent dans un silence gêné. Quand enfin la sonnette de la porte se fit entendre, Lorène bondit et Corridon l'attrapa par le poignet.

— Reste ici, j'y vais.

Il y alla, mit la chaîne de sûreté et entrouvrit la porte de quelques centimètres. Dehors, dans le couloir, Diestl et Feydak attendaient. S'étant assuré qu'ils étaient seuls, Corridon les fit entrer.

Feydak était pâle et tremblant. Mais Diestl était impassible. Son visage mince et figé restait impénétrable et son regard vigilant.

Corridon ferma la porte derrière eux et, de la main, leur désigna le salon.

— Entrons ici pour causer un peu, dit-il.

Les deux hommes entrèrent. Feydak et Lorène échangèrent de brefs coups d'œil gênés. Corridon ferma la porte. Il retourna à sa chaise et se versa une autre tasse de café.

— C'est un très joli tour que vous m'avez joué là, dit-il à Diestl. Félicitations.

Diestl se dirigea vers le feu mourant. Il resta planté là, tournant le dos à la cheminée, les mains dans les poches. Il pinça les lèvres dans un sourire.

— La police est à votre poursuite, dit-il d'une voix insidieuse. Il est de mon devoir de leur dire où vous êtes. Vous vous en rendez compte ?

Corridon sourit.

— Ça ne serait pas très fort de leur dire que je suis ici, dit-il avec bonne humeur. Parce que vous ne désirez nullement être mêlé à cette histoire. C'est pour ça que je suis ici. Vous espériez que je serais pris après le meurtre. Vous m'avez envoyé votre gros ange gardien pour être sûr que je ne puisse pas filer, malheureusement je l'ai fait, et maintenant, vous aurez du mal à me semer.

Diestl leva ses sourcils noirs.

— Je ne sais pas de quoi vous parlez. Mais vous ne pouvez pas rester ici. Vous feriez mieux de partir.

— Appelez donc la police, dit Corridon. Allez-y. Dites-leur que je suis ici. Et n'allez pas vous imaginer que vous vous en sortirez au baratin, tous les trois.

— Si ce n'était pas pour Lorène, dit Diestl avec son sourire avare, il est plus que certain que j'appellerais la police. Mais, bien entendu, j'hésite à la mêler à des histoires désagréables. Je vous conseille de filer.

Corridon alluma une cigarette.

— Désolé, mais je reste. Et cessons de perdre

du temps. J'ai l'intention désormais de jouer franc jeu avec vous. Il y a encore une heure, j'étais un agent de l'O. S. S. 5, section anglaise des barbouses. Vous en avez peut-être entendu parler. Leur boulot, c'est la chasse aux espions et aux saboteurs, et ils ont pour chef un certain colonel au ministère de la Guerre. Il est à vos trousses. J'avais reçu la mission d'entrer en contact avec vous pour recueillir le plus de renseignements possible sur vos activités. Parce que vous m'avez possédé et que j'ai flanqué la pagaïe avec cette affaire de lettres, on m'a foutu dehors et je me trouve tout seul dans un monde froid et méchant. En d'autres termes, l'autorité, une fois de plus, se lave les mains de ce qui m'arrive. Est-ce que je vous ennuie ?

— Continuez si ça vous amuse. Je n'y comprends rien, mais ce n'est sûrement pas ça qui peut vous gêner.

— Pas le moins du monde, dit Corridon d'un ton enjoué. Le colonel tient tout particulièrement à ce que vous ne vous doutiez pas qu'il est sur votre piste. C'est la raison pour laquelle il me sacrifie. Puisque je suis pris entre deux feux, je n'ai pas d'autre solution que de vous offrir mes services.

— Je n'en aurais pas l'emploi, dit Diestl. Je n'ai pas l'habitude d'engager des tueurs.

— Je crains que ceci ne soit pas entièrement exact, dit Corridon. Carl Brüger est un tueur professionnel.

L'espace d'une seconde, le visage de Diestl se crispa, mais il réussit à se maîtriser.

— Je ne sais pas de qui vous voulez parler.

— Je suppose que vous n'avez jamais entendu parler non plus d'Yvan Yevsky ?

De nouveau, Diestl ne put réprimer un frémissement.

— Non, jamais, dit-il.

Mais son mince sourire avait disparu.

— Le fait est, continua Corridon en secouant sa cendre sur le tapis, que nous savons pas mal de choses sur votre organisation. Nous connaissons le coup des anneaux de jade. Le colonel s'est beaucoup démené. Il possède tout un dossier sur vous et vos acolytes. Je vous serai utile. Ne tournons pas autour du pot. Je ne suis pas difficile dans le choix de mes employeurs pourvu que le salaire soit convenable. Je connais l'organisation intérieure de l'O. S. S. 5. Je connais leurs agents. Je connais leurs méthodes. Je vous indiquerai les types à surveiller. Sans que vous le sachiez, il peut s'en trouver qui travaillent dans votre propre groupe. Je pourrai vous les signaler. À côté de ça, j'en connais un rayon sur les explosifs, le sabotage et le noble art de faire disparaître les indésirables. Je suis capable d'apprendre pas mal de choses à vos recrues. Il me faudra du fric, naturellement, et une planque, mais en m'engageant, vous faites une affaire. Ça, je peux vous le garantir.

Diestl étudia Corridon. Les yeux noirs et froids étaient perçants.

— Tout ce que je peux dire, c'est que vous êtes fou ou ivre, fit-il. Je ne sais absolument pas de quoi il est question. J'insiste pour que vous partiez sur-le-champ.

Corridon éclata de rire.

— Toujours méfiant ? Il vaudrait peut-être mieux vous demander si vous pouvez vous permettre de continuer sans moi. Le Numéro 12 a été pris, vous savez, et il a mangé le morceau.

Une ombre passa sur le visage de Diestl et sa mâchoire se crispa.

— Ne l'écoutez pas, intervint rudement Feydak en voyant son changement d'expression. Il manigance quelque chose.

— C'est probable, mais je crois qu'il a raison quand il dit que nous ne pouvons pas nous permettre de travailler sans lui.

Un petit automatique surgit dans la main de Diestl. Il le pointa sur Corridon.

— Que savez-vous du Numéro 12 ?

— Voilà qui est mieux, dit Corridon. Donc vous savez de qui je parle. Vous vous demandiez où il avait pu passer, hein ? Eh bien, je vais vous le dire. L'O. S. S. 5 l'a pincé. Ils l'ont emmené dans une petite pièce tranquille au sous-sol d'une maison silencieuse et solitaire, et ils se sont mis au travail. Ils n'y ont pas été de main morte, vous savez. Au bout d'un moment, il a parlé. Puis, pour être sûrs qu'il ne cachait vraiment plus rien, ils l'ont interrogé une seconde fois. Peut-être qu'il n'avait plus grand-chose à leur dire, mais ils sont durs à convaincre et extrêmement consciencieux. Il n'était pas tout à fait assez coriace pour résister à leurs attentions. Il est mort pendant le traitement.

Feydak poussa une exclamation d'horreur.

Corridon se retourna pour le regarder.

— Je doute fort que vous soyez aussi coriace que le Numéro 12, dit-il en ricanant devant la figure blême de Feydak. Et que vous soyez capable de résister une demi-heure à ces types. Il est beaucoup plus probable que vous parleriez avant même qu'ils commencent à vous travailler.

— En voilà assez, dit sèchement Diestl. Donnez-moi le nom de ce colonel.

Corridon secoua la tête.

— Vous croyez que je vais vous faire cadeau d'un de mes meilleurs atouts. Faites quelque chose pour moi et vous n'aurez pas à le regretter. Je veux du boulot et une cachette. En revanche, je vous serai utile. Marché conclu ?

Diestl lança un regard à Feydak.

— Nous allons l'emmener à Baintrees, dit-il. Nous aussi nous avons des méthodes pour faire parler les gens.

CHAPITRE V

I

À part la lueur de la cigarette de Brüger, il faisait nuit noire dans la camionnette. Corridon était assis par terre, accoté à la paroi de la voiture qui dansait et cahotait sur une route inconnue. Il avait maintenant perdu toute idée du temps et de la distance et ignorait complètement où on l'emmenait.

Brüger et Yevsky étaient venus le prendre en charge à l'appartement de Lorène. Corridon avait accepté de partir avec eux, sachant les dangers qu'il courait, mais se rendant compte que c'était un risque inévitable. Il était déjà arrivé à un résultat. Il savait maintenant que Diestl et Feydak avaient tous deux des rapports avec cette organisation. Restait à savoir si Diestl en était ou non le grand chef. Corridon en doutait. Brüger et Yevsky s'étaient montrés presque insolents avec Diestl, dissimulant à peine le côté méprisant du professionnel pour l'amateur. Évident également que Feydak jouait un rôle extrêmement secondaire. Il semblait craindre énormément les deux tueurs. À eux deux, ils faisaient une vraie paire d'étrangleurs, et Corridon se tenait lui-même prudemment sur ses gardes.

Feydak avait fourré Lorène dans sa chambre, avant l'arrivée de Brüger et de Yevsky. Elle semblait bouleversée par la conversation de Corridon et de Diestl.

— Reste en dehors de tout ça, lui avait intimé Feydak. N'ouvre pas la bouche. Tu ne vois pas que c'est dangereux, petite gourde ?

Elle s'était retirée dans sa chambre, sans un regard pour Corridon.

Devant la maison, il y avait une petite camionnette commerciale. Brüger et Yevsky descendirent avec Corridon. Yevsky se mit au volant et Brüger derrière avec Corridon.

Aucun des deux hommes ne lui adressa la parole, et pendant la longue promenade, Brüger garda un silence glacé et menaçant.

Au bout de plus d'une heure de voyage, la voiture ralentit, tourna à angle aigu et continua à vitesse réduite. Tout à coup elle s'arrêta, ce qui fit perdre l'équilibre à Corridon.

Les portes arrière s'ouvrirent.

— Dehors ! chuchota Brüger de sa voix gutturale.

Corridon sauta à terre pendant que Yevsky s'avançait, un Mauser au poing.

Il faisait noir comme dans un four, exception faite des phares de la camionnette, et Corridon devina vaguement une allée de gravier bordée de grands arbres. Il distinguait la silhouette obscure d'une grande maison sans forme définie et, comme il se retournait pour la regarder, une lampe s'alluma au-dessus de l'imposante porte d'entrée.

— Viens, dit Yevsky en montant les larges degrés de l'escalier de pierre qui menait à la maison.

Corridon le suivit, et Brüger lui emboîta le pas.

La porte d'entrée s'ouvrit et tous trois pénétrèrent dans un vaste hall, haut de plafond, lambrissé de chêne et éclairé par des grappes de lampes électriques disposées le long du mur.

Un homme en blouse blanche, pantalon noir et souliers noirs à semelles de crêpe, referma la porte derrière eux.

— Vous y avez mis le temps, dit-il froidement à Brüger.

— On est là, non ? riposta Brüger, hargneux. C'est lui. Prenez-le, qu'on puisse aller dormir un peu.

— C'est bon.

Brüger et Yevsky disparurent. L'homme à la blouse blanche lança à Corridon un regard peu amène.

— Suivez-moi, dit-il sèchement. Le docteur Homer veut vous voir.

Corridon examina l'homme avec intérêt. Il était grand, mince et brun. Il avait un front large et haut, une fente en guise de bouche et un long nez en bec d'aigle. Corridon connaissait le genre. C'est cette sorte d'individus qu'employait la Gestapo pendant la guerre. Un homme dénué de sentiments humains, une machine qui faisait ce qu'on lui ordonnait de façon aussi impitoyable et efficace qu'un automate. Prêt aux plus terribles besognes. Brüger et Yevsky étaient dangereux, mais celui-là était un vampire.

— Suivez-moi, répéta-t-il.

Il traversa silencieusement le hall et suivit un large couloir qui menait à une porte matelassée. Il tourna la poignée, ouvrit la porte et s'écarta en faisant signe à Corridon d'entrer.

Quand Corridon passa à sa hauteur, il perçut une forte odeur de cognac. Il entra dans une petite pièce confortablement meublée où brûlait un feu vif. Une lampe unique projetait sa lumière sur le tapis persan rouge. Devant le feu, à moitié perdu dans un grand fauteuil, un homme remua, se pencha en avant et considéra Corridon avec curiosité.

— C'est monsieur Corridon ?

— Oui, fit Corridon.

— Parfait. Vous pouvez nous laisser seuls, Ames. Je sonnerai quand j'aurai besoin de vous.

L'homme à la blouse blanche sortit et referma la porte derrière lui.

— Rapprochez-vous du feu. Vous devez avoir froid, dit l'homme au fauteuil. Puis-je me présenter ? Je suis le docteur Paul Homer. Je suis vraiment très heureux de vous avoir ici.

— Je ne suis pas tout à fait sûr que ce soit réciproque, dit Corridon sèchement en se rapprochant du feu.

Il s'assit dans un fauteuil, faisant face à Homer, et allongea ses grandes jambes. Il examina Homer avec curiosité. Il avait devant lui un homme gros et gras, rose et blanc, avec une figure ronde et charnue ; de petits yeux fixes et un large sourire grimaçant. Ses grandes dents jaunes et chevalines étaient le trait caractéristique de son visage.

Homer portait une blouse blanche, pareille à celle d'Ames. Un pantalon à carreaux blancs et noirs gainait ses jambes massives. Ses cheveux épais et neigeux poussaient dru au-dessus de ses oreilles et il les rejetait en arrière, à la Lloyd George.

— C'est tout à fait inattendu, dit Homer avec un grand sourire. Diestl m'a parlé de vous et, bien entendu, je vous connais bien de réputation. Alors, vous désirez vous joindre à nous ?

— Exactement, dit Corridon en sortant son porte-cigarettes qu'il lui tendit.

Homer secoua la tête.

— Merci, non. Je me trouve beaucoup mieux de ne pas fumer. J'ai cessé peu après la guerre. Je suis très heureux de votre choix, reprit-il. Vous êtes le genre d'homme dont nous avons besoin ici. Vos états de service sont impressionnants, et je suis sûr que vous nous serez d'un grand secours.

— J'espère bien, dit Corridon, un peu surpris par la tournure de la conversation. Mais je dois vous avertir que je m'attends à en tirer quelque chose de substantiel.

Homer eut un ricanement explosif.

— Je vois que vous avez le sens de l'humour, dit-il. Ça, c'est très bien. Mais pour le moment vous êtes à l'essai, et je crains que vous ne deviez vous contenter du grade d'amateur. Une fois que nous serons convaincus que vous êtes authentiquement de notre côté, nous vous récompenserons convenablement pour tout ce que vous ferez.

Les dents jaunes étincelèrent à la lumière de la lampe.

— Je crois comprendre que Diestl se méfie un peu de vous. J'ai peur qu'il ne soit très méfiant. Je ne crois pas qu'il ait entière confiance en moi, non plus qu'en n'importe quel autre membre de notre organisation.

De nouveau il pouffa :

— Bien entendu, il a raison. C'est tellement vrai que deux précautions valent mieux qu'une.

— Dois-je me considérer comme prisonnier ? demanda Corridon dont le visage exprimait un intérêt poli.

— Mon Dieu... le mot est peut-être un peu fort. Disons que, pour le moment, votre liberté est limitée.

Homer agita légèrement une main grasse.

— Et pendant que nous sommes sur ce sujet, suivez mon conseil et n'essayez pas de vous enfuir d'ici. Nous avons pris de minutieuses précautions pour empêcher les gens de nous fausser compagnie. Le parc est entouré d'une palissade électrifiée de dix pieds. Je vous assure qu'elle est infranchissable et extrêmement dangereuse. La nuit, on lâche des chiens eux aussi extrêmement dangereux. Personnellement, jamais je ne me hasarderais dans le parc la nuit tombée. De plus, il s'y trouve des zones protégées par des cellules photoélectriques qui déclenchent des signaux d'alarme. Les portes aussi sont bien gardées.

Il agita la main.

— Et c'est une règle absolue, chez nous, que quiconque est pris en flagrant délit de fuite doit être liquidé. Ceci doit vous sembler un peu dur. Mais nous avons pas mal de gens ici, sous notre aile protectrice, et ce serait un désastre si l'un d'entre eux réussissait à s'envoler.

Les dents jaunes étincelèrent encore une fois.

— Je crains qu'Ames ne soit un peu brutal, mais il a réduit considérablement le nombre des tentatives d'évasion et il a inculqué un excellent esprit de discipline.

— Ça fait un peu camp de concentration, dit Corridon, suave.

— Je vous assure que ce n'est pas du tout ça. Pourvu que nous obtenions un peu de compréhension de la part de chacun, la vie ici peut être extrêmement agréable. Ce qui est certain, c'est que toute personne, homme ou femme, prise en flagrant délit de désobéissance se voit rappelée à l'ordre au bénéfice de l'harmonie générale.

— Serait-ce manquer de tact que vous demander où est situé cet endroit et ce qu'il est censé être ?

Homer sortit un mouchoir blanc avec lequel il se tapota le bout du nez.

— Eh bien, je crois que oui, dit-il d'un ton d'excuse. Plus tard, on vous dira l'exacte situation du lieu, mais, jusqu'à ce que vous ayez passé la période d'épreuve, il est préférable que vous n'en sachiez rien. Vous êtes assez malin pour comprendre que l'ignorance du lieu où l'on se trouve rend toute tentative de fuite beaucoup plus hasardeuse. Quant à la maison elle-même, elle est classée comme clinique hydrothérapique. Police et fouineurs du même genre sont convaincus de notre authenticité et nous sommes très bien notés dans le district. La seule singularité, c'est que nous sommes toujours au complet et que nous ne pouvons jamais recevoir de nouveaux malades.

Il fit à Corridon un sourire ambigu.

— Comme vous le supposez, Baintrees est, en fait, le quartier général de notre mouvement.

— Tout ceci est fort intéressant, dit Corridon. Mais je ne connais guère votre mouvement ; je n'ai entendu qu'un son de cloche. Verriez-vous un inconvénient à m'expliquer tout cela à fond ? Puisque je me propose de me joindre à vous, il est, je pense, préférable que je sache à qui j'ai affaire. Qu'est-ce que vous représentez, au juste ?

Homer se frotta lentement les mains et ses yeux brillants et fixes examinèrent le visage de Corridon.

— Question légitime. Il m'est possible de vous parler franchement, puisque les informations que je vous donnerai ne sortiront pas d'ici. Soyons nets, monsieur Corridon, personne ne s'est encore échappé, et nous ne croyons pas que personne le puisse jamais. Bien que vous soyez à l'essai, je n'hésite pas un instant à vous parler de notre mouvement. Il se nomme Mouvement d'unité européenne et, en bref, il s'est donné comme but de prendre au vainqueur pour donner au vaincu. Pour en arriver là, il nous faut ramener ce pays au rang d'une puissance de quatrième ordre. Il se débat déjà dans l'enlisement de la faillite. Une bonne poussée suffira à le faire crouler définitivement. C'est à nous qu'il appartient de le faire basculer.

Corridon le regarda, les yeux ronds, croyant qu'il plaisantait, mais l'autre avait l'air tout à fait sérieux.

— Et qu'est-ce qui se passera quand le pays s'effondrera ? demanda-t-il.

— La France est pratiquement enterrée. Une Angleterre et une France brisées et ce sera la porte ouverte à un nouveau régime européen. Je ne dis pas que ce sera vite fait, naturellement, cela prendra peut-être quelques années, mais cela arrivera.

— L'idée me semble un peu ambitieuse, dit Corridon sèchement. Négligeriez-vous l'Amérique, par hasard ?

— Oh ! mais non.

Homer continuait à se tapoter le bout du nez avec son mouchoir.

— Mais, selon moi, la Russie est capable de lui donner suffisamment de fil à retordre... Vous ne pensez pas ?

— J'aurais pensé le contraire, répliqua Corridon. Quoi qu'il en soit, nous n'en sommes pas encore là. Franchement, je ne pense pas que ce que vous m'avez raconté soit très convaincant. Je vous accorde que vous pouvez faire pas mal de dégâts ici, mais entre nous c'est plutôt de l'ordre de la piqûre du moustique sur les fesses de l'éléphant.

Homer le regarda, hésita, puis eut un sourire rusé.

— Mais pensez à la satisfaction du moustique, dit-il en faisant briller ses dents jaunes. Je vois que vous n'êtes pas pour les plans grandioses.

Il baissa la voix.

— Pour être tout à fait impartial, moi non plus. Mais il est surprenant de constater combien de gens le sont. En ce qui me concerne, et je ne doute pas que vous ne pensiez comme moi : à condition que j'y voie des possibilités d'avenir, à condition que je puisse m'assurer le standard de vie qui convient à un homme de ma compétence, je n'accorde que peu d'importance aux causes. Je suis bien payé sur les fonds fournis par les gens qui y ont intérêt, j'ai du travail, et je jouis de la vie. Je n'approfondis pas trop les raisons ou les dogmes d'une croyance.

— En d'autres termes, dit Corridon, vous représentez une cinquième colonne, alimentée par des capitaux étrangers et ayant l'ordre de saper le redressement du pays ? Le reste, les bobards sur le nouveau régime, ça sert uniquement à calmer les scrupules d'un certain nombre de toquards qui travaillent pour vous ?

Homer remit son mouchoir dans sa poche.

— Entre nous, monsieur Corridon, c'est à peu près la situation, mais je vous demande de ne pas parler aussi ouvertement devant les autres. Certains n'aimeraient pas cela.

— C'est à vous ce cirque ? demanda Corridon à brûle-pourpoint.

— Vous voulez dire… Si c'est moi le chef ? Dieu m'en préserve ! J'incarne le personnage destiné à donner à Baintrees sa touche d'authenticité. Ni plus ni moins. J'ai peu à faire dans l'organisation de la maison. En fait Ames est mon supérieur au point de vue du véritable travail de l'organisation. Je comprends votre curiosité, mais je dois vous prévenir que vous abordez un sujet extrêmement dangereux. L'identité du chef est un secret soigneusement gardé. Celui qui tente de la découvrir est traité avec la dernière sévérité.

Il leva un bras charnu, et consulta sa montre-bracelet.

— Il est cinq heures moins vingt. Je pense que nous pourrions aller dormir un peu maintenant, non ? J'étais sur le point de me retirer quand j'ai su que vous arriviez. J'ai cru comprendre que Diestl désire vous poser quelques questions demain. Il vaut mieux pour vous que vous preniez un peu de repos au préalable. Diestl a le don de vous taper sur les nerfs. Et puis il y a Ames, bien entendu.

Il se pencha pour presser un bouton de sonnette sur le mur près de lui.

— Ames va vous conduire à votre chambre. Gare à lui, monsieur Corridon, ce n'est pas un homme patient.

Ames entra silencieusement dans la pièce.

— M. Corridon est prêt à se reposer, dit Homer en étouffant un ricanement nerveux. Vous voudriez peut-être vous charger de lui ?

Ames désigna la porte du menton et s'écarta.

— Dormez bien, monsieur Corridon, dit Homer. J'espère que notre échange de vues vous aura été profitable. Nous nous reverrons demain.

Corridon se leva. Il se sentait fatigué et songeait avec envie à un lit confortable.

— Bonne nuit, dit-il aimablement.

Au moment où il atteignait la porte, Homer dit :

— Encore un moment.

Corridon s'arrêta et regarda par-dessus son épaule. Homer souriait.

— Vous ne croyez pas que notre ami devrait rendre visite à Lehmann avant d'aller se coucher ?

Les grandes dents jaunes étincelèrent.

— Lehmann était particulièrement têtu, monsieur Corridon. Il était persuadé qu'il pourrait s'évader. Rien de ce que j'ai pu lui dire ne lui a fait changer d'avis. Vous devriez le voir. En tant que… disons… leçon de choses.

— Venez, dit Ames de sa voix gutturale et inexpressive.

Et il s'avança le long du couloir, descendit un escalier, suivit un long passage voûté qu'éclairaient des lampes électriques dans des paniers de fil de fer. Corridon était sur ses talons.

Ames s'arrêta devant une porte, manipula les verrous et ouvrit en grand le battant.

— Voilà Lehmann, dit-il. Le même traitement s'appliquera à quiconque sera pris à tenter une évasion. Il a mis quarante-sept heures à mourir.

Corridon vit une forme humaine qui se balançait au bout d'une corde fixée à une poutre du plafond. Les mains, crispées dans la mort, se cramponnaient à un énorme crochet de boucher qui traversait la mâchoire inférieure et qui était accroché à la corde.

Corridon sentit les muscles de son visage se rétracter. Il savait qu'Ames le surveillait avec un petit sourire ironique. Il dit d'une voix impassible, glaciale :

— Je vois que vous êtes à la hauteur de vos traditions.

II

La pièce était petite, blanche et ensoleillée. « Une chambre agréable », pensa Corridon en ouvrant les yeux et en étirant ses longs bras musclés au-dessus de sa tête. Il consulta son bracelet-montre. Dix heures vingt. Eh bien, ça faisait cinq heures de sommeil tranquille, et il se sentait beaucoup mieux.

Le soleil entrait par la fenêtre ouverte et mettait des plaques de lumière sur le tapis fauve. Les murs blancs, le lit et les meubles de la même couleur donnaient à la pièce une atmosphère de clinique. C'était la chambre type de n'importe quelle bonne institution privée.

Prenant une cigarette dans son étui sur la table de chevet, Corridon fit le bilan de la situation. Prisonnier. Entre des mains dangereuses, Le cadavre, dans la petite pièce obscure du sous-sol, ce n'était pas du bluff. Ce type avait été liquidé d'une façon immonde, impitoyable, parce qu'il avait tenté de s'enfuir. Cela pouvait facilement lui arriver, à lui aussi. Corridon fit la grimace.

Ces gens étaient dangereux, particulièrement Ames. Homer était un gros pantin : cupide, rusé, mais un pantin. Diestl était dangereux, mais probablement peu important : un fanatique. Feydak n'était ni dangereux ni important. De tous ceux-là, c'était d'Ames qu'il fallait se garder le plus. Jusqu'à nouvel ordre.

Le premier point important, en ce qui concernait Corridon, était de découvrir où se trouvait Baintrees. Puis, d'une façon ou d'une autre, contacter Ritchie. Cela prendrait un peu de temps et serait certainement risqué. Un faux mouvement et il se retrouverait en train de se balancer au bout d'un crochet. Il pensa avec un sourire amer que son geôlier avait fait preuve d'astuce en lui montrant ce pauvre type. C'était une vision à liquéfier le plus coriace.

Il ne doutait pas qu'Homer n'ait dit la vérité en lui décrivant les défenses de Baintrees. Une palissade électrique, des chiens policiers, les rayons invisibles… Il était vital de gagner leur confiance. Sans ça, il n'arriverait à rien.

Corridon resta allongé un bon bout de temps, à méditer les yeux au plafond. Comment s'orienter ? Le secteur du téléphone lui fournirait un indice, à moins qu'ils n'aient enlevé le numéro sur l'appareil. Il y avait aussi le nom du secteur électrique sur le compteur, s'il pouvait l'atteindre. Ceci lui parut la possibilité la plus sérieuse. Quelque chose qu'ils avaient probablement négligé.

Juste à ce moment, la porte s'ouvrit et Ames entra, un paquet de vêtements sous le bras. Il le lança sur le lit.

— Vous mettrez ces affaires le temps que vous resterez ici, dit-il. Laissez vos autres vêtements dans le placard. Ici, tous les nouveaux s'habillent en blanc jusqu'à ce qu'ils aient prouvé qu'on peut avoir confiance en eux. On va vous monter votre petit déjeuner dans quelques minutes. À onze heures et demie, vous serez interrogé.

Corridon hocha la tête.

— Par pure curiosité, dit-il, j'aimerais savoir comment vous comptez vous débarrasser du copain qui est pendu au croc de boucher que vous avez eu la sagesse de me montrer.

Ames sourit.

— Je vois que ça vous a fait quelque chose. C'est très facile. Les fours, ici, sont très bien conçus.

Il sortit de la pièce aussi silencieusement qu'il y était entré et referma la porte. Avec une grimace, Corridon s'assit pour examiner les vêtements qu'il allait porter. Cela consistait en une combinaison de chauffeur en croisé de coton blanc et une paire de chaussures blanches à semelles de crêpe. Il y avait un disque jaune au dos de la combinaison. Élevant la combinaison à contre-jour, Corridon vit le disque s'illuminer faiblement et devina que, la nuit, il devait briller comme un phare. Une cible épatante pour un fusil, même entre les mains d'une cloche. Pas du tout le genre de truc à enfiler pour une évasion de nuit.

Pendant qu'il se rasait, la porte s'ouvrit et Yevsky entra avec un plateau qu'il déposa sur la table de nuit. Il regarda Corridon en fronçant les sourcils d'un air féroce avant de s'en aller.

Corridon remarqua qu'on n'avait pas essayé de l'enfermer et ce fait, en soit, était sinistre. Il ouvrit la porte et inspecta le corridor. Il était long et violemment éclairé par des lampes électriques encastrées dans le plafond derrière un verre épais.

Haussant les épaules, il rentra dans sa chambre,

finit de se raser et enfila la combinaison. Puis il se versa une tasse d'excellent café, avala les œufs au bacon qu'il trouva sous le couvre-plat d'argent, but une seconde tasse de café et s'installa pour fumer dans le fauteuil près de la fenêtre.

À onze heures et demie tapant, la porte s'ouvrit et Brüger entra. Du pouce, il désigna la porte.

— Suivez-moi, dit-il d'un ton bref.

Corridon se leva.

— Comment va votre cou mon pauvre vieux ? demanda-t-il avec un sourire sarcastique. D'ici, ça rappelle le filet de bœuf saignant.

Les petits yeux de Brüger s'allumèrent, mais sa figure flegmatique resta sans expression.

— Suivez-moi, répéta-t-il, hargneusement.

Il prit le couloir, puis un escalier qui menait au bureau d'Homer. Corridon marchait derrière lui.

Homer était assis à son bureau devant la baie vitrée. Diestl se tenait le dos au feu. Ames s'adossait au mur, pas loin de la porte. Yevsky, qui se tapotait la jambe avec une matraque de caoutchouc était planté au milieu de la pièce.

— Entrez, monsieur Corridon, dit Homer avec un sourire qui fit étinceler ses dents jaunes. Je vous en prie, asseyez-vous. Brüger, donnez une chaise à M. Corridon. Nous l'installerons en face de mon bureau. Voilà… c'est parfait.

Corridon s'assit. Il semblait à l'aise, mais il sentait Yevsky juste derrière lui, avec sa matraque en caoutchouc.

— Maintenant, monsieur Corridon, dit Homer, évitons de perdre du temps, je vous prie, Vous avez quelques renseignements pour nous. D'après ce que m'a dit Diestl, j'ai cru comprendre que notre organisation est démasquée et que l'on prend des mesures pour mettre un terme à nos opérations.

— Parfaitement, dit Corridon. Une branche spéciale du ministère de la Guerre, connue sous le nom de O. S. S. 5, concentre son attention sur vos activités. Ils savent que c'est vous qui avez combiné le meurtre du ministre des Affaires européennes. Ils savent aussi que vous êtes derrière les grèves importantes qui ont récemment ralenti nos efforts d'exportation. Ils ont réussi à prendre un de vos agents, le Numéro 12, et il a parlé.

— C'est ce qu'on m'a dit, déclara Homer en sortant son mouchoir qu'il tint roulé en boule dans sa main.

Son regard exprimait de la gêne.

— Qui est à la tête du O. S. S. 5 ?

— Le colonel Howard Ritchie, répondit vivement Corridon. Nous avons travaillé ensemble pendant la guerre. C'est un homme remarquable et extrêmement dangereux.

Homer et Diestl échangèrent un coup d'œil.

— Et que sait-il au juste ? demanda sèchement Diestl.

— Ça, je n'en sais rien. Mais vous pouvez parier qu'il a une idée assez complète de la structure de votre organisation. Il connaît les anneaux de jade. Le Numéro 12 a dit tout ce qu'il savait. Vous devez comprendre mieux que moi ce que ça représente au total. Ritchie connaît Yevsky et Brüger. Il m'a prévenu contre eux.

Homer tapota le bout de son nez avec son mouchoir. Il avait l'air désemparé.

— Connaît-il cet endroit ?

Corridon secoua la tête.

— Non, mais il sait que vous avez un quartier général quelque part et il le recherche. Il fait les choses jusqu'au bout. Tôt ou tard, il tombera dessus, surtout si vous continuez à employer des personnages aussi voyants que Brüger et Yevsky.

De nouveau, Homer et Diestl échangèrent un regard, puis Homer dit en regardant Ames :

— M. Corridon fait montre d'une parfaite bonne volonté ; peut-être pourrions-nous poursuivre cette discussion sans l'assistance de ces deux-là.

Et, d'un geste, il désigna Brüger et Yevsky qui regardaient Corridon d'un air mauvais.

Ames approuva.

— Fichez-moi le camp, dit-il.

Quand Brüger et Yevsky furent sortis, Homer dit :

— Et maintenant, monsieur Corridon, comment avez-vous été lancé sur l'affaire ?

Corridon parla de Milly Lawes, de l'anneau de jade, de son assassinat, lui dit dans quelles circonstances Rawlins l'avait traîné chez Ritchie et ce qui s'était dit lors de l'entrevue. Il prenait garde de ne rien omettre et avait conscience que, de temps en temps, d'un signe, Diestl faisait comprendre à Homer que Corridon disait la vérité.

— Mieux vaut regarder les choses en face, dit Corridon, vous avez affaire à de rudes adversaires. L'O. S. S. 5 c'est l'élite des limiers. Ils ne lâchent jamais. Si vous voulez durer si peu que ce soit, il va falloir faire gaffe et, d'ailleurs, vous ne pourrez pas rester longtemps dans le coin.

— Et que nous conseilleriez-vous ? demanda Homer, qui avait l'air assez ennuyé.

— Pour commencer, retirez les anneaux de jade de la circulation. Ce truc de société secrète n'est pas seulement dangereux, il est enfantin. Faites place nette chez vous. Assurez-vous que votre confiance est bien placée auprès de chaque membre de l'organisation. N'employez pas des types aussi voyants que Brüger et Yevsky. Ritchie a des dossiers sur tous les criminels de guerre de second ordre. En vous servant d'individus comme ces deux-là, vous montrez votre jeu. Ritchie les connaît tous.

Il y eut un silence long et pesant, puis Homer dit en regardant Diestl :

— Il a raison. J'ai toujours pensé que c'était de la folie d'engager ces types-là. Il va falloir vous en débarrasser.

— Ils n'ont qu'à rester ici, dit froidement Ames. Nous n'avons pas besoin de les envoyer en mission à l'extérieur, et je ne veux pas les perdre. Ils sont utiles.

— C'est cela, dit Diestl, gardez-les ici.

Ses yeux noirs et perçants scrutaient le visage de Corridon.

— Avez-vous d'autres suggestions ?

Corridon haussa les épaules :

— N'ayant aucune idée de la façon dont vous dirigez votre organisation ni de vos méthodes de contact intérieur, il m'est difficile de me mettre à votre place. Je veux bien passer vos membres en revue et vous montrer ceux que je reconnais, il y a des chances pour que Ritchie ait des hommes à lui chez vous. Ne négligez pas le fait qu'il ne s'intéresse pas au menu fretin. Il ne dévoilera pas ses batteries avant d'être sûr d'avoir pincé le chef.

— Pensez-vous que nous devrions nous débarrasser de Ritchie ? demanda Diestl d'une voix insidieuse.

— Certainement, répondit Corridon sans hésiter. C'est le cerveau et la poigne de l'O. S. S. 5. Débarrassez-vous de lui et vous ralentirez leurs activités. Mais pas longtemps. Il y aura toujours d'autres types pour prendre sa place.

— Peut-être pas aussi intelligents.

— C'est possible,

— Alors, selon vous, il serait recommandé de se débarrasser de Ritchie ?

Corridon sourit ironiquement.

— Si vous en êtes capables. On ne peut pas dire qu'il fasse une cible idéale, vous savez !

— Mais est-ce chose possible ?

Corridon haussa les épaules.

— Je n'en sais pas plus que vous.

Il y eut un silence, puis Diestl dit :

— Vous accepteriez de vous charger du travail ?

— Ça dépend, dit Corridon ; qu'est-ce que vous offrez ?

Diestl fronça les sourcils.

— Je ne comprends pas.

— Écoutez, je veux bien entrer dans le bizness, si j'y fais mon beurre, répliqua Corridon. Je ne suis pas Jeanne d'Arc, moi. Je ferai disparaître

Ritchie moyennant mille livres, versées à mon compte, moitié maintenant et moitié le boulot terminé.

— D'après votre conversation, remarqua Diestl d'un ton glacial, j'avais compris que vous étiez un ami de Ritchie.

— Je n'ai pas dit ça. J'ai dit que nous avions travaillé ensemble.

— Et vous êtes prêt à le supprimer pour nous ?

— Certainement ; à mes conditions.

— Vos motifs ne sont-ils pas un peu mercantiles ?

— Sans aucun doute, répondit Corridon en souriant. Ça vous gêne ?

— Et si nous nous mettons d'accord sur les conditions, comment opérerez-vous ?

— Aucune idée, répondit Corridon. Ce sera un travail difficile, qui demandera pas mal de préparation et de réflexion. Mais je peux vous assurer que c'est faisable et que j'en suis capable.

— Nous allons considérer votre offre, dit Diestl. Il se peut que ce ne soit pas nécessaire. Si Ritchie mourait, les répercussions pourraient être graves. Si vous échouez en tentant de le tuer, cela nous attirerait de très graves ennuis. Mais si nous décidons de courir le risque, c'est à vous que nous nous adresserons en priorité. Si vous réussissez, je ne vois pas de raison pour que vous ne deveniez pas membre actif de notre organisation et dûment rémunéré. Si ça rate, évidemment, je doute que nous puissions vous employer. Cela vous convient-il ?

Corridon souleva ses massives épaules.

— Comme j'ai encore jamais loupé mon coup en supprimant les emmerdeurs, l'alternative ne m'effraie guère. Alors c'est bien d'accord ; si je fais le travail, je reçois mille livres et je deviens membre. C'est ça ?

— Oui.

— Parfait, dit Corridon. Je suis enfin du bon côté, on dirait.

III

La salle à manger, une longue pièce étroite et haute de plafond, donnait sur le jardin en terrasses. Les murs étaient lambrissés de chêne et ornés d'une profusion de tableaux français modernes. Les tables de douze couverts, garnies d'argenterie brillante, s'ornaient de coûteuses fleurs de serre.

Corridon prit place entre Feydak à sa droite et Ames à sa gauche. Il se sentait plutôt voyant dans sa combinaison blanche et perçut nombre de regards curieux qui s'attachèrent à lui lorsqu'il s'assit.

Les tables étaient occupées par un mélange d'hommes et de femmes étonnamment hétéroclites, les uns assez âgés, d'autres plus jeunes. Aucun d'eux n'avait la tête de son emploi de saboteur, d'espion ou d'assassin.

« Les filles, pensa Corridon après un rapide examen, sont effrayantes, avec leurs robes informes, de tous les modèles et de toutes les tailles, et leurs cheveux en nids de corbeaux. Un ramassis de bohémiennes mal lavées, tout juste bonnes à vous attirer des ennuis. »

Il remarqua à une table éloignée des fenêtres six hommes vêtus de combinaisons semblables à la sienne. La plupart étaient d'un certain âge. Ils avaient tous l'air apathique, et ils restaient silencieux ; aucun d'eux ne faisait attention aux autres.

— Je devrais plutôt être là-bas avec eux, dit Corridon à Feydak. J'ai l'impression de faire régner le désordre en m'asseyant à côté de vous.

— Pas du tout, dit Feydak avec son sourire vif et mal à l'aise. Vous, vous êtes à l'essai, et ces hommes, eux, sont prisonniers.

— Je suis heureux de constater qu'il y a une différence, dit Corridon, sarcastique. Combien de temps faudra-t-il que je porte ce déguisement ? La cible que je trimbale entre les deux omoplates me donne des frissons.

— Ne vous inquiétez pas, dit Ames avec un sourire acide. Tant que vous n'essaierez pas de vous enfuir, vous n'aurez rien à craindre.

— Ah ! parfait ! figurez-vous que je n'ai pas l'intention d'essayer de m'évader.

— Vous allez commencer à travailler cet après-midi, dit Feydak. Nous vous avons trouvé un job très spécial. Vous vous y connaissez en explosifs, détonateurs, etc. ?

Corridon prit des pommes rissolées. La nourriture paraissait excellente.

— J'en sais autant que n'importe qui. En quoi consiste le boulot ?

— Il s'agit de mettre hors de service deux générateurs d'une centrale. Deux des ingénieurs travaillent pour nous. Nous voudrions indiquer comment saboter les générateurs. Nous avons toutes les photos qu'il faut. Vous êtes capable de faire ça ?

— Certainement, dit Corridon. Qu'est-ce que ça me rapporte ?

— Rien du tout, trancha Ames. Ou vous faites ce qu'on vous ordonne, ou vous passez une semaine en cellule. Au choix.

Corridon lui fit un large sourire.

— Alors, de toute évidence, je vais faire ce qu'on m'ordonne.

Plus tard, tandis qu'ils finissaient le succulent repas, Corridon dit à Feydak :

— Il s'est passé tant de choses depuis que je suis arrivé ici que je n'ai pas eu l'occasion de m'enquérir de votre charmante sœur. Comment va-t-elle ?

Feydak changea de couleur.

— Oh ! elle va très bien.

— Est-ce qu'on la verra, ici ?

Le visage de Feydak tourna au masque grimaçant.

— Non, bien entendu. Elle ne sait rien de cette organisation — absolument rien.

Ames tapa sur le bras de Corridon.

— Ce genre de conversation n'est pas recommandé ici, dit-il doucement, et Corridon sentit les yeux d'Ames se fixer sur Feydak : des yeux durs et inquisiteurs.

— Connaissez-vous sa sœur ? dit Corridon, affable. C'est une fille ravissante.

Il jeta un regard sur les femmes de la salle.

— Je crains qu'il n'y ait pas beaucoup de choix ici, non ? Le côté intellectuel mal lavé de ces bonnes femmes est un peu pénible, trouvez pas ?

Les yeux froids d'Ames clignotèrent.

— Elles ne valent pas grand-chose, dit-il.

— Ça n'a rien à voir, dit Feydak en reprenant son sang-froid. Elles sont ici pour se rendre utiles, et elles accomplissent un travail remarquable.

— Ça, je veux bien le croire, dit Corridon avec un sourire ironique. Elles n'ont pas l'air très douées pour le reste, non ?

Sans en être sûr, il avait comme une idée qu'Ames l'approuvait tacitement.

— Ça ne serait pas vous qui avez liquidé Milly Lawes ? continua-t-il en se tournant vers Ames.

— Et après ? dit Ames avec un sourire moqueur, Elle ne valait guère plus que ce bétail-là, et, en outre, c'était une fripouille.

— Ça, je le crains. Je la connaissais un peu. Malheureusement, ces filles-là sont toutes pareilles. Rien ne vaut l'amateur passionné dans ce genre d'activité.

Ames lui lança un long regard inquisiteur, mais ne dit rien.

— Un de ces jours, continua Corridon, je vous emmènerai faire une foire du tonnerre. Je connais quelques filles assez marrantes.

Il définit avec précision ce qu'elles avaient de marrant et saisit un frémissement d'intérêt sur le visage d'Ames, mais Feydak le regardait avec un dégoût non déguisé.

Ames repoussa brusquement sa chaise et se

leva, coupant court aux descriptions licencieuses de Corridon.

— Il faudra que nous nous connaissions un peu mieux que maintenant, dit-il, les yeux brillants de méfiance, avant d'organiser une soirée comme celle-là.

Corridon lui sourit.

— On a le temps, dit-il. Vous verrez, ça vaut le coup d'attendre.

L'après-midi, Corridon travailla avec les deux ingénieurs de la centrale. Il leur montra comment saboter les dynamos et leur apprit à utiliser le détonateur à temps, les amorces au fulmicoton et le reste. En tant qu'individus, ils l'intéressèrent : deux jeunes types aigris, victimes d'injustices imaginaires, décidés à prendre leur revanche sur la société, ne s'intéressant au bien-être de personne, le leur excepté. Ils lui dirent qu'ils s'étaient joints au Mouvement d'unité européenne parce qu'ils en avaient assez du système actuel et qu'ils voulaient que les choses changent. Corridon fit semblant d'être de leur avis, secrètement ahuri qu'ils aient pu croire et admettre les bobards d'Homer à propos du nouveau régime.

Plus tard, la leçon terminée, quand Corridon se retrouva seul dans le laboratoire, Feydak entra silencieusement dans la grande salle.

— Vous êtes content d'eux ? demanda-t-il.

Corridon haussa les épaules.

— Ils sont bien. Ils feront le boulot, en tout cas. Quant à savoir s'ils ne se feront pas sauter avec, je ne peux rien affirmer.

— Du moment qu'ils le font… dit Feydak, et il

se mordit les lèvres, tout en regardant fixement Corridon. Je vous demande comme une faveur personnelle de ne pas parler de Lorène devant Ames. C'est un homme très désagréable, et il est excessivement porté sur les femmes.

Corridon leva les sourcils.

— Il est quand même naturel que j'en parle. J'ai eu l'impression qu'elle était un des membres les plus enthousiastes du mouvement.

— Certainement pas ! s'exclama Feydak en pâlissant, ne dites jamais ça à personne.

— Enfin, soyons sérieux, quoi ; elle est un peu au courant de l'organisation ?

— À peine. Je crains d'avoir laissé échapper quelques mots de temps à autre, mais je ne veux pas qu'elle y soit mêlée.

— Et pourquoi pas ? C'est une excellente cause ?

— C'est trop dangereux. J'aime beaucoup Lorène, dit Feydak en serrant les poings. Je vous serais reconnaissant de ne rien dire de tout ceci à personne.

— Mais enfin, Diestl sait qu'elle…

— Il ne le sait pas !

— Tout ça ne colle pas, vous savez. Diestl s'est servi d'elle pour me coincer. Vous n'avez pas oublié, je pense ?

Feydak saisit le bras de Corridon.

— Je vous en prie, écoutez-moi. C'était un malentendu. Je n'aurais jamais dû le permettre. C'est Diestl qui a voulu. Il se trouvait au club quand vous êtes arrivé. Il savait que vous travailliez pour Ritchie. Il vous avait vu accompagner le détective à l'appartement de Milly Lawes. Il a demandé à Lorène de vous amorcer. Je vous jure qu'elle n'était pas au courant de ce qui se projetait. Si Ames se doute le moins du monde qu'elle sait quoi que ce soit concernant l'organisation, il la fera venir ici pour la garder sous sa protection. Vous savez ce que ça signifie !

— Ne vous en faites pas, dit calmement Corridon. J'aime beaucoup Lorène et je ne lui veux aucun mal. Mais c'est peut-être un peu tard. Ames n'est pas un abruti. Quand j'ai parlé d'elle, il vous a regardé d'une drôle de façon. Vous avez remarqué ?

Feydak sortit son mouchoir pour s'essuyer les mains et le visage.

— Si jamais on l'amène ici…

— Ne vous inquiétez pas, dit Corridon avec insouciance. S'il me pose des questions sur elle, je tâcherai de noyer le poisson.

— Attention à ce que vous lui direz. Il est très dangereux. Il était chef de la Gestapo de Francfort pendant la guerre. Personne n'est en sécurité avec lui. Je vous dis ça, parce que je sais que vous aimez bien Lorène. Je… oh ! je vois bien que je me livre à vous…

Corridon se mit à rire.

— Soyez tranquille.

— Vous ne voudriez pas qu'il arrive quoi que ce soit à Lorène ? dit Feydak, en scrutant le visage de Corridon.

— Oh ! mais non.

— Alors, je peux avoir confiance en vous ?

— Naturellement.

Feydak hésita, puis il fit l'esquisse d'un sourire à Corridon.

— Il faut que je m'en aille. C'est risqué de parler ici. Je peux compter sur vous pour ne rien dire ?

— En tant que membre du parti s'adressant à un camarade, dit Corridon, le regard soudain durci, vous avez ma parole.

— Merci.

Pendant quelques minutes après le départ de Feydak, Corridon resta dans le laboratoire à réfléchir. La réussite de son entreprise dépendait de la façon dont il gagnerait la confiance d'Ames. Dans un sens, il plaignait Feydak, qui n'était qu'un jeune imbécile, faible et influençable. Corridon n'hésita pas longtemps. Il sortit tranquillement de la salle et prit le couloir qui conduisait au bureau d'Homer.

Homer sortait justement de chez lui et s'épanouit en voyant Corridon.

— Ah ! monsieur Corridon. Avez-vous fait du bon travail, cet après-midi ?

— Excellent, dit Corridon, qui enchaîna : Pouvez-vous me dire où je trouverai le camarade Ames ?

Le sourire d'Homer se figea.

— Vous voulez le voir ?

— Oui.

— Ames n'est pas un type très sociable, dit Homer, mal à l'aise. Je ne vous conseille pas de… de l'ennuyer. Puis-je faire quelque chose pour vous ?

— Je ne pense pas. Ames m'a dit de passer le

voir quand j'aurais fini d'instruire mes élèves, mais peut-être suffit-il que je vous fasse mon rapport à vous ?

— Oh ! non, dit Homer avec précipitation. S'il vous a demandé d'aller le voir, c'est autre chose. Vous le trouverez à l'étage au-dessus. Sa porte est en face de l'escalier.

Corridon en conclut que Feydak et Homer avaient l'un et l'autre peur d'Ames. Ça pourrait servir au moment opportun.

— Merci, dit-il.

Et il s'éloigna le long du couloir, vers l'escalier, sentant sur lui le regard d'Homer. En grimpant les marches, il jeta un coup d'œil en arrière. Homer, toujours immobile, le suivait des yeux et le vit frapper à la porte d'Ames.

— Entrez.

Corridon tourna la poignée, poussa la porte et pénétra dans une petite pièce soignée, meublée comme un bureau, mais avec un lit sous la fenêtre.

Assis à son bureau, Ames écrivait. Il lui jeta un regard perçant.

— Eh bien ?

Corridon pénétra dans la chambre et referma la porte. Il se rendit compte que Ames sentait fortement le cognac.

— Feydak vient à l'instant de me prier de ne pas parler de sa sœur devant vous, dit-il. Il m'a dit que vous êtes très porté sur les femmes et que, si vous appreniez qu'il lui a cassé le morceau au sujet de l'organisation, vous la ferez venir ici et vous la garderez en prison préventive. Il m'a raconté que vous étiez très dangereux et que, pendant la guerre, vous étiez à la tête de la Gestapo de Francfort. Ce détail suffirait à vous faire pendre, mais vous savez probablement tout ça mieux que moi.

Ames repoussa sa chaise et croisa ses mains sur ses genoux. Son visage restait sans expression.

— Pourquoi venez-vous me raconter ça ?

Corridon leva les sourcils.

— J'avais dans l'idée qu'une partie de mon travail ici consistait à détecter les membres douteux. Feydak n'a pas l'air tellement sûr, non ?

— Vous faites un départ en flèche, dit Ames avec un sourire sarcastique.

— De votre expression, dit tranquillement Corridon, je déduis que mon renseignement ne vous fait pas plaisir. Je regrette. J'ai peut-être commis une erreur. J'aurais peut-être dû faire mon rapport au camarade Homer, bien qu'il me paraisse lui-même un peu pâle des genoux. Il n'était pas chaud pour que je vienne vous voir. Peut-être pourriez-vous me dire à qui je dois faire mes rapports ?

— Je me demande ce que vous avez derrière la tête, dit Ames, l'air mauvais. Vous essayez de mettre la pagaïe ?

— Parfaitement. C'est bien ce que je suis censé faire ? Avez-vous peur de découvrir que cette organisation n'est pas aussi disciplinée que vous le croyez ? Il peut arriver à n'importe qui de faire fausse route, mon vieux.

— C'est facile de mettre la pagaïe avec quelques mensonges astucieux, dit Ames. Peut-être que ça vous arrangerait que je soupçonne les autres. Il y en a qui ont déjà essayé.

— D'accord, et moi, ça m'arrangerait de vider un peu les poids morts. Je suis venu ici pour remonter mes finances. Vous seriez soufflé si vous saviez ce que l'argent représente pour moi. Une petite épuration, ça voudrait dire davantage de pognon et moins de types avec qui le partager. Tenez, Diestl, par exemple. Il sait que Lorène connaît l'organisation, mais il se trouve qu'il en pince pour elle. On pourrait se débarrasser de Diestl. Et ça serait une idée vachement astucieuse de me refiler sa place.

Ames l'étudia.

— C'est pas facile de se débarrasser de Diestl. Il a l'oreille du Chef, dit-il, l'air méditatif.

— On a tout le temps, dit Corridon d'un ton désinvolte. Si vous gardez Diestl à l'œil, il est probable qu'il vous donnera assez de raisons de le pendre. Qu'allez-vous faire pour Feydak ?

— Je vais lui parler, dit Ames en souriant. Si ce que vous dites est vrai, il sera préférable que sa sœur vienne ici. Je le verrai ce soir.

Corridon hocha la tête.

— Ça demandera peut-être un petit effort de persuasion.

— Je suis là pour ça, dit Ames d'un ton léger.

Comme Corridon se tournait vers la porte, Ames reprit :

— Vous pourrez remettre vos vêtements demain. Les mouchards méritent une récompense.

Corridon eut un sourire en coin.

— C'est aussi mon avis.

Il quitta la pièce et ferma la porte derrière lui. Du fond du couloir, Feydak le surveillait, le visage blême et tiré.

Corridon lui jeta un regard inexpressif et monta l'escalier pour gagner sa chambre.

CHAPITRE VI

I

Corridon se trouvait dans sa chambre depuis quelques minutes à peine quand il entendit une sonnette tinter bruyamment. Un moment, il se figea, l'oreille tendue, puis, sautant sur ses pieds, il ouvrit la porte et regarda dans le couloir.

Rien en vue, mais quelque part, en bas de l'escalier, la sonnette continuait son vacarme.

La porte d'en face s'ouvrit tout à coup et une fille sortit dans le couloir. Elle était grande et forte, et ses cheveux noirs étaient coupés en frange raide sur le front. Ses pommettes hautes et son nez court et épais lui donnaient l'air asiatique. Son visage était impénétrable et dur comme celui d'une statue de pierre. Ne se rappelant pas qu'il l'avait vue dans la salle à manger, Corridon se demanda qui ça pouvait être.

Elle portait un pull-over et un pantalon noir, et ses longs pieds minces étaient chaussés de spartiates.

— Qu'est-ce qui se passe ? demanda-t-il. Il y a le feu ?

Ses yeux verts le toisèrent.

— Un prisonnier s'est évadé, dit-elle, et ses lèvres minces esquissèrent un sourire. C'est le signal d'alarme.

— Oh ! alors, ils se débrouilleront sans moi. Merci pour le tuyau.

— Vous êtes Corridon ? fit-elle. J'ai entendu parler de vous.

Et elle se frappa la poitrine qu'elle avait profonde et bombée.

— Kara Bigochka. Nous sommes voisins.

— À ce que je vois, dit Corridon, visiblement peu intéressé. À un de ces jours.

Comme il s'apprêtait à fermer la porte, une détonation étouffée venant de l'étage d'en dessous le fit sursauter. Quatre pas rapides l'amenèrent à la rampe de l'escalier. En bas, recroquevillé sur lui-même, gisait Slade Feydak. Le côté droit de son crâne avait éclaté et le sang coulait sur son visage cireux. Sa main était encore crispée sur un gros Colt automatique.

Ames et Brüger apparurent. Ames leva les yeux et vit Corridon.

— Vous, descendez ! gronda-t-il.

Corridon passa vivement devant Kara qui l'avait rejoint et descendit l'escalier à toute vitesse.

— Alors, il vous a glissé entre les pattes, dit-il, secrètement bouleversé de voir que Feydak était mort.

— Il y en a qui préfèrent en finir comme ça,

plutôt que d'attendre que je les questionne, dit Ames, le visage blanc de fureur.

Il lança un violent coup de pied dans le corps de Feydak.

— Ça ne sert à rien, dit sèchement Corridon. Qu'est-ce qui se passe pour Lorène ?

— Il essayait de la prévenir, dit Ames. Je l'ai pris sur le fait. Brüger va l'amener.

Il se retourna brusquement vers Brüger.

— Prends Yevsky et ramène-la ici, immédiatement.

— Minute, dit brusquement Corridon, au moment où Brüger se détournait pour partir. Vous ne pensez quand même pas qu'il va aller chez elle et la ramener comme ça, non ? Demandez-lui. Il vous décrira les lieux. Elle habite tout en haut. Et elle n'est pas assez idiote pour ouvrir à un inconnu. Il y a une chaîne de sûreté à la porte. Un coup d'œil à Brüger et elle va hurler au secours. Si vous voulez qu'elle se ramène sans histoires, vaudrait mieux que je m'en charge. Elle m'a déjà vu.

Ames le dévisagea, puis se tourna vers Brüger.

— Très bien, fit Ames. Alors, chargez-vous de ça, dit-il à Corridon. (Et, se tournant vers Brüger :) Accompagne-le. Et, s'il fait le zouave, bute-le.

La face rougeaude de Brüger s'illumina.

— Il peut rengainer son artillerie, dit Corridon. Mais j'y vais à une condition — c'est moi qui dirige la manœuvre.

— D'accord, dit Ames. Brüger, fais ce qu'il te

dira tant que tu seras sûr qu'il joue franc jeu. Compris ?

Brüger grogna.

— Prends la camionnette, continua Ames. Il montera derrière avec toi. Yevsky conduira.

Brüger gronda de nouveau et s'éloigna dans l'escalier.

— Je ne peux pas y aller comme ça, dit Corridon en désignant de la main la combinaison blanche. Je peux me changer, je suppose ?

— Oui, dit Ames. Et pas de gaffes, Corridon. Cette femme, il me la faut.

Corridon remonta à sa chambre. Kara était restée plantée dans le couloir.

— Pour un nouveau membre et pour un gars en qui on n'a pas confiance, dit-elle en découvrant ses dents blanches et lisses, vous vous débrouillez pas mal. C'est vous qui avez dénoncé Feydak ?

Corridon lui lança un regard perçant.

— Il s'est vendu lui-même, dit-il d'un ton bref.

Et il lui claqua la porte au nez.

Il lui suffit de quelques minutes pour enlever sa combinaison et enfiler les vêtements qu'il portait au moment de son arrivée à Baintrees. Il aurait bien voulu un revolver. Brüger et Yevsky allaient devenir un handicap. Il se demanda si Lorène serait chez elle. Il était maintenant six heures vingt. Ils ne pouvaient espérer arriver chez elle avant sept heures et demie. À ce moment, elle pourrait être absente.

Kara attendait toujours, debout dans le couloir, quand il sortit de la chambre.

— Il faudra qu'on travaille ensemble un de ces jours, dit-elle. Ça serait amusant.

— Pour vous ou pour moi ? demanda Corridon sans s'arrêter.

— Pour tous les deux, cher ami.

Il descendit l'escalier. Une Polonaise excitée et pas bien gironde, ça le laissait froid. Encore une cinglée, se dit-il.

Lorsque Corridon redescendit, le cadavre de Feydak avait disparu. Deux hommes en manches de chemise lavaient les taches du tapis. Ames se tenait un peu à l'écart, le front soucieux.

— La camionnette attend, dit-il d'un ton rogue. N'essayez pas de nous rouler.

— Si elle est chez elle, je la ramène, répliqua Corridon, et il descendit au rez-de-chaussée où l'attendaient Brüger et Yevsky.

Brüger et Corridon s'installèrent à l'arrière de la voiture et Yevsky prit le volant.

— Bon, dit Corridon à Brüger en s'asseyant dans l'obscurité sur le plancher. Voilà ce qu'on fait : toi et Yevsky, vous attendrez dans la bagnole. Je monte à l'appartement. Possible qu'elle n'y soit pas, mais si elle y est, je lui dis que son frangin a eu un accident et que je viens la chercher pour le voir. Elle me connaît et elle a confiance en moi. Il ne doit y avoir aucun accroc. Le truc important, c'est que vous deux, vous restiez invisibles. Faut pas qu'elle vous voie avant qu'il ne soit trop tard pour elle. Sitôt dehors, je la fourre dans la camionnette, et Yevsky démarre immédiatement. Si c'est nécessaire, je l'assomme. Si jamais il y a quelqu'un dans les parages au moment où nous sortons, je marche avec elle jusqu'au bout de la rue et Yevsky nous suit lentement. Dès que le champ est libre, je la colle dans la voiture. Compris ?

Brüger grogna.

Pas un mot de plus ne fut échangé jusqu'à ce que Yevsky, par le petit carreau de sa cabine, les avertisse qu'ils entraient dans Bayswater Road.

— Arrête la bagnole au carrefour, ordonna Corridon. Brüger et moi, on va à pied jusqu'à la maison. Après m'avoir vu entrer, attends trois minutes — repère-toi sur ta montre pour être sûr — puis rapproche-toi. Brüger reste à l'arrière de la camionnette, et vous ne vous montrez ni l'un ni l'autre.

— Ça marche comme ça, Carl ? demanda Yevsky avec méfiance.

Brüger grogna.

— Je suppose. C'est son boulot. Le patron a dit de suivre ses instructions.

Corridon poussa un soupir de soulagement. S'il pouvait être sûr que Brüger reste près de la camionnette, la moitié des difficultés se trouvait résolue.

La voiture s'arrêta et Brüger ouvrit les portes. Corridon et lui descendirent dans la rue humide et obscure. Il pleuvait à verse.

— T'as pigé ce que tu dois faire ?

— Oui, dit Brüger, pressé. Finissons-en en vitesse. Je vais être trempé.

Rapidement ils s'avancèrent dans la rue déserte jusqu'au numéro 29. La porte d'entrée était ouverte et il y avait de la lumière dans le hall.

— Attends Yevsky ici, dit Corridon. Entre dans la camionnette quand il s'amènera et ne te montre pas. O.K. ?

— Comment tu sais qu'elle est chez elle ? demanda Brüger, méfiant.

— Je ne sais pas. Si elle n'y est pas, je redescends illico.

— Je te donne dix minutes, après je monte, dit Brüger en glissant la main dans la poche de son mackintosh. Et pas de blagues. T'as entendu ce qu'a dit le patron.

Corridon lui fit un sourire.

— T'énerve pas. Tu prends ton boulot trop au sérieux.

Il pénétra dans l'entrée et monta l'escalier. Sitôt qu'il eut dépassé la courbe, il s'arrêta pour griffonner l'adresse personnelle de Ritchie sur le dos d'une enveloppe. Puis, l'enveloppe à la main, il grimpa quatre à quatre le reste des marches.

Arrivé au quatrième, il se dirigea vers la porte verte et sonna.

Il attendit, les yeux fixés sur sa montre. Encore sept minutes avant que Brüger ne monte. Était-elle sortie ? Si oui, tout était fichu, car Brüger insisterait pour attendre qu'elle revienne et Corridon n'aurait aucune chance de l'avertir.

La porte s'ouvrit. Elle se tenait devant lui.

— Mais c'est Martin !

Il se rendit vaguement compte qu'elle portait un tailleur et une jupe noirs et qu'en le voyant son petit visage pâle s'illuminait de plaisir et de surprise. Il lui saisit les bras et les tint étroitement serrés.

— Pas un mot. Écoute-moi, dit-il d'une voix pressante. Un danger immédiat te menace. L'organisation pour laquelle travaille ton frère a décidé que tu en savais trop long. Ils m'ont délégué avec une paire d'étrangleurs pour te kidnapper. Je suis en train de les doubler.

Il la secoua un peu.

— Concentre-toi. C'est urgent et vital. Ta seule chance de sécurité c'est d'aller voir le colonel Ritchie et de lui dire tout ce que tu peux savoir de l'organisation. Tiens, prends ça.

Il lâcha son bras et lui fourra l'enveloppe dans la main.

— C'est l'adresse de Ritchie. Ne crains rien. Tu peux avoir confiance en lui. Va le trouver ou tu seras prise et jamais tu ne pourras t'en sortir. T'as pigé ?

Elle le regardait, pleine d'une stupeur horrifiée.

— Mais, Martin, qu'est-il arrivé à Slade ? Qu'est-ce que ça veut dire ?

— Je n'ai pas une minute. Ils m'attendent en bas ! Va trouver Ritchie ! Et maintenant, écoute : tu vas claquer ta porte aussi violemment que possible et appeler le numéro 999, et raconter à la police que trois hommes sont en train d'essayer de pénétrer chez toi. Mets-toi à hurler. C'est ta seule chance ! Vas-y, fais-le ! Il n'y a pas une seconde à perdre.

Elle hurla.

Une fraction de seconde, il pensa qu'elle n'avait pas compris, mais, en voyant que ses yeux regardaient l'escalier derrière lui, il se retourna d'un seul coup.

Debout au bas des quelques marches qui menaient à l'étage, Brüger pointait un pistolet Mauser sur Corridon, et ses lèvres épaisses découvraient ses dents dans un rictus hargneux.

— Tu l'as cherché, fumier, dit-il, et le revolver partit avec un claquement étouffé.

II

À la seconde où Corridon aperçut Brüger, de la main gauche il repoussa violemment Lorène dans l'entrée et, profitant de son élan, se jeta lui-même contre le mur et rebondit sur Brüger.

Il ressentit une douleur cuisante au poignet droit, et atterrit de tout son poids sur Brüger au moment où celui-ci tirait pour la seconde fois. La balle se perdit dans le plafond et un épais morceau de plâtre s'en détacha.

Les mains de Corridon agrippèrent la gorge de Brüger. Les deux hommes s'aplatirent contre le mur, oscillèrent et, avec un bruit effrayant, roulèrent dans l'escalier jusqu'à l'étage au-dessous. Corridon ne lâchait pas sa prise. Ses pouces fouillaient le cou épais de Brüger et il y mettait toutes ses forces. Il lui fallait la peau de Brüger. Tout son plan ratait si l'autre pouvait parler.

Durant quelques minutes, Brüger lutta comme un dément pour lui faire lâcher prise. Il avait une force de cheval et martelait le corps et la tête de Corridon tout en se débattant et en frappant le mur de ses lourdes bottes. Tant bien que mal, Corridon maintint sa prise, et Brüger finit par donner des signes de faiblesse. Corridon déplaça ses mains, sentit l'os sous ses pouces et serra sauvagement. Quelque chose céda dans le cou de Brüger ; de sa bouche et de son nez du sang ruissela sur les mains de Corridon, et Brüger devint tout flasque.

Haletant, Corridon se remit péniblement sur pieds. Il s'empara du Mauser de Brüger et le fourra dans sa poche revolver. Puis il leva les yeux et vit Lorène, pâle d'horreur, qui le regardait du haut de l'escalier.

— Va trouver Ritchie, haleta-t-il. Tu entends ? Va trouver Ritchie !

Puis il fit demi-tour et dévala l'escalier d'un bond, sachant que Yevsky pouvait monter d'une minute à l'autre, et que, si un locataire de la maison avait entendu les coups de feu et la bagarre, il était sûrement en train d'ameuter la police. Il fallait à tout prix prendre le large avant leur arrivée. S'il était pincé, il n'oserait jamais retourner à Baintrees, et il était bien décidé à y retourner.

Il atteignit le rez-de-chaussée à l'instant où Yevsky se précipitait dans l'entrée, revolver au poing.

— Courons à la camionnette haleta Corridon. En vitesse ! Elle a prévenu la police !

— Où est Carl ? grogna Yevsky en visant Corridon.

— Elle lui a tiré dessus. Il est mort. Foutons le camp d'ici !

Yevsky attrapa Corridon par le bras et le secoua.

— Mort ? T'es sûr ?

Son visage mince, aux traits aplatis, prit une couleur cireuse.

— Oui. Magne-toi. Tu tiens à te faire pincer ?

Corridon se dégagea d'une poussée brutale et descendit en courant l'escalier qui menait à la rue. Il communiqua sa hâte à Yevsky qui suivit. Tous deux se jetèrent dans la camionnette et Yevsky démarra.

— Mort ? Je ne peux pas le croire, dit Yevsky en virant à toute allure dans Bayswater Road.

— Elle lui a fait sauter le crâne. Quel foutu crétin ! Il l'a bien cherché. Elle s'apprêtait à me suivre quand il s'est amené. Il avait son revolver à la main. Elle a tiré. Elle devait avoir un revolver dans la poche de sa veste d'intérieur. J'ai essayé de l'attraper, mais elle m'a tiré dessus. Elle m'a touché au poignet. Et puis elle a claqué sa porte et je l'ai entendue hurler pour appeler la police.

Yevsky jura à voix basse.

— Si seulement ce con ne s'était pas montré ! Pourquoi l'as-tu laissé monter ? continua Corridon.

— Je pensais qu'il allait attendre dans l'entrée, dit Yevsky, morose.

— C'est pas ce que je lui avais dit. Je lui avais dit d'attendre dans la bagnole.

— Oh ! toi et tes ordres, tu nous cours ! gronda Yevsky.

— On va voir ce qu'en dira Ames, dit Corridon, glacial. Et tu ferais bien de ralentir. La police va nous chercher. S'ils repèrent cette camionnette en train de rouler à tout berzingue, ils pourraient bien trouver ça louche.

Yevsky grogna et ralentit. Ils continuèrent sans dépasser le soixante.

Après la grande rue d'Hammersmith, Yevsky dit d'un ton gêné :

— Si Brüger est mort, il est mort. C'est pas ma faute. Il ne m'écoutait jamais.

Corridon sourit dans l'ombre.

— N'en parlons plus. Tu as fait ce qu'on t'avait dit. Je m'arrangerai pour que tu ne sois pas inquiété.

Il sortit la tête par la vitre de la camionnette et regarda derrière eux, mais ils n'étaient pas suivis. La fusillade avait été si brusque qu'il était peu probable que quelqu'un ait repéré la voiture. Il se demanda si Lorène irait trouver Ritchie. Dommage qu'il n'ait pas eu le temps de lui toucher un mot de Baintrees.

Comme ils passaient les portes de White City, Yevsky freina.

— Il vaut mieux que tu retournes derrière, dit-il d'un ton gêné. Le patron a dit que c'est comme ça que tu devais voyager.

Corridon ne discuta pas. Il aurait bien voulu découvrir l'emplacement de Baintrees, mais il n'allait pas se risquer à désobéir aux consignes. Il sortit de la cabine. Yevsky le suivit à l'arrière et l'enferma à clé.

La camionnette redémarra, et Corridon prit note de l'heure. Possible d'aider Ritchie à découvrir l'endroit en enregistrant la vitesse approximative du véhicule et les tournants de la route.

Il noua son mouchoir sur la profonde éraflure que la balle de Brüger lui avait faite au poignet, puis concentra toute son attention sur la tâche consistant à déterminer le parcours de la voiture. Ils roulèrent pendant vingt minutes en droite ligne, en cahotant, lancés à quatre-vingts à l'heure, puis la camionnette prit un large virage et Corridon pensa qu'elle faisait un tour complet. Quelques minutes plus tard, elle tourna sur la droite et continua son chemin. Corridon continua à noter les tournants et les allures et quand, finalement, la camionnette ralentit et s'arrêta, il était en possession d'un rapport complet qu'il espérait que Ritchie pourrait utiliser, à condition de le lui faire parvenir.

Quand Yevsky lui eut ouvert, il sortit tout raidi de la camionnette et escalada derrière lui les marches du perron.

Ils se rendirent immédiatement au bureau d'Ames, qui les attendait, marchant de long en large, le visage tendu.

— Où est-elle ? aboya-t-il sitôt Corridon entré dans la pièce.

— Votre discipline laisse à désirer, dit Corridon sèchement. Brüger a désobéi à mes ordres. Je n'ai pas pu la prendre.

Ames restait immobile. Ses yeux noirs étincelaient de fureur.

— Que s'est-il passé ?

— J'avais dit à Brüger de rester caché dans la camionnette. Je suis monté à son appartement et j'ai sonné. Elle est venue m'ouvrir. Elle semblait inquiète, mais heureuse de me voir. Je lui ai dit que son frère avait eu un accident et que je venais la chercher. Elle portait une robe de chambre avec de grandes poches. Elle a dit qu'elle allait se changer. Comme je m'apprêtais à la suivre chez elle, brusquement elle s'est mise à hurler. Je me suis retourné. Brüger était dans l'escalier à nous épier. J'ai entendu un coup de revolver. Je n'étais pas sur mes gardes. Elle a tiré une balle dans le crâne de Brüger et une autre sur moi. (Il remonta sa manche pour montrer le mouchoir sanglant autour de son poignet.) Avant que j'aie pu la coincer, elle avait claqué la porte et appelait la police comme une perdue. J'ai constaté que Brüger était bien mort et j'ai foutu le camp à toute vitesse pour rejoindre Yevsky. On a filé sans que personne nous suive.

Tremblant de fureur, Ames se retourna vers Yevsky :

— Est-ce vrai ?

— Oui, dit Yevsky. Moi, je suis resté avec la camionnette. Brüger m'a dit qu'il allait dans le hall. Je lui ai dit de rester avec moi. Mais il n'a rien voulu savoir. J'ai attendu. J'ai entendu deux coups de feu, l'un après l'autre. Au moment où je me ramenais dans le hall, Corridon descendait. Il saignait. Il n'y avait pas de temps à perdre. J'ai démarré immédiatement.

Les yeux étincelants revinrent sur Corridon.

— Alors, vous échouez à votre toute première mission ? dit Ames en crispant les poings.

— J'ai échoué parce qu'on n'a pas appris à vos

hommes à obéir, répliqua Corridon. Si j'y avais été tout seul, la bonne femme serait dans cette pièce à l'heure qu'il est.

Du geste, Ames désigna la porte à Yevsky. Quand celui-ci eut disparu, il dit :

— Avez-vous des observations quelconques au sujet de Yevsky ?

— Non. Il s'est bien conduit. C'était Brüger.

Ames s'assit à son bureau.

— C'est malheureux, dit-il la voix soudainement adoucie. Je vais me renseigner pour savoir ce qui a pu arriver à cette femme. Je faisais surveiller son appartement avant votre arrivée. Il faut nous emparer d'elle d'une façon ou d'une autre.

— Vous désirez un rapport écrit ? demanda Corridon.

— Non.

Ames leva les yeux.

— C'est dangereux, un échec, dans cette organisation. Moins on en parle, mieux ça vaut. Comprenez-moi, je ne vous reproche rien. Brüger était fautif. Je ferai une enquête. Vous devez avoir besoin de vous restaurer. Allez-y.

Comme Corridon se dirigeait vers la porte, Ames ajouta :

— Vous n'avez rien à craindre. Seulement ne parlez pas de cette affaire. Si Homer vous pose des questions, dites-lui que vous m'avez fait votre rapport. Inutile de crier sur les toits que Brüger a oublié la discipline.

Corridon hocha la tête et sortit en fermant tranquillement la porte derrière lui. Il jubilait. Brüger était l'homme d'Ames. Brüger avait désobéi aux ordres. La responsabilité en retombait sur Ames, et Ames n'était pas pressé d'y faire face.

« On dirait bien, pensait Corridon en descendant l'escalier pour se rendre à la salle à manger, que j'ai maintenant barre sur Ames. Pas grand-chose, mais c'est toujours ça. À moi d'en tirer parti. »

Il progressait, décidément.

III

Corridon trouva la salle à manger pratiquement déserte. Au fond, près de la fenêtre, quatre hommes prenaient leur café et bavardaient en fumant. Dans un coin, une grosse femme et un homme d'un certain âge chuchotaient en couvrant la nappe de cendres de cigarette.

Corridon se dirigea nonchalamment vers une table située contre le mur d'où son regard embrassait la salle, et s'y assit.

Il était à la moitié de son repas quand il vit Kara Bigochka. Elle se tenait sur le seuil de la porte et il l'observa. De cette distance, le trait qui le frappait le plus chez elle, c'était sa force. Elle avait tout de la femme athlète des cirques. Sa tête était solidement plantée sur ses larges épaules. Et son cou, une courte colonne, était extraordinairement épais. Sa poitrine, bombée comme un tonneau, était moulée par un pull-over noir poussiéreux. De sa vie, il n'avait vu une femme affligée d'une telle poitrine. Kara avait de grandes mains aux longs doigts terriblement vigoureux et larges. Il se dit qu'elle était de taille à affronter n'importe quel homme. Décidément, pas du tout son genre !

Elle traversa la salle et s'arrêta à sa table.

— Bonjour, dit-elle en tirant la chaise en face de lui. Vous permettez que je m'assoie ?

Corridon coupa un morceau de croûte de pâté avant de répondre :

— Faites donc. J'ai presque fini.

Elle sourit. Ses dents étaient lisses, fortes et blanches.

— Il y a longtemps que j'ai mangé, dit-elle. Je voulais vous tenir compagnie.

— Gentil à vous, dit Corridon sans enthousiasme.

— J'ai entendu parler de vous quand j'étais en Yougoslavie, dit-elle en l'examinant attentivement. On vous appelait le Diable Rouge.

— En effet, dit Corridon, qui repoussa son assiette et attira vers lui sa tasse de café.

Il alluma une cigarette :

— J'ai demandé à Ames si je pouvais travailler avec vous, continua-t-elle. Il a dit que oui. Ça vous plaît ?

Corridon l'observa un moment.

— Je vous le dirai quand je serai fixé. Vous êtes donc tellement utile ?

Elle eut dans les yeux une expression qui l'irrita et le gêna un peu. Trop prometteuse pour son goût.

— Oh ! oui, dit-elle. Je sais faire des tas de choses. Je suis très forte.

Elle fléchit ses longs doigts musclés.

— Je tire très bien. Je conduis une voiture mieux que personne ici. Je sais grimper. J'ai du sang-froid. Je sais faire parler les gens, si entêtés soient-ils. Je connais les explosifs. Je suis chimiste.

Elle tassa son cou dans ses larges épaules et l'observa du coin de son œil vert. Son regard était dur et perçant.

— Et je fais l'amour très bien.

— Tout ça m'a l'air parfait, dit Corridon avec une visible indifférence. Ames me dira sans doute quand il voudra nous faire travailler ensemble. Franchement, je n'aime pas beaucoup traîner une femme avec moi, quand j'exécute un boulot. Je trouve qu'on ne peut pas compter sur elle.

Elle rejeta la tête et se mit à rire.

— Vous vous apercevrez qu'on peut compter sur moi plus que sur n'importe quel homme. Demandez à Ames. Il ne fait pas les éloges à la légère. J'ai entendu dire que la dénommée Feydak vous a glissé entre les pattes. Brüger est un imbécile. Je suis contente qu'il soit crevé. Ames avait trop confiance en lui. Maintenant, l'occasion se présente. C'est moi qui vais prendre sa place.

— Vous en avez de la chance, dit Corridon en repoussant sa chaise. Je monte dans ma chambre. Excusez-moi, je vous prie.

Elle se leva.

— Moi aussi, je monte chez moi. Nous pouvons faire le chemin ensemble.

Corridon s'effaça et la laissa passer la première. Il la voyait de dos pendant qu'elle marchait vers la porte avec un léger balancement des hanches.

Ils montèrent les marches en silence, et, devant sa porte, elle s'arrêta et le dévisagea.

— Voulez-vous entrer ? J'ai quelque chose à vous montrer.

Corridon secoua la tête.

— Je regrette. Pas maintenant. Je vais me coucher.

— Demain soir, peut-être ?

— Peut-être. Au revoir.

Il lui tourna le dos, poussa sa porte et entra dans sa chambre. Comme il se retournait pour refermer sa porte, il la trouva appuyée contre le montant.

— Pourquoi pas ce soir ? dit-elle. Nous pourrions devenir bons amis. Je suis pour la franchise. Il y a des heures où l'on s'embête considérablement ici. Pourquoi ne pas nous distraire, puisque c'est si commode ?

— Je regrette, dit Corridon. Je ne me lance pas dans des histoires de cet ordre sans quelques préliminaires. Possible que je sois un peu vieux jeu.

— C'est très intéressant, dit-elle, et son regard se durcit. Je ne me rappelle pas qu'il y ait eu de préliminaires quand il s'est agi de Lorène Feydak. Mais peut-être que vous la trouvez plus séduisante que moi ?

Corridon perdait patience à vue d'œil, mais il se rendait compte, en même temps, que cette femme pouvait être dangereuse. Dans la mesure du possible, il ne voulait pas s'en faire une ennemie.

— Encore une fois, je regrette, dit-il gentiment. Bonne nuit.

Elle le regarda.

— Je vois. C'est peut-être pour ça que Brüger est mort. C'est intéressant. Bonne nuit, très cher.

Elle lui tourna le dos et rentra dans sa chambre. Corridon resta immobile, écoutant le bruit de la porte qu'elle refermait. Puis il fronça les sourcils en se rendant compte que son visage et ses mains étaient moites de sueur.

Un peu plus tard, comme il se préparait à se mettre au lit, la porte s'ouvrit et Ames entra.

— Ah ! dit Ames. Je vous ai cherché en bas.

Il referma la porte. Son visage mince et pâle était calme.

— Pas de trace d'elle. Elle a disparu.

— Lorène ?

— Oui. Lorène.

Ames se dirigea vers le lit et s'y assit.

— Le rapport m'est parvenu. Quelques secondes après votre départ est arrivée une voiture de police. Ensuite une ambulance. On a emporté Brüger. Et puis Rawlins s'est amené et Lorène est partie avec lui. Il a été impossible de les suivre. Nous avons fait des recherches dans les commissariats, mais elle n'est nulle part dans les environs.

— Ils ne l'ont sûrement pas emmenée dans un commissariat. Ils l'ont menée chez Ritchie. Si elle sait quoi que ce soit, Ritchie la fera parler.

— Où est-elle, alors ? demanda Ames en se penchant en avant.

— Là où vous n'avez pas la moindre chance de la rattraper. Probablement à la Tour. Ritchie y loge. Je sais que c'est là qu'on avait enfermé le Numéro 12.

Ames fronça le sourcil.

— C'est embêtant, vraiment embêtant.

Il se pencha et regarda fixement Corridon.

— C'est dangereux pour nous deux. Si ça se sait, on pourrait tous les deux avoir de sérieux ennuis. Le chef ne tolère aucune erreur.

— Je ne vois pas en quoi ça me concernerait, dit Corridon avec calme. On ne m'a pas laissé faire le travail comme je l'entendais. Brüger a désobéi à mes ordres. Si je fais un rapport, ça m'innocentera…

Ames passa le bout de sa langue sur ses lèvres minces.

— Peut-être, mais pas moi.

— Possible, mais ça, je m'en tape.

— Nous pourrions nous entraider, dit Ames, avec un sourire forcé.

C'est l'occasion qu'avait attendue Corridon. Il sauta dessus.

— Certainement. Jusqu'ici, vous êtes le seul membre de l'organisation qui m'ait fait quelque impression. Je serais heureux de travailler avec vous. Qu'est-ce que je peux faire pour camoufler cette… erreur, dirons-nous ?

— Personne, Yevsky excepté, ne sait que vous êtes allé chez Lorène. Je peux me débrouiller pour faire taire Yevsky.

— Kara est au courant.

Les yeux d'Ames se firent durs.

— Vous en êtes sûr ?

— Oui. Elle me l'a dit. Elle sait que Lorène a filé. Yevsky est probablement plus bavard que vous ne le croyez.

— On peut avoir confiance en Kara, dit Ames après un moment de réflexion. Je lui parlerai. Maintenant, écoutez-moi. Brüger s'est rendu seul à l'appartement de Lorène. Vous comprenez ? Il n'a pas voulu suivre les consignes et il a été tué. Je verrai à ce que Kara et Yevsky confirment tous deux cette version. Si vous ne vous en mêlez pas, ça ira tout seul.

Corridon alluma une cigarette et lança l'allumette dans la cheminée.

— Vous pouvez compter sur moi, mais attention à Kara. Moi, je ne me fierais pas à elle.

Ames découvrit ses petites dents lisses en un sourire.

— Il se trouve que j'ai un moyen de la tenir, dit-il. Elle fera ce que je lui dirai.

Corridon lui offrit une cigarette, et, après un instant d'hésitation, Ames la prit.

— Avez-vous des projets pour moi ? demanda Corridon avec désinvolture. Je crois vous en avoir déjà touché un mot. Je n'aime pas travailler pour rien.

— Un peu de patience, dit Ames. Vous ne resterez pas longtemps à ne rien faire. C'est pas moi qui peux décider ça. C'est le chef. Mais je puis vous dire ceci : nous sommes arrivés à la conclusion que Ritchie doit disparaître.

Corridon acquiesça.

— Vous vous sentez toujours capable d'exécuter cette mission ?

— Si vous vous arrangez pour que ça en vaille la peine pour moi, j'en suis capable.

— On s'occupera de ça aussi. Si vous réussissez, je veillerai personnellement à ce qu'on vous attribue un poste intéressant.

— Je réussirai. Il me faudra une semaine pour faire mes préparatifs et trois hommes de choix.

— Vous comprenez, dit Ames, comme vous êtes toujours à l'essai, on ne vous permettra pas de vous servir d'une arme. Vous établirez le plan, mais l'exécution en sera confiée à deux agents compétents. Vous vous en rendez bien compte ?

— C'est parfait, dit Corridon, qui sentait dans sa poche revolver la bosse que faisait le Mauser de Brüger. La date est-elle déjà fixée ?

Ames secoua la tête.

— Dans quelque temps. Je vous avertirai au moins une semaine à l'avance. Quant à vos aides, ce seront Chicho et Mac Adams, tous deux des tireurs d'élite, et Kara qui vous servira de chauffeur.

— Je ne tiens pas à ce qu'elle m'accompagne. Vous n'auriez pas quelqu'un d'autre ?

— Sûrement pas, dit sèchement Ames. En cas d'ennuis, vous serez bien content de la trouver. Personne ne conduit comme elle. Qu'est-ce qui vous déplaît en elle ?

— Un peu trop chaude pour mon goût.

Ames lança à Corridon un petit sourire égrillard.

— Ça vous gêne ?

— Question de goût personnel. Elle n'est pas mon type.

— Il ne faut pas être trop difficile ici, Corridon. Kara est très passionnée. Vous devriez essayer.

Corridon secoua la tête.

— Vous vous rappelez ces deux filles dont je vous ai parlé ? Franchement, je commence à en avoir marre de cette vie d'ascète. Qu'est-ce que vous diriez d'une bonne petite foire, un soir de cette semaine ? On irait leur faire une petite visite ? Vous ne seriez pas déçu. Ce sont des spécialistes.

— Où habitent-elles ? demanda Ames d'un air détaché, mais l'expression avide et brutale de son regard n'échappa pas à Corridon.

— Un appartement dans Curzon Street. C'est facile d'arranger ça par téléphone. Je peux ?

— Vous n'avez pas le droit de quitter l'établissement, dit Ames sans conviction. Cependant, je pense que si je vous accompagne, ça doit aller. Je crois que vous avez mérité une récompense.

— Je vous garantis qu'on peut s'arranger sans mettre personne au courant, dit Corridon avec un sourire. Que diriez-vous de demain soir ?

— Samedi, dit Ames en désignant le téléphone du geste. Prenez rendez-vous pour samedi.

IV

Les quatre jours suivants passèrent trop lentement au gré de Corridon. Il continua à donner des conseils aux deux ingénieurs jusqu'à ce qu'ils soient capables de saboter les dynamos les yeux bandés. Il fut chargé d'un autre cours mixte, où il enseignait la théorie des codes secrets et des encres invisibles. Le travail l'ennuyait profondément, mais il s'y donnait sérieusement, et Homer, qui venait de temps à autre jeter un coup d'œil, semblait impressionné par ses connaissances et la conscience dont il faisait preuve.

Il passait ses soirées à éviter les attentions de Kara et, pour ce faire, jouait au poker avec Homer et trois autres personnages jusqu'au petit matin.

Mais, au fur et à mesure que s'écoulaient les jours, il sentait décroître la méfiance et se rendait compte que, peu à peu, les membres de l'organisation l'acceptaient parmi eux. Sauf l'interdiction de sortir du parc, il avait maintenant toute la maison à lui et était à peu près libre de faire ce qu'il voulait.

Le samedi soir, aux environs de sept heures, Ames entra dans sa chambre. Il portait un complet foncé, et son visage satanique était rasé de près. Son regard était surexcité, et Corridon, en le regardant, eut pitié d'Hildy, la fille qui devait s'occuper de lui. L'autre, Babs, était la moins jolie des deux, mais la plus intelligente. Corridon les connaissait depuis un certain temps. Elles gagnaient péniblement leur vie comme modèles dans diverses écoles de peinture et complétaient leurs gains en offrant quelques distractions à de riches hommes d'affaires dans un appartement discret de Curzon Street.

— Prêt ? demanda Ames avec une légère impatience.

— Oui.

Corridon ajusta sa cravate devant la glace, donna une chiquenaude à sa pochette et rejoignit Ames à la porte.

— Il y a une voiture arrêtée derrière l'immeuble. J'y vais le premier. Si quelqu'un vous voit partir, dites que vous allez me faire une course.

Corridon approuva.

Il attendit une minute ou deux après le départ d'Ames, puis s'avança dans le corridor.

Kara s'encadra dans sa porte. Elle lui fit un petit sourire sarcastique.

— On est de sortie ? demanda-t-elle.

Corridon secoua la tête.

— Qu'est-ce qui a bien pu vous donner cette idée ? dit-il. Je vais sur le toit tenir compagnie aux pigeons.

Il continua sans se presser et sourit, un peu mal à l'aise, en l'entendant claquer sa porte. « Celle-là, pensa-t-il, c'est un vrai poison. »

Ames était installé au volant d'une Humber noire, garée au voisinage de l'entrée de derrière. Corridon s'installa à côté de lui et perçut immédiatement la forte odeur de cognac qu'il dégageait.

— Personne ne vous a vu ?

— Si, la Sirène du Kamtchatka, dit Corridon avec insouciance. Elle voulait savoir si je sortais. Je lui ai dit de se mêler de ses affaires.

— Elle a un faible pour vous, dit Ames en descendant la courbe de l'allée.

Il gloussa.

— Il vaudrait peut-être mieux être gentil avec elle.

— Jamais de la vie, répliqua vivement Corridon. Elle est un rien costaud pour le corps à corps. Toujours aussi sûr d'elle ?

— Oui, dit Ames, qui ralentit en voyant deux gardes apparaître dans les phares de la voiture.

Il leur dit quelques mots et ils ouvrirent les portes principales en lui faisant signe de passer.

Corridon espérait reconnaître la campagne, mais il n'y réussit pas. Il faisait nuit et Ames conduisait en code. Corridon n'eut pas l'occasion de lire un poteau indicateur, ni de repérer une borne, jusqu'au moment où, grimpant une pente raide, ils débouchèrent dans Western Avenue. D'après le temps écoulé et la distance parcourue, Corridon calcula que Baintrees se trouvait quelque part aux confins de Bucks-Herts. Impossible de mieux le localiser.

Une fois sur la grande route, Ames écrasa le champignon. Corridon se sentit soulagé, passé l'entrée de White City, car ils durent alors ralentir. Pas une seule fois, le long de Western Avenue, Ames n'avait conduit à moins de cent dix, et à certains moments il dépassait le cent cinquante. De la folie, pensait Corridon, surtout qu'ils étaient éblouis par les phares de ceux qui rentraient, leur journée finie.

Ames avait gobé l'hameçon et Corridon savait ce qu'il devait faire maintenant. La première chose qui lui était venue à l'esprit consistait à flanquer un bon coup sur la tête d'Ames et à en faire cadeau à Ritchie pour qu'il le fasse parler.

Mais Corridon ne pouvait décider si Ames en savait assez pour que ce soit rentable. Le travail de Corridon consistait à découvrir l'identité du chef et rien ne prouvait qu'Ames la connût… Auquel cas, Corridon risquait de gâcher sa seule chance de l'apprendre. Pour l'instant, il était en train de se faire une place dans l'organisation. Ames commençait à avoir confiance en lui. S'il travaillait avec Ames, possible que tôt ou tard il rencontre le chef. Il avait donc pris la décision de jouer cette petite farce jusqu'au bout. Ça répondrait utilement à son but et lui donnerait l'occasion d'appeler Ritchie au téléphone.

Pendant tout le trajet, Ames n'avait pas prononcé un mot ; mais, maintenant qu'ils filaient dans Piccadilly, il dit brusquement :

— Peut-on faire confiance à ces deux filles ?

— Il n'y a pas à leur faire confiance, dit Corridon. C'est juste des filles marrantes sans une idée dans le crâne.

— On ne saurait se montrer trop prudent, dit Ames en virant dans Half-Moon-Street. J'ai oublié de vous demander combien ça va nous coûter ?

— Pas un rond. Je croyais que vous aviez compris, dit Corridon en dissimulant un sourire. Ce sont des copines.

Il continua en expliquant à Ames comment les choses allaient se passer. Au moment où ils s'arrêtèrent devant un grand building situé derrière Shepherd Market, le visage de son interlocuteur exprimait l'incrédulité et son regard la concupiscence.

Ce fut Babs qui ouvrit la porte de l'appartement : une brune, mince et ardente, vêtue d'un peignoir bleu ciel et qui accueillit Corridon en lui jetant les bras autour du cou avec un « whoopee » qui s'entendit au bout de la rue.

Corridon la repoussa avec fermeté.

— Calme-toi, dit-il avec bonne humeur. Ne m'étrangle pas. Comment vas-tu ? Je te présente un copain. Il s'appelle Gerry. Où est Hildy ?

— Me voilà ! annonça Hildy, qui apparut sur le seuil.

Elle était potelée, rousse, et avait l'air déluré. Elle fit de l'œil à Ames.

— Bonjour, beau brun, ajouta-t-elle. Entrez, et faites comme chez vous.

Ames pénétra dans le salon comme un chat explorant une maison étrangère. Il se mit à rôder partout, cherchant à s'assurer qu'ils se trouvaient bien seuls tous les quatre dans l'appartement. Il ouvrit les portes, jeta un coup d'œil dans les deux chambres à coucher, regarda dans la salle de bains et inspecta jusqu'à la cuisine. Sur un signe de Corridon, les deux filles, sans s'occuper de lui, préparèrent à boire pendant qu'il se promenait. Rassuré, il revint s'asseoir dans le salon.

— Ça vous plaît ? demanda Babs pendant qu'Hildy lui apportait une bonne dose de cognac.

Elle s'assit sur le canapé à côté de lui et lui tendit le verre.

Ames répondit que c'était très agréable. Puis il concentra son attention sur Hildy. Corridon avait pris Babs sur ses genoux et lampait son whisky.

— Vous n'avez que ce… téléphone ? demanda soudain Ames en montrant l'appareil du doigt.

Corridon, en signe d'avertissement, donna à Babs un léger coup de coude.

— Oui, fit-elle, l'air surpris. Vous voulez donner un coup de fil ?

— Non, dit Ames. Je voulais seulement savoir.

Hildy lui remplissait son verre de cognac au fur et à mesure qu'il le vidait, et, au bout de quelques minutes de conversation banale, il commença à donner des signes d'agitation.

— Si nous les laissions tous les deux ? lui murmura Hildy à l'oreille, J'ai l'impression qu'ils ont envie de rester seuls.

Ames approuva de la tête.

Corridon, qui l'observait du coin de l'œil, devina que le téléphone le laissait perplexe.

Il se leva.

— Nous nous retirons dans la chambre à côté, annonça-t-il. Babs veut me montrer ses estampes japonaises. On se retrouve tout à l'heure, d'accord ?

— Dans quelle chambre ? demanda Ames en sautant lui aussi sur ses pieds.

— Montre-lui, Babs, dit Corridon en souriant. Il a peur que je me barre.

— Pourquoi ça ? demanda Hildy. Martin est un homme charmant. Pourquoi il aurait envie de filer ?

Babs ouvrit une porte. Ames traversa le salon pour jeter un coup d'œil dans la chambre. Il ne repéra pas le téléphone sur le plateau inférieur de la table de nuit, car l'appareil lui était invisible de la porte.

— Allez, dit Corridon à Babs. Amène-toi.

Ils entrèrent dans la chambre et refermèrent la porte, laissant seuls Ames et Hildy.

— Ferme à clé, dit Corridon en baissant la voix, et parle bas.

Babs eut l'air effrayé.

— Qui c'est, ton copain, Martin ? J'aime pas sa bobine.

— Moi non plus. T'en fais pas pour son identité. Viens t'asseoir ici. J'ai à te parler.

Il s'assit sur le lit qui se trouvait assez éloigné de la porte.

Babs se rapprocha et s'assit à côté de lui.

— Maintenant, écoute, poupée, dit Corridon. Tout ce que je veux, c'est donner un coup de fil. Je suis dans un drôle de pétrin, et le coup de la petite partouze, c'était le seul moyen que j'avais d'approcher un téléphone sans que le copain à côté s'en doute.

— Eh bien, ça, c'est champion, dit Babs, écœurée. Alors, en somme, ça va me rapporter des clous ?

Corridon lui sourit.

— Une vingtaine de billets : la moitié pour toi, la moitié pour Hildy. Un coup de fil de luxe. T'as un morceau de papier ? Je vais t'arranger ça.

Babs le regarda, les yeux ronds.

— Vingt livres ? Sans char ?

— Grouille-toi, poupée, tu perds du temps, dit Corridon brièvement.

Elle alla chercher une feuille de papier. Il griffonna quelques lignes et la lui tendit. Elle lut ce qu'il avait écrit et le dévisagea, bouche bée.

— Le ministère de la Guerre ? Tu me fais marcher !

— Pas du tout. Porte-moi ça à une souris du nom de Miss Fleming et elle te les allongera illico. Ça lui fendra le cœur, mais fais pas attention. En ce moment, tu travailles pour le gouvernement.

Babs le regardait toujours, les yeux ronds.

— Qui c'est ? Un espion ?

— Un truc dans ce genre-là. Maintenant, écoute, il faut que je parle à mon chef. Tâche de te boucher les portugaises. Moins tu en sauras là-dessus mieux ça vaudra pour ta sécurité personnelle.

Il s'empara du téléphone et composa le numéro de Ritchie.

— C'est un moment qui compte, Babs, t'auras pas eu tes vingt livres pour rien.

La voix de Ritchie se fit entendre au bout du fil.

— Corridon à l'appareil, dit Corridon. J'ai des tas de choses à raconter, du genre officiel. Voulez-vous demander à Miss Fleming de les prendre en note ?

— Content de vous entendre, dit Ritchie avec chaleur, je commençais à me faire du mauvais sang. Comment ça se passe ?

Corridon sourit en échangeant un regard avec Babs.

— Pas mal du tout, colonel. Pour l'instant je suis au septième ciel. Ça va vous coûter une vingtaine de livres.

— J'ai l'impression qu'il y a une femme dans le coup, dit Ritchie. Eh bien, c'est entendu, mais que j'en aie au moins pour mon argent.

— Avez-vous causé avec Lorène ?

— Elle ne sait pas grand-chose, mais nous la gardons à l'abri et hors d'atteinte. Ils la recherchent, naturellement ?

— Oui. Il faudrait que vous demandiez à votre nièce de lui annoncer la nouvelle. Son frère s'est suicidé. Ames se préparait à lui poser quelques questions, alors il a préféré s'en sortir autrement. Vous devriez me passer Miss Fleming. Je n'ai guère de temps.

— Je vais la faire prévenir, dit Ritchie. Vous étiez forcé de tuer Brüger ? Rawlins fait un foin de tous les diables, à ce propos.

— Ça ne le change pas, répliqua Corridon. Je ne pouvais pas faire autrement. S'il en réchappait, j'étais foutu. Ce n'est pas une perte.

— Peut-être pas. Alors, c'est parfait, j'arrangerai ça d'une façon ou de l'autre. Je vous passe Miss Fleming.

Au bout d'un instant, il y eut un déclic, et Miss Fleming, de sa voix sèche, annonça qu'elle était prête.

Corridon commença de dicter son rapport. Il parlait avec rapidité et concision, passant en revue tout ce qui lui était arrivé entre le moment où il avait quitté Marian Howard et celui de son arrivée à Baintrees. Il donna une description détaillée de son voyage de l'appartement de Lorène à Baintrees, et un portrait d'Homer, d'Ames et des deux ingénieurs chargés de saboter les dynamos de la centrale. Quand il eut terminé, il demanda à Miss Fleming de lui repasser Ritchie.

Tout le temps qu'il dictait, il sentait que Babs

en restait bouche bée. Elle buvait ses paroles, les yeux ronds d'étonnement.

— Je t'avais dit que c'était un moment qui comptait, pas vrai ? dit-il.

La voix de Ritchie coupa :

— Vous n'êtes pas seul ?

— Pour ça, non. Je suis dans la chambre d'une charmante petite brune, qui se présentera demain avec un papier signé de moi pour toucher vingt livres. Payez-la sur-le-champ, colonel, ou ma ligne restera coupée pour de bon.

Ritchie gloussa.

— Je vous fais confiance pour ce qui est de combiner les distractions et les affaires. C'est tout ce que vous avez pour moi ? Le rapport est excellent.

— Ils ont l'intention de se débarrasser de vous, dit Corridon avec insouciance. C'est moi qui serai chargé du coup. Ça peut se décider d'une minute à l'autre, alors tenez-vous à carreau. Quand ce sera définitivement fixé, je tâcherai de vous le faire savoir, et, si je n'y arrive pas, je ferai de mon mieux pour que vous n'ayez pas de mal. Quoi qu'il arrive, vous serez censé être mort. Il est essentiel que l'opération paraisse avoir réussi. Si je m'en tire avec succès, je serai nommé officiellement membre de l'organisation.

— Très bien, dit Ritchie. Avez-vous une idée de la façon dont ça doit se passer ?

— Probablement dans la soirée, au moment où vous sortirez de chez vous. Il y aura deux tueurs, une femme qui conduira et moi-même.

Les tueurs connaissent leur affaire. Alors, soyez armé.

— Bien. Rien d'autre ?

— Comment se porte votre charmante nièce ?

— Très bien. En sécurité. Elle m'a demandé de vos nouvelles.

— Vraiment ? Eh bien, surveillez-la. Au revoir, colonel, Vous aurez de mes nouvelles. Si possible, tâchez de repérer Baintrees. Ça ne doit pas être très difficile. Mais n'essayez pas d'y faire entrer qui que ce soit. C'est trop dangereux. D'accord ?

— Je trouverai. Soyez prudent. Et bravo.

— Salut, dit Corridon, pas mécontent.

Ritchie n'était pas prodigue de compliments. Il remit le récepteur en place.

— Ne me raconte pas que tout ça est vrai, dit Babs. Ce type, à côté, est vraiment un espion ?

— Toi, t'as rien entendu, dit Corridon. Écoute, mon petit, ce truc-là, c'est de la dynamite. Souffle un mot de tout ça, et tout saute en l'air et moi avec. Ces gens sont dangereux, rien ne les arrête. S'il soupçonne ce que nous sommes en train de mijoter, il va t'étriper et Hildy avec. Il faut absolument que tu la boucles. Compris ?

La dureté de son regard l'effraya.

— Je ne dirai pas un mot.

— Ça vaudra mieux pour toi. Pas même à Hildy. Désormais, tu travailles pour le gouvernement. Je t'ai dit que c'était un moment important, et c'en est un. Ces types font des tas de dégâts, ils cherchent à flanquer en l'air le redressement du pays, et s'ils continuent comme ils ont commencé, il est très possible qu'ils y arrivent. Je m'excuse de t'avoir entraînée là-dedans, mais j'avais pas le choix. Tu es dans le bain et tu dois en accepter les responsabilités. Sinon toi, Hildy et moi, on passe à la casserole. Et je ne rigole pas.

Il se leva :

— Amène-toi et n'aie pas l'air ahuri. Tout ira bien à condition que tu te taises. Viens prendre un verre.

Il traversa la pièce, tira le verrou et regarda dans le salon. Personne.

Ames, apparemment, était toujours occupé.

CHAPITRE VII

I

Deux jours plus tard, comme Corridon se dirigeait vers la salle de classe, il buta dans Homer.

— Je vous cherchais, dit Homer en montrant ses grandes dents jaunes. Dans dix minutes, il y a réunion dans mon bureau. Je serais heureux que vous y assistiez.

— D'accord, dit Corridon. Je vais donner du boulot à mes élèves et je vous rejoins.

Homer gardait son sourire rayonnant.

— Nous sommes très contents de votre travail, Corridon. Ames ne tarit pas d'éloges sur votre compte, et il est inutile de préciser que c'est un homme difficile à satisfaire.

Corridon dissimula un sourire. Ames avait toutes les raisons d'être content de lui. Hildy s'était montrée parfaitement à la hauteur. Déjà Ames projetait de se rendre à Curzon Street, accompagné de Corridon, le samedi suivant. Corridon se demandait combien de temps encore Ritchie accepterait la note de frais. Vingt livres par semaine, c'était payer cher le plaisir d'entendre la voix de Corridon. Jusqu'ici, rien de nouveau à raconter. Il souhaitait que la réunion lui apportât quelques renseignements qui justifieraient la dépense : sinon, il lui faudrait trouver un autre moyen de communiquer avec Ritchie.

Il donna à ses élèves un code compliqué à déchiffrer et se dirigea vers le bureau d'Homer. En chemin, il rencontra Kara qui se joignit à lui.

— Alors, nous allons enfin travailler ensemble, dit-elle en l'observant du coin de l'œil.

— Vraiment ?

— D'après ce que j'ai compris. J'attends ce moment avec impatience. Je vous vois très peu, ces temps-ci.

Corridon ne fit aucun commentaire. Il frappa à la porte d'Homer, l'ouvrit et s'effaça pour permettre à Kara d'entrer la première.

Homer était à son bureau, Diestl devant la cheminée. Ames rôdait dans la pièce, les mains dans les poches. Contre le mur se tenaient deux hommes que Corridon n'avait jamais vus auparavant.

— Entrez, dit Homer, et fermez la porte.

Il fit signe à Kara de prendre place à côté des deux types et désigna à Corridon une chaise près de son bureau.

— Asseyez-vous, monsieur Corridon. Nous avons du travail à vous confier.

Corridon s'assit. Il examina les deux hommes avec curiosité. L'un d'eux était court et trapu, avec un visage maigre aux traits insignifiants et une tignasse noire aussi drue et raide que des crins de balai. Ses yeux creux regardaient Corridon à travers des lunettes à monture d'acier. Il restait de petites touffes de poils raides sur son visage mal rasé et son costume de flanelle, usé jusqu'à la corde, faisait des poches aux genoux.

Son compagnon était plus jeune : on ne lui donnait pas plus de dix-huit ans. Il était, lui aussi, râpé et peu soigné, et une mèche de ses longs cheveux noirs et plats lui pendait sur l'oreille gauche. Il était grand et efflanqué. Sa figure ronde, molle et cireuse, ses petits yeux fuyants, sa bouche faible et mauvaise, en faisaient le flâneur type qui hante les kermesses du West End. Corridon se dit que ni l'un ni l'autre ne semblaient bien engageants et il se demanda ce qu'ils pouvaient fabriquer dans le bureau d'Homer. Il l'apprit bientôt.

Homer déclara :

— Nous avons décidé de supprimer Ritchie. Êtes-vous toujours prêt à vous charger de cette tâche ?

Corridon fit signe que oui.

— Certainement.

— Alors, dans dix jours à partir de maintenant : le 20 mai, aux conditions convenues. C'est entendu ?

De nouveau, Corridon approuva.

— Et la méthode ? demanda Diestl. Je suppose que vous avez un tant soit peu réfléchi à cette question ?

— Oui, dit Corridon. La méthode est tout ce qu'il y a de simple. Ce qui est difficile et dangereux, c'est de la mettre en pratique.

— Ces trois-ci seront à vos ordres, dit Homer

en désignant du geste Kara et les deux hommes. Voici Charles Mac Adams, continua-t-il en désignant l'homme aux lunettes à monture d'acier. Et voici Chicho.

Il montra le jeune homme.

— Tous deux sont des tireurs d'élite. Vous ne pouvez pas trouver une meilleure équipe. Kara, bien entendu, s'occupera de la voiture.

Corridon salua de la tête les deux hommes, qui le fixaient d'un œil inexpressif. Mac Adams fit un signe de tête, mais Chicho ne manifesta aucun intérêt.

— Avant d'accepter ces trois-là, dit calmement Corridon, il faudra que je m'assure qu'ils sont aussi efficaces que vous le dites. C'est un boulot bien trop dangereux et trop important pour qu'on se permette de plaisanter. S'ils passent mes épreuves avec succès, je les prends. Mais, s'ils loupent, j'en demande d'autres. C'est bien compris ?

— Parfaitement, dit Ames. La responsabilité de l'affaire vous incombe. Vous êtes libre de choisir qui vous voulez ; bien que nous soyons persuadés que ces trois-là sont nos meilleurs hommes.

Corridon approuva.

— Je les mettrai à l'épreuve cet après-midi.

— J'aimerais connaître votre plan, reprit Diestl. Comment comptez-vous opérer ?

— Jusqu'au moment où je les aurai engagés, j'estime inutile que ces trois-là soient mis au courant, déclara Corridon.

Il se tourna vers les trois en question.

— Je vous prie d'aller m'attendre dans le hall.

Mac Adams se dirigea immédiatement vers la

porte, mais Kara et Chicho hésitèrent, avec un regard interrogateur à Homer pour voir s'il soutenait Corridon.

— Sortez ! aboya Ames en les voyant hésiter. Vous n'avez pas entendu ce qu'il a dit ?

— Minute, fit Corridon en se levant. Je désire me faire bien comprendre. Ils doivent être entièrement à mes ordres. Je ne me charge pas du travail s'ils n'ont pas compris que c'est moi qui commande. Mes ordres doivent être exécutés, et, si n'importe lequel d'entre eux se permet seulement de discuter il est entendu qu'il sera châtié.

— Oui, dit Diestl, nous sommes d'accord là-dessus.

Il se tourna vers les trois autres.

— C'est compris ? Vous devez obéir à Corridon.

Kara sourit. Les deux autres fixèrent sur Corridon un regard dénué d'expression.

— Parfait, dit Corridon. Maintenant, retirez-vous, je vous prie, et attendez-moi.

Quand ils eurent disparu, il se rassit.

— Et maintenant, le plan, dit-il. Ritchie habite une maison dans Stratford Road, à quelques minutes de la station de métro de Knightsbridge. Il n'y a que douze maisons dans la rue : six de chaque côté. L'extrémité nord aboutit à Kensington Road, l'extrémité sud à Brompton Road. La rue elle-même est tranquille et peu fréquentée. La maison de Ritchie est l'avant-dernière du côté de Brompton Road.

Il se pencha pour prendre une feuille de papier sur le bureau d'Homer.

— Je vais vous faire le plan.

Il traça une esquisse rapide. Diestl et Ames s'approchèrent du bureau, et les trois hommes regardèrent s'agiter le crayon de Corridon.

— Ritchie sort de chez lui tous les soirs à dix heures pour faire une petite promenade dans le parc, continua Corridon en complétant le dessin. Il fait ça depuis des années.

— Une habitude dangereuse, coupa Homer en levant ses sourcils en broussaille.

— En fait, non. Car, d'une part, il n'y a que ceux en qui il a confiance — et il y en a peu — qui sachent où il habite, et, d'autre part, il est lui-même son meilleur gardien...

— Ce qui veut dire ? interrogea Diestl.

— C'est un des meilleurs tireurs du pays, et ça signifie quelque chose. Un homme doué d'un courage féroce et qui possède un sûr instinct du danger, qui est capable de vous descendre en un clin d'œil, et je n'exagère rien. C'est pourquoi je maintiens que le boulot est terriblement dangereux. Les chances pour que nous revenions vivants sont minimes, à moins que tout ne soit réglé comme une horloge. Même comme ça, je ne garantis pas qu'on s'en tirera sans dommage.

— Si nous le prenons par surprise... commença Diestl.

Corridon éclata de rire.

— Ce mot-là n'existe pas pour Ritchie. Notre seul espoir est qu'il concentre son tir sur un de vos tueurs, pendant que l'autre en profite pour le descendre. Nous n'avons pas besoin d'entrer dans ces détails avec Mac Adams et Chicho, mais je crois que vous pouvez être à peu près certains qu'un des deux ne reviendra pas vivant.

— Du moment que Ritchie disparaît, dit Ames avec un sourire bestial, je me fous pas mal qu'ils y restent tous les deux.

— En tout cas, vous êtes prévenus, dit Corridon. Il est possible qu'aucun de nous, sauf peut-être Kara, qui se trouvera dans l'auto, ne revienne, mais Ritchie y passera — ça je vous le promets. Et maintenant, regardez ce croquis. Voilà la maison de Ritchie. Ici, sur le trottoir d'en face, une boîte aux lettres, à quelques mètres de sa porte. Je propose d'y coller Chicho. Sur le même trottoir que la maison de Ritchie, il y a une cabine téléphonique. Je m'y tiendrai et je ferai semblant de téléphoner. De là je pourrai surveiller la rue et la maison. Ni Mac Adams ni Chicho ne connaissent Ritchie… il faut éviter tout risque d'erreur. Je leur ferai signe quand il se montrera. Mac Adams se tiendra près de cet arbre. Bien en vue. C'est tant pis pour lui, mais il est essentiel que Ritchie le voie et se doute de ce qu'il manigance. Ritchie portera toute son attention sur Mac Adams. J'espère qu'il ne repérera pas Chicho. Mac Adams tire le premier — s'il y arrive. Il est presque certain que Ritchie tirera. Pendant qu'il s'occupera de Mac Adams, Chicho le descendra. C'est la seule chance que nous ayons. Si Chicho le rate, on est foutus. C'est pourquoi je veux m'assurer que tous deux sont capables de se servir d'un revolver.

— Pour ça, n'ayez aucune crainte, dit Ames, mais, si vous voulez vous en assurer vous-même, ne vous gênez pas.

— Et comment reviendrez-vous ? demanda Homer.

Corridon tapota du doigt le croquis :

— Kara sera garée, tous feux éteints, du côté de Brompton Road. Quand nous aurons fini de tirer, nous cavalerons vers la voiture, qui filera dans Brompton Road jusqu'au parc, en prenant par Exhibition Road. Il me faut une autre bagnole à la grille de Marble Arch. On laissera la voiture de Kara et on gagnera séparément l'autre véhicule. Si on est poursuivis, je le prends pendant que les trois autres — ou ce qui en restera — se disperseront : Kara prendra le métro jusqu'à Shepherd's Bush, Chicho jusqu'à Hammersmith Broadway, et Mac Adams à Park Royal. Je les récupérerai l'un après l'autre.

Il lança un coup d'œil à Ames.

— Voulez-vous vous charger de la seconde voiture ?

— Naturellement, dit Ames.

Il semblait enchanté de faire partie de l'expédition.

— Est-ce qu'il ne serait pas préférable que Mac Adams reste dans la voiture de Kara et tire de là ? dit Diestl. Il serait un peu protégé.

Corridon sourit sans humour.

— Je crois qu'il faut vous faire à l'idée de perdre Mac Adams. Si Ritchie repère une voiture arrêtée devant sa maison, il tirera bien avant que Mac Adams ait eu le temps de sortir son pétard. De plus, la voiture pourrait servir à Ritchie pour s'abriter du tir de Chicho.

— Il a raison, dit Ames, agacé. Le plan est excellent, je l'approuve.

— Oui, dit Homer.

Diestl hocha la tête.

— Oui, je le trouve bon. Vous pouvez être prêt dans dix jours ?

— Dans une semaine. À partir d'aujourd'hui, jusqu'au jour fixé, j'organise des répétitions. Je me propose d'utiliser une partie de l'allée pour reconstituer le lieu des opérations. Si je comprends bien, je peux choisir qui je veux pour m'aider ?

— Faites exactement ce que vous jugez bon, dit Homer en se frottant le bout des doigts.

— Il faut que mes trois hommes connaissent le vrai terrain, reprit Corridon. Puis-je les envoyer, séparément, reconnaître la rue et la maison ?

— Bien entendu, dit Diestl.

— Je suppose que vous seriez peu disposés à m'y laisser aller moi-même ? fit Corridon avec son sourire ironique.

Homer fit un geste d'excuse de la main.

— Quand cette mission se sera heureusement terminée, vous serez libre d'aller où vous voulez, monsieur Corridon. Vous devez comprendre que ce serait agir avec une certaine légèreté que de vous laisser libre avant la suppression de Ritchie.

— Tant pis, répliqua Corridon. Je connais bien la route, je n'ai pas besoin d'y aller.

Il fouilla dans sa poche revolver pour en sortir son porte-cigarettes.

— Il ne reste donc plus à considérer que la question de mes honoraires. C'est mille, n'est-ce pas, que nous avions dit ? Cinq cents immédiatement et cinq cents le travail terminé.

— Mille quand le travail sera terminé, corrigea Diestl vivement. Je regrette, Corridon, mais votre réputation vous est préjudiciable. J'ai entendu parler de vos histoires d'acomptes.

— Permettez, intervint Homer. J'ai l'impression que nous devrions faire une concession. M. Corridon a accompli un travail des plus utiles. Il est membre de notre organisation. Si nous voulons qu'il nous fasse confiance, ça devrait être réciproque.

— Je suis d'accord, dit Ames, qui fit à Corridon un sourire complice.

Diestl hésitait.

— Je pourrais vous faire remarquer, dit Corridon en se levant, que vous ne courez aucun risque. Jusqu'a moment où le travail sera terminé, je ne sortirai que sous escorte. Je ne vois pas de quoi vous vous inquiétez.

— Très bien, fit Diestl en haussant les épaules. Alors payez-le.

— Je vous donnerai l'argent en espèces après-demain, dit Homer. Ça vous va ?

— Oui. Suis-je autorisé à me rendre à ma banque si quelqu'un m'accompagne ? dit Corridon en lançant un coup d'œil à Ames.

— J'irai avec vous, dit promptement Ames.

Comme ils quittaient le bureau ensemble, Ames continua :

— Nous nous arrangerons pour voir les filles le jour où nous irons à la banque. Je ne vois pas de raisons de perdre une bonne occasion.

— Moi non plus, fit Corridon en dissimulant un sourire.

II

Mac Adams entra dans la chambre de Corridon et posa la maquette sur la table.

— Je crois que c'est à peu près ça, dit-il. Si vous voulez bien vérifier…

Corridon examina la maquette. Exactement ce qu'il voulait.

Trois jours s'étaient écoulés depuis la réunion dans le bureau d'Homer. Il avait été à la banque verser à son compte les cinq cents livres remises en espèces par Homer. Il en avait profité pour donner l'ordre de transmettre à son avoué cent livres destinées à pourvoir aux besoins de Susie Lawes. Ames, qui entendait, lui lança un regard interrogateur.

— Que vous le croyiez ou non, je suis son parrain, dit Corridon. L'argent, je le devais à Milly. Je le rends pour avoir la conscience tranquille.

Ames pensait manifestement que Corridon était un original, mais n'en dit rien. Son esprit était bien trop occupé par Hildy, et, dès que Corridon en eut terminé à la banque, Ames l'entraîna vers Curzon Street.

Corridon n'eut aucune difficulté à obtenir Ritchie au bout du fil. Il lui exposa le plan en détail, avec l'heure, la date, l'avertissant que cette histoire risquait de se terminer en catastrophe s'il ne se tenait pas sur le qui-vive, mais Ritchie semblait tout à fait sûr de lui.

— Occupez-vous de Chicho, avait-il dit. Je me charge de Mac Adams.

— Postez des cars de police à proximité, lui conseilla Corridon. Ne sous-estimez pas Kara. Elle sait tenir un volant. Je ne veux pas qu'elle puisse filer.

Ritchie assura qu'il veillerait à tout et dit à Corridon de ne pas s'inquiéter.

Corridon avait fait passer un examen à ses trois aides. Ames ne s'était pas trompé en disant que Mac Adams et Chicho étaient tous deux bons tireurs, mais ils étaient loin de valoir Ritchie pour la rapidité des réflexes, ce qui n'avait pas empêché Corridon d'assurer Ames et Homer du contraire. La seule qui l'inquiétât sérieusement, c'était Kara. Elle tirait mieux que Chicho ou Mac Adams et manœuvrait la grosse Buick d'une façon qui rendait Corridon malade. Son appréciation des distances était surprenante. Une fois qu'elle revenait à Baintrees, avec Corridon à ses côtés, elle avait accéléré brusquement, poussant la voiture à cent vingt sur l'étroit sentier ; et puis, à la grande horreur de Corridon, elle avait franchi la grille avec à peine dix centimètres de battement de chaque côté. C'était un jeu pour elle que de faire passer cette grosse voiture par de minuscules ouvertures à des vitesses impossibles ; avec Ames à l'arrière, un matin, elle s'était engagée dans Western Avenue en prenant les virages à quatre-vingt-dix.

Corridon estimait déjà que Ames conduisait

comme un fou, mais la virtuosité de cette fille était incroyable. Il se demandait, pas très tranquille, si la police serait capable de l'arrêter. Bien sûr, il avait prévenu Ritchie mais ça le tracassait quand même.

Il lui fallait une maquette de Stratford Road pour étudier les dispositions à prendre et connaître exactement le rôle que chacun devait jouer. Mac Adams s'offrit à l'établir et la termina en deux jours.

Corridon jugea la maquette excellente et le dit. Mac Adams se borna à émettre un grognement, mais son visage eut une expression de contentement.

Des trois, c'est Mac Adams que Corridon préférait, mais il le savait un dangereux fanatique. Par contre, il détestait Chicho. Ce garçon inintelligent n'était mû que par un seul mobile : l'envie démentielle de tuer. Quand il n'était pas en train de faire des cartons dans le stand, derrière la maison, il s'exerçait à tirer son revolver de sa ceinture.

En possession de la maquette, Corridon accéléra les répétitions. Il fit jouer à Yevsky le rôle de Ritchie. Yevsky était aussi bon tireur que Chicho et Mac Adams, et les trois quarts du temps, il tirait le premier. Bientôt, le bruit courut qu'ils étaient en train de préparer une agression et, chaque après-midi, toute une foule se rassemblait pour assister aux répétitions.

Un endroit du chemin, choisi par Corridon, rappelait Stratford Road. Une cabine téléphonique et une boîte aux lettres factices y avaient été aménagées. Une grille de jardin représentait la maison de Ritchie.

À l'affût derrière le téléphone, Corridon jouait et rejouait la scène pour savoir exactement comment Chicho s'accroupissait derrière la boîte aux lettres. Ceci était vital, car Corridon devait le mettre hors d'état de nuire avant qu'il ait pu tirer sur Ritchie.

Homer et Ames venaient tous deux aux répétitions et semblaient impressionnés par la minutie de la mise en scène.

Mais c'était Kara qui inquiétait toujours Corridon. Le rôle passif qui consistait à rester dans la voiture la laissait insatisfaite et agitée et, comme Corridon disait à Chicho de se dégager un peu plus de la boîte aux lettres de façon à pouvoir mieux le surveiller, sous le prétexte qu'il serait plus difficile à Ritchie de l'apercevoir dans cette position, elle sortit de la voiture et s'avança vers lui.

Il se retourna et la regarda avec sévérité.

— Je vous ai dit de descendre de la voiture ?

Elle lui fit son petit sourire dur et plein de sous-entendus.

— J'ai une suggestion à faire.

Ames, qui se tenait non loin de là, s'approcha.

— Quoi donc ? demanda Corridon avec impatience.

— Je voudrais protéger Chicho, dit-elle. Mac tire d'abord ; puis Chicho. Et moi, je pourrais tirer de la voiture. Ce n'est pas une bonne idée ?

— Non, dit sèchement Corridon. Votre boulot, c'est de conduire. Il n'est pas nécessaire de couvrir Chicho. Vous devez rester dans la voiture et laisser tourner le moteur. C'est ça, votre boulot. Un point c'est tout.

Elle eut un instant d'hésitation et quêta un regard d'Ames, mais Ames ne l'encourageait pas. Elle haussa les épaules avec un léger mouvement de contrariété.

— Bon, mais peut-être que vous le regretterez.

— Ça, c'est mon affaire, répliqua brièvement Corridon. Voulez-vous retourner à la voiture ?

Elle s'éloigna, le dos raide.

— Ne serait-ce pas plus sage de l'employer aussi ? demanda Ames, sitôt qu'elle fut hors de portée de voix. Si Ritchie est aussi dangereux que vous le dites, trois revolvers vaudraient mieux que deux.

— Son boulot, c'est de concentrer toute son attention sur la conduite de la voiture, dit Corridon, préoccupé d'éviter à Ritchie un troisième adversaire. Il faudra peut-être qu'on foute le camp en vitesse, et, si elle est en train de tirer, elle pensera à autre chose.

— Après tout, c'est votre affaire, dit Ames. Je vous laisse libre d'organiser la chose à votre idée.

Ce soir-là, Kara entra dans la chambre de Corridon. Il se reposait dans un fauteuil avec un livre et il leva les yeux, surpris de la voir debout sur le seuil de la porte.

— Que voulez-vous ? demanda-t-il sèchement. Je ne vous ai pas entendue frapper.

Elle ferma doucement la porte et s'avança dans la pièce.

— Je me sentais seule, dit-elle en l'observant à

travers ses longs cils. J'ai pensé que je pouvais venir bavarder avec vous.

Corridon attendit.

Elle prit un porte-cigarettes en cuir, alluma une cigarette et garda l'étui dans ses doigts secs et puissants.

— Vous aurez de la peine, quand Ritchie sera mort ?

Corridon posa son livre sur ses genoux, le doigt sur la phrase qu'il était en train de lire.

— Non. Pourquoi cette question ?

— Ritchie est un tireur exceptionnel, n'est-ce pas ?

— Il sait tirer.

— Il était en Russie pendant la guerre, dit-elle sans avoir l'air d'y toucher. Je l'ai connu. C'est le meilleur tireur de tout le pays.

C'était si inattendu que Corridon put difficilement réprimer un mouvement de surprise.

— Il l'était, mais il se fait vieux, dit-il sans se compromettre.

— Et pourtant vous ne voulez pas que je protège Chicho ?

— Ça n'a rien à voir, coupa Corridon, se rendant compte que le terrain devenait glissant. Votre boulot, c'est la conduite de la bagnole.

— Je sais.

Elle souffla au plafond un nuage de fumée.

— Vous ne serez pas armé, n'est-ce pas ?

— À quoi ça nous mène, tout ça ? demanda Corridon. Où voulez-vous en venir ?

— Je ne crois pas que Mac ou Chicho s'en tirent vivants, dit-elle en souriant. Je m'en fous. Ils ne me sont rien. Mais je ne serais pas surprise si Ritchie, lui, s'en tirait.

Corridon l'observa un moment, puis se leva, traversa la pièce, ouvrit la porte et sortit. Il avança rapidement le long du couloir jusqu'à la chambre d'Ames et entra.

Ames était étendu sur son lit, il fumait en regardant un album de photos.

Il leva les yeux et sourit.

— Tenez, venez voir un peu ces… commença-t-il.

Mais Corridon eut un geste qui le fit se lever du coup.

— Qu'est-ce qui se passe ?

— Accompagnez-moi à ma chambre, dit Corridon. Kara y est. J'aimerais que vous entendiez ce qu'elle vient de me dire.

Le visage d'Ames s'assombrit.

— Qu'est-ce que c'est ?

— Elle vous le dira.

Corridon revint dans sa chambre, Ames sur ses talons. Au moment où ils entraient, Kara se préparait à sortir. Ses yeux avaient une expression farouche, et elle serra ses lèvres en voyant Ames.

— Répétez à Ames ce que vous venez de dire, dit Corridon.

Elle hésita pendant qu'Ames l'observait d'un œil glacé.

— Ce n'était rien. De plus, ça n'a rien à voir avec lui, dit-elle enfin.

— Dites-lui ! aboya Corridon.

Elle lui lança un regard de fureur et de haine et se dirigea vers la porte, mais il l'attrapa par le poignet et la fit pivoter brutalement. Elle se libéra d'une rapide torsion qui le fit chanceler, et de nouveau s'avança vers la porte.

— Un instant ! dit Ames d'un ton de couperet.

Elle s'arrêta.

— Ce n'est rien… commença-t-elle.

— Ce n'est pas mon avis, dit Corridon. Elle a dit qu'elle ne croyait pas que Mac Adams et Chicho sortent vivants de la fusillade, mais qu'elle pensait que Ritchie, lui, s'en tirerait.

Ames la regarda.

— Pourquoi avez-vous dit ça ?

Une fois encore elle hésita, et Corridon sentit qu'elle cherchait un moyen de se sortir de cette situation.

— Je… je plaisantais, dit-elle. Je n'en pensais pas un mot.

Le poing d'Ames se détendit et ses phalanges lui écrasèrent la bouche. Le coup la fit vaciller en arrière. Elle essaya de rattraper son équilibre et s'assit lourdement sur le plancher.

— Faut pas plaisanter sur ces sujets-là, gronda-t-il. Et maintenant, sors d'ici.

Elle se releva lentement, se couvrant la bouche de la main, mais le sang ruisselait de son nez. Elle ne regarda ni Ames ni Corridon.

Quand elle fut rentrée dans sa chambre, sa porte fermée, Ames dit :

— Elle devient un peu trop insolente. Elle va marcher droit, maintenant.

En se souvenant de la haine que distillaient ses yeux verts, Corridon se sentit mal à l'aise.

— Vous n'auriez peut-être pas dû lui cogner dessus.

Ames sourit.

— C'est le seul langage que comprennent les femmes et les chiens, dit-il. Vous n'aurez plus d'ennuis avec elle.

Corridon désirait vivement le croire.

C'est seulement un peu plus tard, ce soir-là, que Corridon ouvrit le tiroir du bas de sa penderie pour chercher le Mauser pris à Brüger. Il voulait vérifier l'arme et la nettoyer. C'était la clé de voûte de son plan.

Il avait caché le revolver dans le tiroir, sous la combinaison blanche, mais, quand il la souleva, le revolver était parti.

Il s'accroupit sur les talons, le visage figé, le regard dur. Kara était restée seule dans la pièce. Il comprit qu'elle avait pris le revolver et, sans l'arme, il se trouvait impuissant à venir en aide à Ritchie.

Pendant quelques minutes, il resta assis à croupetons, regardant le tiroir vide et se demandant que faire. Puis, lentement, il se releva. Il lui fallait trouver un autre revolver. Une fausse manœuvre désormais, serait catastrophique, mais, s'il voulait sauver la vie de Ritchie, il lui fallait un revolver.

III

Dans le hall d'entrée, une pendule sonna deux heures. Ça faisait trois heures que Corridon, assis devant sa fenêtre ouverte, contemplait le parc. La nuit était sans lune, de gros nuages noirs rampaient sur le ciel nocturne. Ses yeux commençaient à s'accoutumer à l'obscurité. Pendant son attente à la fenêtre, il avait vu deux hommes et trois chiens passer devant lui toutes les demi-heures.

Il s'était décidé à courir le risque de sortir de Baintrees. Un téléphone public se dressait à environ une centaine de mètres sur la route, passée la porte principale. Il l'avait remarqué en se rendant à Curzon Street, en compagnie d'Ames. S'il pouvait l'atteindre et s'arranger pour que Ritchie lui procure un revolver, rien n'était encore perdu.

Il conclut qu'il était temps d'y aller. Il quitta la fenêtre un moment pour caler une chaise sous la poignée de la porte. Peu probable que quelqu'un entre dans sa chambre à cette heure, mais il estimait la précaution sage.

Les chiens l'inquiétaient. Il ne craignait pas les gardiens, ayant suffisamment d'expérience pour les éviter, mais les chiens étaient dangereux. La seule arme qu'il put trouver dans la pièce fut un court tisonnier d'acier, et il décida de s'en servir. Il enroula une serviette kaki autour de son bras gauche et la noua soigneusement. Il espérait que ce tampon suffirait à lui éviter les morsures en cas d'attaque.

Il retourna à la fenêtre. Au bout de quelques

minutes, les deux gardiens tenant les chiens en laisse passèrent au-dessous de lui. L'un des gardiens fumait une cigarette et parlait à voix basse. Aucun d'eux ne paraissait sur ses gardes. Sitôt qu'ils eurent disparu, Corridon enjamba l'appui de la fenêtre et empoigna le tuyau de la gouttière. Il descendit en silence et sans hâte. Tombant en souplesse sur le massif de fleurs, il s'avança sur l'allée de gravier et s'arrêta pour effacer ses empreintes.

Il s'immobilisa, l'oreille aux aguets, pendant une ou deux minutes, puis, n'entendant rien, traversa l'allée et s'engagea sur la pelouse. Silencieux et rapide, il la traversa en courant en direction des gros buissons de rhododendrons. Il s'arrêta et regarda la maison. Elle était plongée dans l'obscurité. Les rhododendrons bordaient l'allée jusqu'aux portes. Il décida de rester à couvert derrière ces buissons et de ne pas se risquer à marcher dans l'allée. Ce serait plus long, mais plus sûr.

Il s'avança, silencieux, s'immobilisant de temps à autre pour prêter l'oreille.

Au bout d'un moment, il entrevit l'allée à travers les buissons et s'arrêta brusquement en apercevant une silhouette. Il reconnut immédiatement le long corps maigre de Yevsky, immobile comme s'il écoutait.

Corridon attendit, retenant son souffle, la main droite crispée sur le tisonnier.

Yevsky se mit en marche dans sa direction. Corridon resta où il était, sachant qu'on ne pouvait le distinguer derrière le buisson obscur, mais sûr que le plus léger mouvement de sa part attirerait l'attention de Yevsky.

Yevsky s'arrêta à trois ou quatre mètres de Corridon. Il tendait l'oreille.

— Qui est là ? aboya-t-il soudain et Corridon sentit se dresser les poils de sa nuque. Je sais que vous êtes là, continua-t-il en grondant méchamment. Dehors, ou je tire !

Corridon ne bougeait toujours pas. Au bout d'un moment, Yevsky revint dans l'allée.

— Qu'est-ce qui se passe ? demanda une voix, et une forme sombre rejoignit Yevsky.

— Je croyais avoir entendu quelque chose dans les buissons, dit Yevsky. J'vois rien. T'as une lampe électrique ? Je n'ai plus de pile.

L'autre homme dit :

— T'as probablement entendu un lapin. Ça grouille dans ce coin. Arrive, viens prendre le thé.

Yevsky hésita, puis fit demi-tour. Les deux hommes s'éloignèrent dans l'obscurité.

Corridon respira profondément et passa son mouchoir sur sa figure. Il attendit quelques minutes, puis se remit en marche, cette fois plus précautionneusement, prenant garde de ne pas faire de bruit.

Il ne lui fallut pas longtemps pour distinguer la clôture électrifiée dont Homer lui avait parlé. Il l'examina, en évitant de s'en approcher. Elle avait trois mètres de haut. Et, à l'épaisseur du câble, il comprit que le voltage était mortel. Il scruta les environs pour tâcher de trouver un arbre adéquat et, après avoir parcouru quelques mètres, il découvrit un haut sapin. C'était ce qu'il lui fallait pour mener à bien son projet. Pour un homme de force moyenne, il était impossible de grimper à un arbre pareil, mais Corridon était de taille à escalader un mur sans aspérités. Il mit quelque temps à arriver en haut du tronc élancé et vacillant. Lorsqu'il fut plus haut que la barrière, il étreignit étroitement l'arbre entre ses bras et ses jambes et commença à se balancer d'avant en arrière. Bientôt, l'arbre se mit à osciller, Corridon guetta l'occasion. Et, comme l'arbre s'inclinait vers l'extérieur, il se lança d'un seul coup par-dessus la clôture et tomba comme au judo : touchant d'abord des talons, puis du dos, amortissant la chute à l'aide des bras. Il se remit sur ses pieds et courut au mur de deux mètres qui entourait le parc. Il l'escalada en un instant et atterrit dans le ruisseau qui courait le long de la route.

Avant de s'avancer sur la route, il jeta un regard à droite et à gauche. Ne voyant personne, il quitta prudemment la fosse pour se diriger vers le téléphone public. Il n'y avait pas trois secondes qu'il marchait quand il entendit une voix de femme chuchoter dans l'ombre :

— Printemps à Paris.

Il se figea sur place.

— Qui est là ? s'enquit-il.

— Bonjour, Martin. Je me demandais si c'était bien vous.

Et Marian Howard apparut à côté de lui.

— Eh bien, ça, alors ! fit Corridon. D'où sortez-vous ?

— J'ai une petite maison un peu plus loin, sur

la route… Nous attendions que vous sortiez depuis que nous avons découvert l'endroit. Ça marche ?

— Parfaitement.

Corridon lui sourit.

Il faisait trop sombre pour qu'il pût voir son visage mais, tout à coup, il avait envie de la regarder.

— J'allais téléphoner à Ritchie.

— Venez à la maison, dit-elle. Nous pourrons parler.

Il se mit à son pas et ils s'avancèrent rapidement côte à côte sur la route.

— Je ne peux pas rester bien longtemps, dit-il. Je cours un risque effroyable à sortir comme ça, mais on m'a fauché mon revolver. Et il m'en faut un autre. En avez-vous un ?

— Mais oui. Je vais arranger ça.

Elle ouvrit une barrière en bois et le conduisit le long d'un petit chemin dallé jusqu'à un cottage au toit de chaume.

— Comment vous êtes-vous débrouillée pour trouver ça ? demanda Corridon tandis qu'elle ouvrait la porte d'entrée et le faisait pénétrer dans un petit studio aux meubles confortables.

Il fut tout heureux de voir brûler un feu clair et d'apercevoir une bouteille de whisky, un siphon et des verres sur une table basse auprès d'un fauteuil.

— C'est mon oncle qui l'a dénichée, répondit Marian en fermant la porte au verrou.

Elle alluma l'électricité et Corridon la regarda. Il pensa qu'elle était encore plus jolie que la dernière fois, et remarqua ses yeux brillants et son sourire chaleureux.

— Vous le connaissez : sitôt que nous avons été sûrs de vous avoir trouvé, il s'est mis en chasse et a repéré cette petite maison. J'ignore par quel moyen il en a éjecté le propriétaire, mais le fait est là. Voici deux nuits que j'y dors. Rawlins vient parfois. Il est de service demain soir.

— Votre oncle pense à tout, dit Corridon en s'asseyant devant le feu. Puis-je faucher un peu de whisky ou est-ce exclusivement réservé à Rawlins ?

— Servez-vous.

Elle prit une casserole gardée au chaud sur un trépied près du feu et se versa une tasse de café.

— Est-ce que tout se passe vraiment bien ?

— Jusqu'ici ; mais ça devient délicat. Plus que trois jours avant l'explosion. J'aimerais bien que Ritchie se fasse remplacer par quelqu'un. Il risque d'être touché.

— Mais son remplaçant aussi, dans ce cas-là, dit Marian en lui lançant un regard anxieux. Vous savez qu'il ne voudra jamais de ça. De plus, il dit que tout marchera bien du moment que vous êtes là pour le protéger.

Corridon haussa les épaules.

— Sa confiance en moi me touche. C'est très bien, à condition que vous me donniez un revolver. Je commençais à faire une sale gueule, quand j'ai vu que le mien était parti. Sans revolver, je suis impuissant ; ces deux types ne sont pas manchots, j'aime autant vous dire !

Marian pâlit et dit :

— Mais supposez qu'il leur vienne à l'idée de vous fouiller avant l'expédition ? S'ils trouvent le revolver sur vous…

— Très juste, dit Corridon. Je n'y avais pas pensé. Ils en seraient bien capables.

Il réfléchit un moment.

— Mettez le revolver dans la cabine téléphonique. C'est le moyen le plus sûr. Nous nous amènerons à dix heures moins dix. Vissez une attache sous la tablette du téléphone et fixez-y le revolver cinq minutes avant le moment de notre arrivée. Vous pouvez arranger ça ?

— Naturellement. Je préviendrai mon oncle.

— Et maintenant, le mieux est que je rentre. Je n'ai rien de nouveau à signaler. Mardi à dix heures. Dites bien à Ritchie de concentrer toutes les forces de police sur Kara. Elle conduit de façon exceptionnelle et, si elle s'échappe, je suis coulé. Mac Adams et Chicho ne seront pas difficiles à manœuvrer, mais Kara, c'est une autre affaire. Il faut à tout prix l'empêcher de filer.

— Je lui dirai.

— Eh bien, ça m'a fait plaisir de vous revoir, dit Corridon en se levant. Mais Ritchie fait une sottise en vous laissant vivre ici. Il ne sait pas encore que ces types sont de vrais cobras.

Elle sourit.

— C'est moi qui l'ai convaincu. Il y a des moments où je suis aussi têtue que lui… je voulais faire quelque chose.

Elle posa la main sur son bras.

— Et si vous êtes dans le pétrin, faites des signaux à votre fenêtre avec une lampe électrique. Rawlins ou moi nous patrouillons tous les soirs sur la route, et nous connaissons le morse tous les deux. Vous le ferez, n'est-ce pas ?

— Et comment ! Bon, maintenant il faut que je trouve un moyen quelconque de ressauter par-dessus cette sacrée clôture.

— C'est facile. Nous nous en sommes occupés. Dès que nous avons découvert l'endroit, nous nous sommes arrangés pour couper l'électricité toutes les nuits au cas où vous voudriez sortir.

— Et dire que je viens de grimper aux arbres ! C'est encore du Ritchie, ça, au moins !

Elle acquiesça.

— Décidément, ce gars-là, il pense à tout, dit Corridon.

Il la regarda et se demanda s'il devait l'embrasser. La gravité de ses yeux le décida à n'en rien faire. Il se contenta de lui caresser le bras, puis avec un sourire joyeux, il ouvrit la porte et s'éloigna allégrement vers l'extrémité de l'allée.

IV

Alors que Corridon se glissait entre les fils de la clôture, une longue forme sombre s'élança sur lui à la vitesse d'une balle. Il n'eut que le temps de lever son bras protégé par la serviette roulée : un berger allemand lui sautait dessus. La force de l'élan du chien le repoussa en arrière et il tomba sur le dos ; le chien, silencieux et menaçant, était sur lui.

Tout en grondant, la bête tenta de le saisir à la gorge, mais Corridon para l'attaque de son bras enveloppé, puis il flanqua dans les côtes du chien un coup de pied qui l'envoya rouler au loin. Sans qu'il ait seulement le temps de se remettre à genoux, le chien fut de nouveau sur lui et ses crocs manquèrent son épaule de peu. Corridon lançait des coups de pied et se tortillait dans tous les sens, s'efforçant de donner à la bête le moins de prise possible, et de trouver une position pour pouvoir frapper le chien avec le tisonnier, mais l'animal se déplaçait avec une telle agilité que tout ce que Corridon pouvait faire, c'était éviter les mâchoires.

Pendant un court moment, ce fut une lutte convulsive. Corridon s'attendait d'une seconde à l'autre à sentir les crocs du chien lui entrer dans la chair. Mais il continua à donner des coups de pied, à lancer son bras bandé vers le chien, pour le dérouter et l'étourdir.

Tout à coup, le chien fit un bond en arrière et se tassa au sol. Corridon, haletant, se releva en hâte. Aussitôt, le chien bondit. Corridon plongea et, au moment où le corps allongé de l'animal franchissait son dos courbé, d'un coup de tisonnier il frappa de bas en haut. Le chien poussa un hurlement et tomba sur le côté. Bondissant en avant, Corridon lui assena un coup sur le crâne.

Il fit demi-tour et s'élança vers la maison. Sa seule idée, maintenant, était de regagner sa chambre le plus vite possible, sans rencontrer d'autres chiens. Restant à couvert autant qu'il le pouvait, il passa sans s'arrêter à travers le bosquet de rhododendrons jusqu'à ce qu'il ait atteint la grande pelouse qu'il devait traverser pour arriver à la maison.

Il scruta l'obscurité, l'oreille tendue, mais n'entendit rien. Serrant le tisonnier, tous ses sens en alerte, il s'avança à découvert et entreprit de traverser la pelouse. À mi-chemin, il aperçut soudain la lueur d'une cigarette à sa gauche et tomba à quatre pattes. Il faisait trop sombre pour distinguer le gardien qui passait devant l'entrée de la maison, mais Corridon repérait le chemin qu'il parcourait grâce à la lueur de la cigarette. L'un des chiens du gardien se mit soudain à gémir et le gardien poussa un juron. Le chien aboya.

— Ferme ça ! entendit Corridon. Viens ici !

De nouveau le chien aboya et Corridon entendit le claquement du fouet au moment où la bête se mit à tirer sur sa laisse. Le chien poussa un aboiement de douleur.

Une voix cria dans l'ombre :

— Qu'est-ce qu'il a ?

— Les lapins, je suppose, dit le gardien avec colère. Ça suffit, espèce de brute !

— Vaudrait mieux le lâcher, dit son compagnon. Peut-être que quelqu'un est entré.

— Déconne pas. Personne ne peut entrer. Si je le lâche, je ne pourrai jamais le rattraper.

On entendit le bruit du fouet sur le dos du chien qui aboya de nouveau.

— Suffit !

Les deux gardiens s'éloignèrent et Corridon relâcha lentement son souffle. Sitôt que la lueur de la cigarette eut disparu, il se leva et traversa la pelouse en courant.

Quelque part derrière lui, il entendit un autre aboiement et il pensa que celui qu'il avait assommé revenait à lui. À présent, il était arrivé au tuyau de gouttière qui menait à sa fenêtre. Il enjamba prudemment le massif, agrippa le tuyau et commença sa montée hasardeuse.

D'autres chiens se mirent à aboyer, il entendit des pas précipités sur l'allée de gravier. Silencieusement, la sueur au visage, il continua à escalader le tuyau, se hissant sans bruit.

— Y a quelque chose, entendit-il crier par l'un des gardiens. Lâche le chien, Jack !

Corridon tendit la main et accrocha l'appui de sa fenêtre. Il se hissa à l'intérieur au moment où une sonnerie bruyante se déclenchait quelque part dans la maison.

Il arracha ses vêtements. Du dehors venaient des hurlements confus, et tout à coup deux projecteurs puissants illuminèrent le parc. Il enfila son pyjama en vitesse, suspendit ses vêtements dans le placard, puis se dirigea vers la porte, enleva la chaise et ouvrit.

Debout dans l'embrasure de sa porte, Kara le contemplait. Elle lui fit un petit sourire sarcastique.

— Bien débrouillé pour rentrer à temps, hein ? dit-elle.

Sa bouche était enflée et meurtrie et ses yeux étincelaient.

— Vous dormez debout ? demanda Corridon d'un air désinvolte. Vaudrait mieux vous coucher avant que quelqu'un vous colle un œil au beurre noir.

Son visage pâlit et elle retroussa ses lèvres en montrant les dents. On aurait dit un chat en colère.

— Parfait, monsieur Corridon, dit-elle. Je suis patiente. Avant peu, nous serons quittes.

Elle lui tourna le dos et claqua sa porte.

Corridon fit la grimace. Au moment où il rentrait dans sa chambre, Ames apparut au bout du couloir.

— Qu'est-ce que vous foutez ? s'exclama-t-il en se précipitant vers lui. Vous êtes sorti ?

— Sorti ? demanda Corridon d'un air ahuri. Pourquoi serais-je sorti ?

Ames fit un geste d'impatience.

— Quelqu'un est entré dans le parc.

Son œil dur scrutait le visage de Corridon.

— L'un des chiens a été blessé.

— Puis-je vous être utile ?

Ames secoua la tête.

— Non, les gardes s'en occupent. Retournez au lit. Quand le signal d'alarme se fait entendre, personne n'a le droit de sortir de sa chambre.

Comme Corridon rentrait chez lui, Ames dit :

— Qu'est-ce que voulait Kara ?

— Elle aussi croyait que j'étais sorti, dit Corridon avec un sourire. Je me demande ce qui a pu lui donner cette idée.

Ames le regarda avec méfiance, mais, toujours souriant, Corridon lui ferma doucement la porte au nez.

CHAPITRE VIII

I

« Eh bien, nous y sommes, pensa Corridon en descendant l'escalier qui menait à l'entrée. Pas moyen de reculer, maintenant. »

Il avait fait répéter Mac Adams et Chicho maintes et maintes fois, jusqu'à ce qu'ils exécutent leur travail comme des robots, mais il savait qu'il restait encore une possibilité que l'un d'eux fît quelque chose d'inattendu qui coûtât la vie à Ritchie. Et maintenant que l'opération était sur le point de commencer, Corridon souhaitait ne jamais l'avoir entreprise. En dépit des manières dictatoriales de Ritchie, Corridon avait de l'affection pour lui. Il savait que Ritchie était de taille à s'occuper de Mac Adams, mais il n'était pas sûr de pouvoir lui-même régler le sort de Chicho.

Dans l'entrée, Homer, Ames, Kara, Mac Adams et Chicho l'attendaient.

— Tout est prêt ? demanda Ames quand Corridon fut près d'eux.

— Oui, fit Corridon, le visage inexpressif. Il ne reste qu'un détail : si nous avons un ennui, il faudra faire le détour par Marble Arch. Vous vous y trouverez à dix heures et demie. Vous attendrez une demi-heure. Si d'ici là aucun de nous n'est revenu, filez par le parc et revenez à onze heures et demie. Attendez jusqu'à minuit. Si vous ne voyez personne à ce moment-là, vous saurez que nous ne reviendrons pas. C'est d'accord ?

Ames hocha la tête.

— Je crois que j'ai tout passé en revue, dit Corridon. Je suis prêt si vous l'êtes, vous trois.

Il sentait peser sur lui le regard de Kara, mais il évita de la regarder. Il se tourna vers Chicho.

— Asseyez-vous près de Kara. Mac Adams et moi, nous nous installerons derrière.

Pendant que Kara et Chicho montaient dans la voiture, Corridon dit à Homer :

— Touchez du bois. Ils ont été bien dressés. Je ne vois pas ce qui pourrait ne pas gazer.

Homer fit étinceler ses dents jaunes.

— Vous avez bien travaillé. Bonne chance et bon retour.

Il tendit sa main grasse et humide. Quand Corridon la prit, il ajouta :

— Une dernière petite chose avant de partir. On nous a laissé entendre que vous portiez peut-être un revolver. Nous pensons que ce n'est pas nécessaire. Voudriez-vous me le donner, je vous prie.

Corridon lui sourit, en bénissant Marian qui avait prévu cette éventualité.

— Je n'ai pas le moindre pétard, dit-il en levant les bras. Voyez vous-même.

Tout en ayant l'air de s'excuser légèrement, Ames s'avança et palpa Corridon avec habileté. Puis il fit un pas en arrière en secouant la tête.

— Je vous avais dit qu'elle se trompait, gronda-t-il à l'adresse d'Homer.

— Encore une attention de cette chère Kara ? dit Corridon en éclatant de rire. Au moins, elle aura tout essayé.

— Je lui dirai deux mots quand elle reviendra, dit Ames, un grognement hargneux dans la voix. Il est temps de lui donner une leçon.

Il donna une claque sur l'épaule de Corridon.

— Eh bien, allez-y. Je serai devant Marble Arch à dix heures et demie. Bonne chasse !

Corridon s'installa dans la voiture à côté de Mac Adams.

— Je m'excuse de vous avoir fait attendre, dit-il. Mais quelqu'un croyait, à tort, que j'étais armé.

Kara ne le regarda pas, mais son visage s'assombrit. Elle embraya et lança la voiture dans l'allée.

Corridon offrit une cigarette à Mac Adams. Au moment où Mac Adams l'allumait, Corridon remarqua que sa main était loin d'être assurée. Dans un sens, il avait pitié de lui. Probable que Ritchie serait forcé de le tuer. Il savait que Mac Adams n'avait pas l'ombre d'une chance.

— Ce sera bientôt fini, dit-il. Ça va être bien plus désagréable pour Ritchie que pour vous, vous savez.

Mac Adams rougit.

— Mais… j'espère, dit-il un peu haletant. Kara dit qu'il sait tirer.

— Kara parle trop, répliqua Corridon. C'était un bon tireur il y a à peu près dix ans, mais il se fait vieux.

— Je le descendrai, dit Chicho. T'en fais pas, Mac. Je me charge de lui. Il pourra même pas défourailler.

Corridon était heureux d'avoir à s'occuper personnellement de Chicho. Il serait ravi de lui coller une balle dans la peau.

— Et n'oubliez pas : défense de tirer avant que je donne le signal, dit-il brutalement. Je n'ai pas envie que vous vous affoliez. Quand je soulèverai le récepteur du téléphone, vous saurez que c'est Ritchie.

— Vous n'arrêtez pas de nous rebattre les oreilles avec ça… On n'est pas sourds ! grogna Chicho.

— Non, dit Corridon avec un sourire. Juste un peu bouchés.

— Ça ne sera pas toujours vous qui commanderez, dit méchamment Chicho. J'attends avec impatience le moment de vous dire deux mots…

— Ta gueule ! coupa Kara. Tu sais pas que c'est le chou-chou d'Ames ? Tu tiens absolument à t'attirer des embêtements ?

Chicho grogna, mais retomba dans le silence. Pendant le restant du trajet jusqu'à White City, personne ne dit mot. Kara conduisait avec prudence. Ils avaient tout leur temps. Ils atteignirent Shepherd's Bush à neuf heures et demie.

— On s'arrête au Park pour une dernière révision, dit Corridon. Et puis on va tout droit à Stratford Road.

Dix minutes de conduite à vitesse réduite les amenèrent à Knightsbridge Gate, et Corridon ordonna à Kara de s'arrêter. Elle freina à quelques mètres des feux de circulation. Pas une seule fois, pendant qu'elle conduisait, elle n'avait adressé un regard ou une parole à Corridon. Maintenant, elle allumait une cigarette et regardait à travers le pare-brise, grincheuse et morose.

— Passez-moi votre revolver, dit Corridon à Chicho.

— Pourquoi faire ? demanda Chicho en se retournant sur son siège.

— Votre revolver ! aboya Corridon.

Chicho sortit le revolver de dessous son bras, hésita et le lui tendit. C'était un Colt 45. Corridon examina le chargeur, s'assura qu'il était plein et le rendit à Chicho. Il vérifia également l'arme de Mac Adams.

— Très bien, dit-il. Vous savez quoi faire. Sitôt qu'il est tombé, Chicho va jusqu'à lui et lui tire une balle dans le crâne. Mac et moi, on court vers la voiture. Toi, Chicho, tu suis aussi vite que possible, et on file. Pas de questions ?

— Sacré bon sang, allons-y, gronda Chicho.

— Si la police nous tombe sur le râble, dit Mac Adams, je suppose qu'on tire dedans ?

— Uniquement si on est coincés, dit Corridon. Descendre un flic, c'est s'attirer un tas d'histoires. Si vous devez tirer, blessez-le. Si vous le tuez, tant pis pour vous.

— C'est pas un flic qui m'empêchera de passer, dit Chicho.

— Allez-y, Kara, dit Corridon.

Sans un regard, elle démarra et fila dans Knightsbridge Road. Un peu avant dix heures moins le quart, elle s'arrêta au coin de Stratford Road.

— J'y vais d'abord, dit Corridon. Dès que je serai dans la cabine téléphonique, vous vous amenez, Mac. Chicho suit. Kara laisse le moteur en marche.

Aucun d'eux ne dit mot. Corridon descendit de la voiture.

— Eh bien, bonne chasse, dit-il, et il s'avança dans la rue vers la cabine téléphonique.

Il ouvrit la porte, entra, et, le dos tourné à la voiture, il passa la main sous l'étagère des Bottins. Il sentit le revolver, l'arracha de son support et l'examina. C'était un 38 Smith et Wesson ; une belle arme, qu'on sentait bien en main. Il s'assura qu'il était chargé, ôta le cran de sûreté et le glissa dans sa poche. Puis il se retourna à demi pour regarder la rue. Mac Adams, sorti de la voiture, s'avançait de son côté. Quand il passa, Corridon vit qu'il avait le visage pâle et tiré. Il continua, dépassa la maison de Ritchie et s'arrêta sous un arbre, quelques mètres plus loin.

Un moment plus tard, Chicho s'avança de son allure de chat ; son visage rond et blême était crispé, et les petits yeux durs brillants. Il se porta derrière la colonne de la boîte à lettres.

Corridon espérait que personne ne sortirait des maisons avant la fin de la fusillade. Peu probable que quelqu'un fût dehors à cette heure-là, mais, si quiconque apparaissait, le plan si minutieusement préparé pouvait être bouleversé d'un coup.

Il jeta un coup d'œil à sa montre. C'était le moment. L'aiguille des minutes se rapprochait de dix heures. Il regarda par-dessus son épaule. Il distinguait les contours obscurs de la Buick, arrêtée une centaine de mètres plus bas, et se demanda ce que Kara fabriquait. Il espérait qu'elle se conformait aux ordres et restait dans la voiture. Il se demanda aussi où se trouvaient les voitures de patrouille volante. « Le plus dur, c'est pour eux », se dit-il. Essayer d'arrêter Kara ne serait pas facile. La police ne se rendait sûrement pas compte de la force de l'adversaire.

Il regarda Chicho, en face de lui, accroupi derrière la boîte aux lettres. Sa tête et son dos étroit constituaient une bonne cible. Il glissa la main dans sa poche et tira le revolver. Dans une minute, Ritchie sortirait. Doucement, il entrouvrit la porte de la cabine. Il regarda Mac Adams, qui leva à moitié la main, pour montrer qu'il le voyait et qu'il était prêt. Corridon lui fit un petit signe.

Ils attendirent. Les minutes passèrent lentement et le cœur de Corridon commença à lui marteler les côtes. Il se demanda ce que Ritchie éprouvait et supposa avec un peu d'amertume qu'il était impassible et froid. Corridon ne l'avait jamais vu perdre son sang-froid, et Dieu sait qu'ils s'étaient trouvés dans bien des situations critiques durant le temps qu'ils avaient travaillé ensemble.

Un taxi tourna à toute allure dans Stratford Road. Il descendit la rue, passa devant Mac Adams et ralentit à la hauteur du pilier-boîte aux lettres derrière lequel Chicho se cachait. Celui-ci se leva brusquement en voyant les phares.

Corridon, entre ses dents, vouait le taxi à tous les diables. Il eut un regard anxieux vers la maison de Ritchie, mais celui-ci ne se montrait toujours pas. Il devina que Ritchie avait, lui aussi, aperçu le taxi et attendait qu'il démarre avant de se montrer.

Le taxi s'arrêta à quelques mètres de Chicho et une fille en sortit. Elle régla le chauffeur et traversa la chaussée en direction d'une maison proche. Quelque chose dans sa démarche fit se raidir Corridon. Il regarda mieux : c'était Marian Howard. Comme elle grimpait les marches du perron et ouvrait la porte, Corridon perçut le bruit d'un verrou. Il regarda vivement vers la maison de Ritchie, tandis que le taxi se rapprochait de la Buick arrêtée. Puis il se rendit compte que tout ça faisait partie du plan de défense de Ritchie. Le taxi devait arrêter la fuite de Kara. Des policiers se tenaient sans doute couchés dans le fond, mais Corridon n'eut pas le temps, même en pensée, de passer une main amicale dans le dos de Ritchie.

Car celui-ci sortait juste de la maison. Il portait un pardessus léger, un chapeau mou, et ses mains étaient enfoncées dans ses poches.

De nouveau, Chicho s'était accroupi derrière sa boîte aux lettres, et Corridon vit qu'il avait sorti son revolver. Il se dit que Chicho ne tiendrait pas jusqu'au signal. Ritchie regardait en direction de Mac Adams, lequel épiait Corridon et attendait qu'il soulève le récepteur du téléphone.

Chicho visait Ritchie. Corridon leva le P. 38 et tira sur Chicho, qui tira à l'instant où il piquait du nez. Chicho roula à terre, laissa tomber le revolver, essaya de ramper dans sa direction, puis se raidit au milieu de la chaussée.

Deux coups de feu partirent. Mac Adams et Ritchie se tiraient dessus. Le coup de Ritchie avait eu un poil d'avance sur celui de Mac Adams. Corridon vit Mac Adams lâcher son revolver et se tenir le bras.

Ritchie se précipita vers lui alors qu'il s'écroulait sur les genoux, le frappa sur le crâne d'un coup de crosse et l'étendit raide.

Tout ceci se passa en quelques secondes. Comme Ritchie courait vers l'endroit où gisait Mac Adams, Chicho fit un effort et agrippa son revolver. Corridon tira sur lui une seconde fois, visant la tête. Chicho roula à terre et s'immobilisa.

Puis, juste au moment où Corridon sortait de la cabine, il y eut un autre coup de revolver, et une balle lui érafla la joue, le faisant chanceler, pendant qu'une des vitres de la cabine volait en éclats. Il tomba à quatre pattes, à l'instant où une autre détonation retentissait.

À travers la vitre, il vit Kara, revolver en main, debout sur la chaussée près de la Buick. Elle détourna vivement son revolver et tira sur Ritchie, qui était penché sur Mac Adams. Corridon, horrifié, vit Ritchie vaciller, laisser tomber son arme et s'écrouler.

Corridon, à quatre pattes, sortit de la cabine.

Comme il levait son pistolet pour tirer sur Kara, elle fit feu la première et son chapeau s'envola. Puis la porte du taxi s'ouvrit brusquement et deux hommes en sortirent qui se précipitèrent sur elle.

— Attention, imbéciles ! hurla Corridon. Barrez la route !

Mais il était trop tard. L'arme à la hanche, elle tira, descendit les deux hommes et sauta dans la Buick. Le chauffeur du taxi tenta bien de la dépasser pour virer devant elle, mais elle l'avait pris de vitesse et il manqua la Buick de plusieurs mètres.

Corridon leva son revolver. La vitre arrière de la Buick éclata ; mais, avant qu'il ait pu tirer de nouveau, elle avait tourné le coin et se trouvait hors de vue.

Il regarda par-dessus son épaule et vit Marian, flanquée de deux policiers en civil, dégringoler les marches du perron de la maison où il l'avait vue entrer. Elle alla vers Ritchie, et Corridon respira en voyant que ce dernier s'était relevé et se tenait l'épaule.

Comme Corridon s'apprêtait à les rejoindre, une voiture de police arriva à toute vitesse et s'arrêta à côté de lui.

— Grimpe, dit Rawlins en ouvrant la portière. On va la rattraper.

Corridon se hissa dans la voiture qui démarra et prit le tournant avec un hurlement de pneus torturés.

— La rattraper ! Bon Dieu ! dit-il, furieux.

J'avais pourtant prévenu Ritchie de la surveiller, et vous la laissez filer !

— Te mets pas dans tous tes états, dit Rawlins, sa figure ronde et rouge illuminée par un rayonnant sourire. Elle n'ira pas loin. Toutes les routes sont barrées.

— Oh ! ne te fais donc pas trop d'illusions, dit Corridon qui cachait son visage douloureux dans ses mains.

Du sang coulait entre ses doigts :

— Ça sera à peu près aussi commode que d'arrêter un express.

La voiture-patrouille s'engouffra dans Kensington Road. Un agent était planté au carrefour. Il désigna sa droite, et le chauffeur de la voiture de police prit la direction indiquée.

— On a posté des hommes tout le long de la route, dit Rawlins. Des centaines de flics qui coûtent cher à la nation. Prends patience, vieux : on l'aura dans une minute ou deux.

— J'espère que tu ne te trompes pas, dit Corridon.

Il s'essuya la figure avec son mouchoir.

— Elle m'a amoché ma belle petite gueule, la garce !

— Ça aurait pu être pire, mon coco, dit Rawlins. Un demi-centimètre de plus et t'allais retrouver tes ancêtres.

— Ton chauffeur ne pourrait pas aller plus vite ? demanda Corridon.

Ce qui était injuste, car l'auto filait dans Knightsbridge Road. Une torche électrique s'allumait et s'éteignait au coin de Sloane Street, et le chauffeur, écrasant la pédale de frein, prit le virage.

— Ça, c'est de l'organisation ! dit Rawlins, parfaitement à l'aise. Je t'avais bien dit de ne pas t'en faire. Elle peut pas s'en sortir.

— Quand elle sera derrière les barreaux, je te croirai, grogna Corridon, pas avant.

— L'ennui, avec toi, dit Rawlins, c'est que t'es un sceptique.

— La voilà, chef, dit soudain le chauffeur. Et il alluma ses phares.

II

Les deux longs faisceaux de lumière enveloppèrent l'arrière de la Buick qui descendait Sloane Street.

— Doucement, dit Rawlins au chauffeur. Il va y avoir de la casse.

— Avec elle au volant, pas question, dit Corridon, amer. Elle conduit trop bien.

Et il passa la tête par la portière pour mieux voir.

Il aperçut deux voitures de police disposées en travers de la rue. La Buick ne ralentit pas le moins du monde. Kara avait également allumé ses phares. Corridon distinguait quatre policiers qui lui faisaient signe d'arrêter en agitant leurs torches. Ils se tenaient devant leurs voitures, persuadés qu'elle allait freiner, et Corridon aurait voulu leur crier de déguerpir, mais il savait qu'ils ne l'entendraient pas avant qu'il ne soit trop tard.

La Buick fonçait sur eux en bolide. Quand elle fut presque sur eux, elle vira, bondit sur le trottoir et passa à travers la brèche comme un éclair.

— Merde ! Je vous l'avais dit ! fit Corridon, écœuré, en se laissant retomber sur son siège.

Le chauffeur freina et les pneus gémirent.

— Suis ! Suis ! gueula Rawlins, perdant son calme. Suis-la !

— Tu parles comme on va la rattraper, maintenant ! dit Corridon au moment où le chauffeur de la police montait sur le trottoir en frôlant l'arrière d'une des voitures qui bloquaient la route.

Une fois au large, il appuya sur le champignon, mais plus de trace de la Buick.

— Ça, oui, elle sait conduire, dit Rawlins en secouant un paquet de cigarettes froissé pour en prendre une. Mais elle ne s'échappera pas quand même. Ce quartier est aussi bourré de flics qu'un Irlandais de whisky, un samedi soir.

— Si c'est aussi efficace que ta dernière barricade, elle n'en fera qu'une bouchée, dit Corridon en chipant une cigarette dans le paquet de Rawlins.

En l'allumant, il vit scintiller d'autres lumières. Celles des policiers qui, postés sur le trottoir, signalaient le passage de la Buick.

— Elle est repartie vers le Park, dit Rawlins comme ils enfilaient Kings Road. Elle peut tourner et virer tant qu'elle veut, elle ne s'en sortira pas.

— Je voudrais bien partager ta confiance de

tête de lard, dit Corridon. Moi, je te parie qu'elle y arrivera.

— Un shilling que non, mon vieux, dit Rawlins d'un ton léger. Mais, si elle continue à ce train-là, elle va se tuer.

— Elle en emmènera quelques-uns avec elle, dit Corridon, inquiet. C'est elle la pire du lot.

Il reprit :

— J'espère que Ritchie n'est pas gravement atteint.

— Touché à l'épaule, dit Rawlins. À en juger par sa façon de s'exprimer, ça va. D'ailleurs, ça lui fera du bien de se reposer un peu.

Il s'interrompit en voyant une nouvelle torche électrique clignoter du côté de Sidney Street :

— Qu'est-ce que je t'avais dit ? continua-t-il, tout rayonnant, comme la voiture de police enfilait la petite rue étroite et sombre. Elle retourne vers le Park ! On lui a préparé un bon petit traquenard dans Fulham Road.

— La Buick devant, chef, dit le chauffeur, qui ralluma les phares.

La Buick allait un peu moins vite maintenant, mais, dès que les phares de la voiture de police la touchèrent, elle accéléra et vira à toute vitesse dans Fulham Road.

La voiture de police suivit et la chasse continua dans Brompton Road. Tout à coup, une autre voiture de police apparut à un tournant, assez éloigné, et se dirigea en plein sur la Buick.

— Le coup du bélier, dit Rawlins en se penchant en avant. C'est Hillary qui conduit. Y en a pas deux…

Il s'interrompit avec un juron en voyant la Buick chasser brusquement. La voiture de patrouille, qui avait prévu le mouvement, vira du même côté. Il y eut un fracas grinçant et la voiture de police oscilla violemment au moment où la Buick lui rentrait dedans par le côté. La Buick continua, mais la voiture de la police pivota sur elle-même au milieu de la chaussée et alla s'écraser contre un réverbère avec un bruit sourd.

— Simple petit coup de coude ! dit Corridon, sarcastique.

— C'est un poids lourd qu'il faut contre une voiture de cette taille.

Rawlins avait perdu son sourire.

— Il ne me reste plus que deux bagnoles pour la stopper, dit-il, tout à coup très embêté. S'ils ne peuvent pas l'arrêter…

— Tu perds ton shilling.

Rawlins se pencha vers le chauffeur.

— Il faut y aller, maintenant, vieux. Vois si tu peux te ranger à sa hauteur et la coincer contre le trottoir.

— On va enfin rigoler, dit Corridon. Ça ne te ferait rien d'arrêter pour que je sorte avant que t'ailles te faire tuer ?

— La ferme ! dit Rawlins, tout son sens de l'humour envolé. J'ai donné à Ritchie ma parole qu'elle ne filerait pas.

La voiture bondit, mais malgré son allure rapide, elle ne pouvait rattraper la Buick. Les deux voitures s'engouffrèrent dans Brompton et Knightsbridge Road.

— Elle t'a bien eu, dit Corridon. La seule chose

qui reste à faire, c'est de continuer à la suivre en espérant qu'elle fasse une boulette.

À peine finissait-il ces mots que tout à coup, d'un tournant invisible, un camion chargé de briques déboucha sur la chaussée. Sans doute le chauffeur était-il pressé et ne s'attendait-il pas à ça ; ou bien était-il loin de s'attendre à trouver de la circulation à cette heure de la nuit. Il jaillit dans l'artère principale, juste sur le trajet de la Buick.

— Ça y est, elle déguste, haleta Corridon pendant que le chauffeur de la police écrasait son frein.

La Buick dévia brusquement, hurlant des pneus, soulevée sur deux roues. Corridon entrevit Kara qui se débattait avec le volant. Le nez du camion accrocha le pare-chocs arrière de la Buick et la rejeta sur le côté. L'espace d'une seconde, Corridon crut qu'elle allait verser mais, on ne sait comment, Kara parvint à la redresser. Sa vitesse était cependant beaucoup trop grande pour qu'elle pût la contrôler entièrement. Elle monta sur le trottoir. Il la vit tourner frénétiquement le volant pour corriger l'embardée, puis la voiture s'engouffra de biais dans la vitrine d'un grand magasin de Knightsbridge, se fraya un chemin à travers les mannequins de cire qui décoraient la vitrine, passa à grand fracas à travers la cloison de bois du fond de l'étalage et pénétra dans le magasin en écrasant tout sur son passage.

Pendant ce temps, la voiture de police s'était arrêtée, et Corridon et Rawlins s'en extrayaient.

— Rassemblez tous les hommes disponibles,

dit Rawlins au chauffeur. Cernez l'endroit. Et que ça saute !

Il se mit à courir vers la vitrine brisée. Corridon se joignit à lui.

— T'as un revolver ? demanda-t-il, tandis qu'ils s'approchaient du trou noir et béant qui était, à peine deux secondes plus tôt, une vitrine élégamment décorée.

— Non. Et toi ?

— Tu parles, que j'en ai un ! J'entre le premier. Cette femme est dangereuse.

— Sottises ! dit Rawlins avec bonne humeur. Nous ne voulons pas de mitrai...

Comme il disait ces mots, un coup de revolver retentit et une balle lui érafla le visage, lui marquant la joue d'une tache bleue.

— Tu n'en veux peut-être pas, mais tu en auras !

Rawlins fit un bond de côté et s'élança dans le grand hall sombre du magasin. Il s'abrita derrière un comptoir.

Corridon le rejoignit.

— Et maintenant, écoutez-moi, jeune dame, hurla Rawlins dans l'obscurité. Tout ça ne vous mènera à rien. Mieux vaut vous rendre. Nous ne vous ferons aucun mal.

Corridon ricana :

— Pas la peine de te fatiguer. Si tu t'approches d'elle, c'est à toi que ça fera mal, dit-il. Elle est costaud comme un cheval.

— C'est ce qu'on va voir, dit Rawlins en avançant précautionneusement le long du comptoir.

Corridon le laissa aller. Il savait combien Kara

était dangereuse, une fois acculée, et il ne voulait rien risquer. Revolver au poing, il scruta l'obscurité, à peine atténuée par les lumières distantes de la rue. Il crut voir bouger quelque chose près de l'épave de la Buick. Sa main palpa le dessus du comptoir jusqu'à ce que ses doigts se referment sur un vase de verre. Il le saisit et le balança sur la forme sombre qu'il voyait, à moitié en imagination, accroupie près de la Buick. Il entendit un cri étouffé et, en même temps, un coup de revolver marqua l'atterrissage du vase et une balle siffla désagréablement près de son crâne. Il vit Kara quitter sa cachette et courir le long du passage bordé des deux côtés par des comptoirs à dessus de glace.

— La voilà ! cria-t-il à Rawlins et, quittant son abri, il s'élança derrière elle.

Au bout de l'allée, elle pivota brusquement et lui tira dessus, mais il avait prévu le coup. Au moment où elle se retournait, il tomba à quatre pattes et tira avant qu'elle puisse modifier son tir. Elle se jeta de côté, plongea derrière le comptoir et rampa vers une autre allée.

— Ne l'abîme pas ! hurla Rawlins, qui se précipitait dans le passage derrière Corridon.

Corridon ne l'attendit pas, mais continua la poursuite. Il la vit se jeter dans un autre grand hall qui semblait peuplé de formes sombres. Il s'immobilisa sur le seuil et tenta de percer l'obscurité. Les formes qu'il entrevoyait étaient des mannequins vêtus de robes et il se rendit compte aussitôt du danger qu'il y avait à entrer en cet endroit où chaque silhouette pouvait être Kara. Il recula avec précaution et attendit que Rawlins le rejoigne.

Rawlins arriva, soufflant bruyamment.

— Elle est quelque part là-dedans, murmura Corridon. Mieux vaut ne pas y aller. Sans lumière, elle peut nous descendre comme au jeu de massacre.

Rawlins jeta un coup d'œil dans la salle et fit la grimace.

— Mes hommes doivent être prêts, maintenant. Elle ne peut plus filer. Je vais faire allumer.

— Si seulement tu étais un peu moins prétentieux, dit Corridon. Tu me répètes qu'elle ne peut plus filer, mais tu l'as pas encore attrapée.

— Elle a pas encore filé, quand même, dit Rawlins. Attends ici et ne la perds pas de vue. Je vais allumer.

Il s'éloigna à une vitesse surprenante pour un homme de son gabarit. Corridon regarda dans le hall. Rien ne bougeait et il n'entendit aucun bruit. C'était une chose étrange que de scruter l'obscurité de ce vaste hall peuplé de silhouettes sombres, sans savoir laquelle était Kara. Il savait que, dès que les lumières jailliraient, elle essaierait de se frayer un chemin à coups de revolver, plus enragée et plus dangereuse qu'un renard pris au piège. S'il pouvait seulement l'attraper avant que les lumières ne s'allument, il sauverait un certain nombre d'existences.

Il examina la pièce. À sa droite, un passage s'enfonçait dans l'obscurité, à sa gauche une estrade élevée sur laquelle se trouvaient un certain nombre de mannequins. Devant lui, un espace libre, puis une autre estrade avec d'autres mannequins. « Elle peut être n'importe où », pensa-t-il.

Il décida de risquer le coup et avança lentement et sans bruit dans le hall.

Une fois l'entrée dépassée, il s'arrêta, le cœur battant. Au loin, dans le magasin, il entendait un faible bruit de voix et, de temps en temps, un appel éloigné. Il devina que les policiers cherchaient les interrupteurs principaux. Le temps passait. Il fit deux pas prudents, puis s'arrêta pour écouter encore. Tout à coup, il entendit un bruit derrière lui, mais, avant qu'il ait pu se retourner, des mains glacées l'attrapèrent à la base du cou et un genou s'enfonça dans sa colonne vertébrale. Il tomba, lâchant son revolver. Un poids pesant l'écrasa au sol et des doigts d'acier s'enfoncèrent dans sa gorge.

III

Péniblement, Corridon se remit sur les genoux avec Kara qui, agrippée à lui, les doigts plongés dans sa chair, l'étranglait. Il leva les mains, cherchant sa tête, mais elle se penchait en arrière, grondant comme un chat sauvage, accentuant la pression. Il savait que, dans un bref instant, il aurait perdu connaissance et serait à sa merci. Il se rejeta en arrière et se laissa aller. Il était trop lourd pour que Kara puisse le retenir et, lorsqu'ils s'abattirent sur le sol, les doigts se détachèrent de sa gorge. Comme elle s'éloignait, en roulant sur elle-même, il se retourna d'un coup de reins, projeta ses jambes en avant et emprisonna une des siennes. Il serra et, se lançant sur le côté, fit tomber Kara sur lui. Elle le frappait à coups de poings sur le crâne, comme un vrai marteau-pilon. Il se dégagea, mais elle était debout avant qu'il se soit mis sur les genoux. Elle lança un coup de pied, et la pointe de son soulier frappa Corridon à la tempe le laissant étourdi. Sans savoir ce qu'il faisait, il roula vers elle, amortissant un second coup. Ses mains tâtonnèrent à la recherche des jambes de Kara, les agrippèrent et, de nouveau, il la fit choir sur lui. Elle se mit derechef à lui marteler la tête, mais, cette fois, il réussit à placer un crochet du droit qui l'envoya rouler loin de lui. La lumière se fit tout à coup. Tous deux se remirent debout tant bien que mal. Elle porta la main à sa poche revolver, au moment où Corridon s'élançait sur elle. Elle avait l'arme en main lorsqu'ils s'écroulèrent une fois de plus, formant un paquet hérissé de bras et de jambes qui gigotaient furieusement. Il tenta d'attraper son poignet mais, d'un coup de crosse sur le crâne, elle l'estourbit. Elle lui glissa des mains au moment où Rawlins et un policier se précipitaient vers eux.

Kara roula hors d'atteinte, leva le revolver et tira sur l'agent qui chargeait lourdement. Il tomba de côté, sur Rawlins qu'il fit choir à quatre pattes.

Kara était debout maintenant, et Rawlins se relevait péniblement, s'attendant à recevoir un pruneau, mais il la vit filer comme une flèche le long du passage qui menait à un second hall immense.

Corridon se releva avec lenteur et secoua la tête, toujours étourdi. Rawlins se penchait sur l'agent. Corridon n'attendit pas. D'un pas légèrement vacillant, il courut derrière Kara, et eut le temps de la voir s'élancer dans un escalier. Il arriva au pied des marches au moment où elle atteignait le premier. Il la suivit. Quand il se trouva à mi-chemin, elle s'arrêta tout à coup, se pencha par-dessus la rampe et tira. Mais elle était à bout de souffle et trop pressée : la balle le manqua. Corridon leva son arme, mais elle se rejeta en arrière et se remit à grimper avant qu'il puisse faire feu sur elle. Il reprit la poursuite.

Escorté de trois policiers en uniforme, Rawlins montait pesamment derrière lui. Ils atteignirent le palier au moment où Corridon parvenait à la moitié du second étage.

Quand Kara fut au quatrième, elle s'arrêta une fois de plus pour se pencher par-dessus la rampe ; Corridon l'attendait. Il tira le premier. Mais le souffle lui manquait, à lui aussi, et il était trop secoué pour viser juste. Elle se rejeta en arrière, hors de vue ; il l'entendit monter au cinquième. Haletant, il suivit et, accélérant l'allure, il eut le temps de la voir ouvrir une porte battante et disparaître dans le rayon des meubles.

Il atteignit la porte et s'arrêta pour jeter un coup d'œil dans la salle brillamment éclairée. Là, c'était encore plus dangereux, car elle disposait d'une protection illimitée. Des armoires, des commodes à tiroirs, de grands buffets massifs bouchaient la vue.

Elle s'était arrêtée et se cachait. Il n'essaya pas d'entrer, sachant qu'il constituait une cible idéale. Il attendit Rawlins et ses trois hommes.

Quelques secondes plus tard, ils arrivèrent, essoufflés, en haut de l'escalier.

— N'entrez pas là-dedans comme des abrutis, dit Corridon. Elle couvre la porte.

Rawlins sortit son mouchoir et essuya son visage ruisselant. L'ascension au pas de course des cinq étages l'avait complètement épuisé.

— Ce rayon n'a pas de porte de sortie, dit un sergent. J'ai examiné le plan du bâtiment.

— Eh bien, c'est déjà ça, dit Corridon avec un ricanement. Mais, si elle ne peut pas sortir, nous, on ne peut pas entrer. Qu'est-ce que vous comptez faire ?

— Attendre un peu que je reprenne mon souffle, haleta Rawlins.

— Jouer à cache-cache là-dedans, ça va pas être très marrant, dit Corridon. (Il se glissa une fois de plus jusqu'à la porte battante et jeta un regard prudent dans la salle.) Il vaut mieux éteindre, sinon, on ne pourra jamais passer la porte.

Rawlins approuva du chef :

— Jackson, descends aux interrupteurs. Éteins tout, attends trois minutes et rallume, dit-il, le souffle court.

— J'ai peur qu'elle ne trouve un téléphone là-dedans et qu'elle ne prévienne Homer, dit Corridon comme un des agents dégringolait l'escalier quatre à quatre. Il y a sûrement un téléphone quelque part, dans ce rayon.

— J'y ai pensé, fit Rawlins en continuant à s'essuyer la figure. J'ai collé un homme au standard. À moins qu'il n'y ait ici un téléphone communiquant directement avec l'extérieur, elle ne pourra pas appeler.

Ils écoutèrent les pas pesants de Jackson descendre de palier en palier.

— J'aimerais bien qu'il se grouille un peu, dit Corridon en regardant de nouveau prudemment à travers les portes de verre. À propos, des nouvelles de Ritchie ?

— Il va bien, monsieur, dit le sergent. Rien qu'une blessure légère. Le type avec les lunettes a un bras cassé, mais le jeune est mort.

Corridon grogna. Il jeta un coup d'œil à sa montre. Onze heures moins dix. Encore une heure avant son rendez-vous avec Ames.

Tout à coup, les lumières s'éteignirent.

— Parfait, dit Rawlins. Attention à ce que vous faites. Une fois entrés, dispersez-vous et abritez-vous.

Pendant qu'il parlait, Corridon ouvrait la porte et, tout recroquevillé, s'élançait vivement dans l'obscurité. Il se dirigea vers un lourd coffre de chêne repéré avant que les lumières ne s'éteignent et, quand il y parvint, il s'agenouilla derrière en attendant qu'on rallume. Il entendit les policiers s'installer. Les minutes passèrent lentement ; puis les lumières brusquement se rallumèrent.

Corridon examina prudemment les environs du coffre et vit Rawlins qui, planté derrière une armoire, scrutait aussi la forêt de meubles. Pas trace de Kara, pas un mouvement suspect.

Ils attendirent, sachant qu'aussitôt qu'ils se montreraient, elle tirerait. Situation énervante, mais Rawlins ne pouvait pas rester en place bien longtemps. Il sortit de sa cachette et plongea rapidement derrière une desserte.

— Hé ! là-bas ! appela-t-il. Rendez-vous, bon sang ! Vous ne pourrez pas vous sauver !

Corridon grimaça un sourire. Rawlins ne connaissait pas Kara. Corridon savait qu'elle n'abandonnerait pas. À croupetons, il se déplaça dans le passage, revolver au poing. À mi-chemin de la longue allée, il perçut un mouvement et se jeta de côté derrière une commode au moment où claquait le revolver de Kara. Elle le manqua de peu. La balle emporta le talon de son soulier.

Il resta à couvert en voyant que le sergent, le visage tendu, se frayait prudemment un passage d'un meuble à l'autre, en direction du fond de la salle. De l'autre côté, un second policier se déplaçait dans la même direction. Lentement, avec prudence, ils resserraient le filet.

Soudain, on entendit un cri et Corridon bondit sur ses pieds pour voir Kara filer à toute vitesse le long du passage. Il leva vivement son revolver, mais Rawlins lui sauta dessus et lui saisit le poignet.

— Je la veux vivante, dit-il en abaissant le bras de Corridon.

— Tu peux toujours y compter, dit Corridon, observant Kara qui s'enfuyait dans une pièce au fond du passage.

La porte claqua et on entendit un bruit de verrou tiré. En lettres d'or, sur la porte, on lisait : « Bureau d'achats » et, au-dessous, « Représentants. Sur rendez-vous seulement ».

— Tu baisses, dit Corridon, qui arracha d'une torsion son poignet à l'étreinte de Rawlins. Tu peux être sûr qu'il y a un téléphone là-dedans.

Il se précipita sur la porte et lui donna un grand coup d'épaule. Une détonation retentit et une balle passa à travers le panneau, le ratant de quelques centimètres. Il sauta en arrière évitant de justesse une autre balle.

— Attention ! cria Rawlins sans nécessité aucune.

Corridon se retourna rapidement et courut à une fenêtre. L'ouvrant d'une secousse, il se pencha dehors. Une corniche étroite offrait un point d'appui incertain jusqu'à la fenêtre du bureau où Kara s'était enfermée.

— Cogne sur la porte pour détourner son attention, dit-il à Rawlins, je vais voir si je ne peux pas l'attraper par là.

— Hé ! une minute ! C'est moi qui y vais !

Mais Corridon avait déjà sauté par la fenêtre et atterri sur la corniche. Son revolver dans la main droite et le dos appuyé au mur du bâtiment, il commença d'avancer en crabe sur la corniche étroite, sentant la rue à quelques dizaines de mètres en dessous... Il entendit les policiers asséner des coups de matraque sur la porte. Quatre pas prudents l'amenèrent à la fenêtre. Kara lui tournait le dos et son doigt composait un numéro sur le cadran du téléphone. Elle avait posé son revolver sur le bureau.

Il ne pouvait se résoudre à la tuer de sang-froid, mais il savait qu'il fallait l'arrêter sur-le-champ. Il se tourna de côté, s'accroupit et se jeta contre la vitre. Il tomba dans la pièce dans un fracas de verre brisé.

Kara laissa tomber l'appareil et saisit son revolver au moment où Corridon la plaquait au sol. Il l'écrasa sous lui tandis que la lourde épaule de Rawlins martelait la porte.

Kara luttait comme un chat sauvage, griffant le visage de Corridon. Il y allait de tout son poids, mais ne réussit qu'à la maintenir à terre. La porte s'ouvrit brusquement. Et Rawlins entra, suivi des agents.

Ils s'emparèrent de Kara, lui arrachèrent Corridon et lui passèrent les menottes. Pendant qu'ils la clouaient au mur, Corridon remit tranquillement en place le récepteur du téléphone.

— Espèce d'ignoble traître ! lui cria Kara, en se débattant furieusement. Je leur avais bien dit de ne pas te faire confiance !

— Ça va, dit brutalement Rawlins. Emmenez-la.

Comme ils la traînaient dehors, elle cracha au visage de Corridon, les yeux étincelants de rage et de haine.

IV

— Il est temps que je me barre, dit Corridon.

Il était debout au bord du trottoir. Le car de police emmenant Kara au commissariat venait de démarrer. Rawlins, qui aspirait avec délices la fumée d'une cigarette, se tenait à côté de lui.

— Ritchie connaît la marche à suivre, reprit Corridon. À l'heure qu'il est, la nouvelle de sa mort doit être parvenue à tous les journaux. J'espère qu'ils mettront le paquet. Il faut que ce soit convaincant.

— Ça le sera, dit Rawlins. Quels sont tes projets, maintenant ?

— Je retrouve Ames et on retourne à Baintrees. J'espère qu'ils me feront membre et, avec un peu de chance, j'apprendrai qui est derrière toute la combine. Une fois que je le saurai, ça me sera facile de l'arrêter.

Rawlins le regarda d'un air dubitatif.

— Je n'ai pas l'impression que tu retires grand-chose de toute cette histoire, dit-il. Ça ne te ressemble pas. Je croyais que tu ne travaillais que pour la grosse galette ?

Corridon prit un air innocent :

— Je suis patriote, fit-il avec un clin d'œil. En plus, il se pourrait qu'il y ait quand même du fric à ramasser avec un peu de chance.

— À propos de fric, dit Rawlins, tu me dois un shilling, et il avança une énorme patte velue.

— Dépense pas tout à la fois, dit Corridon en lui tendant la pièce. Maintenant, je file. Évitez que la petite Howard n'approche de Baintrees. C'est un coin dangereux.

Rawlins jeta la pièce en l'air et la rattrapa.

— Elle est assez grande pour se débrouiller toute seule, dit-il. Elle tient de Ritchie.

— On dirait. Tout de même, empêche-la de trop s'exposer. Fais mes amitiés à Ritchie.

Corridon disparut dans le noir, laissant derrière lui une foule s'entasser devant la vitrine brisée du magasin, tandis que des agents essayaient vainement de faire circuler.

Il était onze heures et demie. Il traversa rapidement le parc vers la sortie de Marble Arch. À contrecœur, il avait laissé à Rawlins le Smith and Wesson, pensant bien que, si Ames le découvrait sur lui, cela éveillerait ses soupçons.

Au fur et à mesure qu'il se rapprochait de Marble Arch, il cherchait la Humbler de Ames. Il l'aperçut, arrêtée dans l'ombre à peu de distance de la porte. Ames se tenait debout à côté une cigarette allumée aux doigts. Sitôt qu'il vit Corridon, il lui fit signe et monta dans la voiture. Corridon le rejoignit.

— Où sont les autres ? demanda Ames.

Son visage était tendu et dur ; Corridon devina que la longue attente lui avait mis les nerfs à vif.

— Mac et Chicho sont morts ou prisonniers, dit Corridon. Je ne sais pas ce qu'est devenue Kara.

— Et Ritchie ?

— Il est mort.

Ames se retourna sur son siège pour regarder Corridon droit dans les yeux.

— Vous en êtes sûr ?

— Et comment que j'en suis sûr ! dit Corridon, irrité. Chicho lui a envoyé une balle dans le crâne.

— Qu'est-ce qui s'est passé ?

Corridon se pencha en avant pour regarder sa montre à la lumière d'un réverbère. Il était minuit moins deux.

— On a eu de la chance d'arriver à le descendre, dit-il. Ritchie avait deux gardes du corps armés. Ne me demandez pas pourquoi. Il ne les a jamais eus pendant la guerre. La première balle de Chicho l'a descendu. Et puis les deux gardes ont ouvert le feu. Ils ont descendu Mac et lui. J'ai foutu le camp de ma cabine téléphonique. Ils m'ont tiré dessus et m'ont raté d'un poil. Kara a démarré sans m'attendre. Et j'ai eu un boulot du diable pour les semer.

Ames regarda sa montre.

— Minuit. On attend encore ?

Corridon secoua la tête.

— Non. Si elle a filé, elle doit être à Baintrees, à l'heure qu'il est. Partons.

Ames posa sa main sur les genoux de Corridon.

— Bon travail, dit-il. Vous verrez que nous ne sommes pas des ingrats. Désormais, vous êtes membre de l'organisation et vous pouvez aller où bon vous semble.

— Tout est au poil, du moment que je récolte la seconde moitié de mon fric, dit Corridon d'un ton détaché. Allons-y. Je prendrais bien un verre.

Et, tandis qu'Ames filait vers Shepherd's Bush, Corridon se demandait, un peu mal à l'aise, comment ça se passait pour Kara.

CHAPITRE IX

I

Corridon était assis en plein sous le faisceau éblouissant de la lampe du bureau d'Homer. Derrière la lampe, à moitié dissimulés dans l'obscurité, Homer et Diestl l'observaient, cependant qu'Ames, énervé, marchait de long en large dans le fond de la pièce.

— Alors, Kara s'est sauvée, dit Diestl. Franchement, vous me ferez difficilement croire ça.

— Pas à moi, dit Ames en s'arrêtant. On ne peut pas compter sur ces Polonaises. De plus, elle ne peut pas sentir Corridon.

— Qu'est-ce que ça a à voir ? demanda Homer en lançant par-dessus son épaule un regard interrogateur à Ames.

— Elle a vu Corridon dans une passe difficile et elle l'a laissé se débrouiller. Ce que je n'arrive pas à comprendre, c'est pourquoi elle n'est pas rentrée.

— Probable que la police l'a pincée, dit Corridon. Ce n'est pas facile de filer avec une voiture. C'est pour ça que j'avais eu l'idée de laisser la Buick dans le parc. Vous voyez ! Elle n'a pas exécuté mes ordres, à elle d'en subir les conséquences !

— Et j'ai encore plus de mal à croire que la police l'a pincée, dit Diestl. N'est-ce pas le moment où Fraser doit appeler ? reprit-il en se tournant vers Homer.

— Il devrait le faire d'une minute à l'autre.

Homer jeta un regard à sa pendule de bureau.

— Je lui ai dit que je voulais un rapport complet. Il se peut qu'il éprouve quelques difficultés à se renseigner sur ce qui est arrivé à Kara.

— Vous avez l'air déçus, tous les deux, dit Corridon d'un air détaché. Je vous avais prévenus que vous ne pourriez pas vous débarrasser de Ritchie sans payer le prix fort.

— Oui.

Diestl alluma une cigarette. La flamme de l'allumette éclaira sa face mince et dure.

— Mais nous n'avons que votre parole comme preuve de la mort de Ritchie.

— Qu'est-ce qui vous prend ? demanda Ames, s'approchant du bureau. Du moment que moi j'y crois, vous devriez y croire aussi. C'était un travail très dangereux et très difficile. Corridon s'en est bien tiré.

— Si Ritchie est vraiment mort, il s'en est bien tiré, dit Diestl. Mais je préfère attendre confirmation.

Corridon porta la main à sa joue balafrée. Il s'attendait à leur méfiance. Il ne s'en inquiétait pas. Il savait qu'il pouvait se fier à Rawlins pour répandre le bruit de la mort de Ritchie.

Quelques minutes, ils restèrent assis en silence, puis le téléphone sonna et Homer prit le récepteur.

— Oui ?

Il fit un signe de tête à Diestl.

— C'est Fraser, dit-il, puis il reprit dans le récepteur : Allez-y. J'écoute.

Il écoutait assis, le visage impénétrable, encadré par Diestl et Ames, et Corridon se détendit sur sa chaise. « Pas mal de choses dépendent de ce rapport », pensa-t-il. Du moins, il lui semblait avoir gagné Ames à sa cause. Diestl restait soupçonneux, Homer un peu flottant, mais Ames avait accepté la version de Corridon sans hésiter, et, après tout, des trois, Ames était le plus à craindre.

Homer écouta un bon moment. De temps en temps, il grognait et se penchait pour griffonner sur un bloc. Enfin, il dit :

— Faites-moi savoir immédiatement s'il y a d'autres nouvelles, et il raccrocha.

— Eh bien ? demanda Diestl avec impatience. Ritchie est mort ?

Homer fit signe que oui. Il y avait une lueur de triomphe dans son regard.

— Aucun doute possible. Fraser a parlé à Rawlins lui-même. Ce sera dans les journaux demain.

Silencieusement, Corridon poussa un soupir de soulagement.

— Et Kara ? demanda Diestl.

— Elle est dans les mains de la police. L'histoire de Corridon est parfaitement exacte. Elle s'est sauvée immédiatement après la fusillade.

On l'a poursuivie et elle est entrée dans un magasin de Knightsbridge. Elle est au commissariat de Hammersmith.

— Et Mac Adams ?

— Il y est aussi. Chicho est mort.

Diestl fit la grimace.

— Pensez-vous que ces deux-là parleront ?

— Pas Kara, dit Ames, mais Mac Adams peut-être. Je crois que nous devrions faire quelque chose.

— Mais quoi ? demanda Homer. Que pouvons-nous faire ?

Ames sourit.

— Il aura besoin d'un avocat, et les avocats ont des serviettes. Quoi de plus facile que de mettre une bombe dans la serviette, qui explosera quand il l'ouvrira ? La bombe peut être toute petite.

— Oui.

Il regarda Corridon.

— Pourriez-vous fabriquer une bombe de ce genre ?

— Je pourrais, mais n'est-ce pas un peu vache pour l'avocat ? fit observer Corridon d'un ton sec.

— Ça sera son jour de déveine, répondit Ames en éclatant de rire. Vous fabriquerez la bombe, et je me charge de la faire déposer dans la serviette.

— Et Kara ? demanda Diestl.

— Il faut que je réfléchisse pour Kara, dit Ames, en enfonçant ses mains dans ses poches. Il doit être possible de la faire sortir de prison. Elle vaut la peine qu'on se donne du mal. Elle conduit comme personne. Je crois qu'il va falloir faire quelque chose pour elle.

Homer grimaça un sourire qui fit étinceler ses dents jaunes et, s'adressant à Corridon.

— Et maintenant, monsieur Corridon, je suis persuadé que toute cette agitation a dû vous épuiser et que vous serez heureux de vous mettre au lit. Vous avez fort bien travaillé. Nous sommes contents de vous. Vous pouvez maintenant vous considérer comme un membre actif de cette organisation. Vous êtes libre d'aller où vous voulez. Nous prendrons nos dispositions demain pour vous régler les cinq cents livres que nous vous devons. Si vous voulez bien préparer cette petite bombe et la donner à Ames, vous nous obligerez. Dans quelques jours, nous vous confierons une autre mission, et soyez assuré que nous vous paierons tout aussi généreusement.

Corridon se leva.

— C'est parfait, dit-il avec un sourire à Homer. Votre jour sera le mien.

Homer continua :

— Bien que votre liberté de mouvements soit illimitée, en ce qui nous concerne, n'oubliez pas que la police est toujours à votre recherche, au sujet du meurtre de Lemmon. Soyez prudent.

— Est-ce que ça ne serait pas le moment de vous occuper un peu de ça ? fit Corridon. Pour que je vous sois utile, il me faut une complète liberté d'action.

— Je ne vois pas ce que nous pourrions faire, dit Homer, mais peut-être Ames a-t-il une idée ?

— Corridon a raison. Si nous voulons qu'il

nous soit vraiment utile, nous devons l'innocenter de ce meurtre. Après tout, Martha a réussi son coup. Je crois que nous pouvons nous débarrasser d'elle. Un suicide avec une confession complète innocenterait Corridon. Je vais m'en occuper.

— Vous voyez, monsieur Corridon, dit Homer souriant, il n'est pas de problème que notre ami Ames ne soit en mesure de résoudre. Mais jusqu'à ce qu'elle ait été expédiée, peut-être est-il plus sûr pour vous de ne pas vous aventurer trop loin.

— C'est entendu, dit Corridon.

— Le chef sera tenu au courant de votre réussite, dit Homer. Je ne doute pas qu'il ne souhaite faire votre connaissance et vous féliciter lui-même. Il est possible qu'il vienne nous voir demain. Je lui demanderai s'il désire vous rencontrer.

Corridon resta impassible.

— Comme il voudra. Eh bien, je vais me coucher.

Comme il se dirigeait vers la porte, les lumières de la pièce clignotèrent, s'éteignirent et se rallumèrent.

— Quelqu'un est entré dans le parc ! dit Ames en bondissant vers la porte.

— Que font les gardiens ? dit Homer, en blêmissant.

Il se leva vivement.

— Comment pourrait-on franchir la clôture ?

Ames ne prit pas la peine de lui répondre, mais, empoignant le bras de Corridon, il le poussa dans le corridor qui menait à l'entrée.

— C'est le signal, expliqua-t-il en ouvrant la

porte d'entrée. On a traversé la zone de l'œil électrique. Prenez le sentier de droite, je prends celui de gauche. Tenez, et il fourra un petit automatique dans la main de Corridon. Ne vous en servez pas à moins d'y être forcé. Quel que soit le type, je le veux vivant,

— Et les chiens ? demanda Corridon, peu emballé à l'idée de renouveler la rencontre.

— Laissez donc, dit Ames avec impatience. Ils seront avec les gardiens. Allez-y, vite !

Il s'éloigna en courant dans l'allée, et Corridon, après un coup d'œil rapide à gauche et à droite, prit l'allée menant dans la direction opposée.

« Qui cela peut-il être ? » se demandait-il en avançant silencieusement dans l'obscurité, l'oreille dressée et scrutant l'ombre dense. Il avait prévenu Rawlins de ne pas s'approcher. Mais peut-être qu'un des prisonniers s'était échappé de la maison.

En approchant du bosquet de rhododendrons, il quitta l'allée et traversa la pelouse. Au loin, sur sa gauche, il entendit des chiens aboyer et il fit la grimace. Il espérait que les gardiens savaient que Ames et lui se baladaient dans le parc et qu'ils ne lâcheraient pas les chiens.

Sans bruit, il se fraya un chemin à travers les buissons géants. Tout à coup, il s'arrêta pour écouter. Il lui avait semblé entendre des pas non loin de lui. Au moment où il s'immobilisait, une silhouette sombre fila vers une cachette.

— Stop ou je tire ! s'écria-t-il.

— Martin !

Il se raidit. Le choc de cette voix lui faisait l'effet d'un coup de poing dans la figure.

— Marian !

Elle apparut et se suspendit à son bras.

— Sacrée cinglée ! dit-il à voix basse. Ils savent que vous êtes ici et ils vous recherchent. Il faut que vous sortiez immédiatement.

— Écoutez, Martin, dit-elle en secouant son bras. Il fallait que je vienne. Kara s'est échappée. Elle peut s'amener d'un moment à l'autre.

II

Avant qu'il ait eu le temps de comprendre le sens de ces paroles, il entendit quelqu'un accourir vers eux.

— Filez vite ! chuchota-t-il, mais, avant qu'elle pût esquisser un mouvement, Ames surgit des buissons derrière eux.

S'il l'aidait à fuir maintenant, pensa Corridon, son espoir de connaître l'identité du chef et d'anéantir l'organisation était foutu. Il maudit Ritchie et Rawlins qui avaient laissé entrer la jeune fille dans le parc. Il fallait qu'il décide de ce qu'il allait sacrifier, elle ou la mission entreprise. Il se souvint qu'il avait dit à Ritchie : « Si je dois arriver jusqu'à la tête de l'organisation, pas question de protéger qui que ce soit. » Et, bien que Marian fût sa nièce, Ritchie aurait donné la priorité à la mission.

Il saisit Marian par le bras, tandis qu'Ames s'approchait d'eux.

— Elle m'est rentrée en plein dedans, dit-il, puis, se tournant vers Marian, en la secouant légèrement, il demanda : Qui êtes-vous et qu'est-ce que vous fabriquez ici ?

Ames projeta le rayon de sa lampe électrique sur le visage de Marian.

— Parlez ! gronda-t-il. Qu'est-ce que vous faites ici ?

— Je voulais voir la maison, dit Marian d'une voix froide et calme. Est-il nécessaire que vous me sautiez dessus tous deux, comme si j'étais un cambrioleur ?

— Comment êtes-vous entrée ? demanda Ames.

— J'ai escaladé le mur. J'ai tellement entendu parler de Baintrees. On m'a dit dans le village que personne n'avait le droit d'approcher de la maison, alors je me suis dit que j'irais voir moi-même. Voulez-vous me lâcher, je vous prie ?

— Amenez-la à la maison, dit Ames. Elle ment, naturellement. C'est un agent de Ritchie.

— Arrivez, dit Corridon en pressant légèrement le bras de Marian. Faites pas d'histoires. Ça ne servira à rien.

Elle essaya de se dégager, mais il la retint sans peine.

— Voulez-vous que je vous aide ? demanda Ames en se rapprochant.

— Inutile. Elle sera sage, et il tira Marian dans l'allée et la poussa devant lui.

— C'est parfaitement ridicule, protesta Marian. Je voulais seulement voir la maison.

— Vous allez la voir, dit Ames. Menez-la au bureau d'Homer.

Corridon avait failli la laisser partir. Si Ames ne les avait pas rejoints, c'eût été facile. Maintenant, c'était Marian ou sa mission. Il se consola en se disant qu'il aurait toujours le temps de la faire sortir avant qu'il ne lui arrive quelque chose.

Il la poussa dans l'escalier, lui fit traverser l'entrée et le couloir jusqu'au bureau d'Homer. Homer se tenait dans le couloir. Il s'effaça et, d'un geste, invita Corridon à entrer.

Il suivit avec Ames et ferma la porte. Corridon lâcha Marian et Ames s'adossa à la porte.

— Qui êtes-vous ? demanda Homer en faisant scintiller ses dents jaunes.

On voyait la peur dans ses petits yeux enfoncés au creux des orbites.

— Je m'appelle Marian Holly et j'habite la petite maison en face de la route, dit Marian avec froideur. J'avais envie de voir la maison et, comme il semble que personne n'y soit autorisé, j'ai escaladé le mur. Je regrette d'avoir été aussi sotte et je m'excuse. Et maintenant, puis-je partir ?

— Vous travaillez pour Ritchie, n'est-ce pas ? dit Ames.

— Ritchie ? Je ne sais pas de quoi vous parlez, répliqua Marian en le regardant en face. Je sais que j'étais dans mon tort, mais est-ce bien la peine de faire tant d'histoires ?

Corridon admira la fermeté de son regard lorsqu'elle le fixa sur Ames. L'expression était parfaite : un mélange de perplexité et d'indignation. Il sentait Ames légèrement ébranlé.

Le regard d'Ames chercha un appui dans le sien.

— Vous connaissez la plupart des agents de Ritchie. L'avez-vous déjà vue ?

Corridon secoua la tête.

— Elle ne fait pas partie des agents de Ritchie, à ma connaissance. Je les connais tous.

Homer eut l'air soulagé.

— Est-il possible qu'elle dise la vérité ? demanda-t-il. Baintrees n'éveille pas la curiosité des gens.

— Je voudrais bien savoir de quoi il est question, dit Marian. Je me suis déjà excusée d'être entrée malgré la défense, qu'est-ce que vous voulez que je fasse de plus… que je rampe à vos pieds ?

Corridon commença à se demander si elle n'allait pas s'en sortir en bluffant. Ames et Homer avaient tous deux l'air indécis, et Marian, voyant qu'elle gagnait du terrain, en remettait.

— Si vous voulez me poursuivre pour être entrée par effraction, libre à vous, dit-elle d'une voix qui se faisait perçante ; mais rien ne vous autorise à me retenir ici contre ma volonté ; et elle fit demi-tour en direction de la porte.

« Elle va s'en tirer », pensa Corridon en constatant que ni Ames ni Homer ne cherchaient à la retenir. Elle ouvrit la porte, puis recula d'un pas en arrière, le souffle coupé.

Debout, juste en face d'elle, se tenait Kara, un 38 automatique à la main, les yeux fixés sur Corridon, par-dessus Marian. En la voyant, il sentit un frisson lui courir le long de l'échine. Pendant une minute, personne ne bougea ni ne dit mot. Le sweater noir de Kara était couvert de boue, son pantalon noir déchiré aux genoux, et on voyait un filet de sang sur son visage blême et tiré.

— Arrière ! gronda-t-elle à Marian. Je sais qui vous êtes. Vous êtes la nièce de Ritchie.

Se rendant compte que la situation ne pouvait pas être plus dangereuse, Corridon glissa la main dans sa poche revolver pour y prendre l'arme, mais Kara ne le quittait pas des yeux.

— Lève les mains ! s'écria-t-elle. Fais un seul geste, sale mouchard, et je te descends !

Tout en levant les mains, Corridon lui fit un sourire ironique.

— Pas tant de tragédie, dit-il. C'est à Ritchie que vous auriez dû jouer cette scène de férocité.

— La nièce de Ritchie ! dit Ames. Qu'est-ce que vous racontez ?

Sans lever les yeux de Corridon, Kara dit :

— Il vous a bien roulés. Ils travaillent ensemble. Il a tué Chicho. Je l'ai vu.

Corridon regarda Ames et leva les épaules.

— Fallait s'y attendre, dit-il. Elle a perdu la tête et maintenant elle essaye de rentrer dans vos bonnes grâces en racontant des blagues.

— C'est vous qui mentez ! cria Kara, le visage blanc. Ils travaillent ensemble, lui et cette femme. C'est Marian Howard, la nièce de Ritchie.

Ames saisit Marian et la secoua.

— C'est vrai ?

— Comment osez-vous ? s'exclama Marian. Je ne sais pas ce que vous voulez dire ! Je vous préviens ! Je me plaindrai à la police !

— C'est la nièce de Ritchie ? demanda Ames, en se tournant vers Corridon.

Corridon secoua la tête.

— Pas la moindre idée. Ritchie a une nièce, mais je ne l'ai jamais vue. Est-ce vraisemblable qu'il la mêle à un truc dangereux ? Je parierais plutôt que Kara essaye d'embrouiller les choses.

— C'est ce qu'on va voir bientôt ! dit sauvagement Ames. Je saurai bien la faire parler !

Il saisit le bras de Marian et lui ramena derrière le dos.

— Et maintenant, dit-il. Travaillez-vous pour Ritchie ?

— Lâchez-moi ! cria Marian. Comment osez-vous... ?

Elle s'interrompit avec un petit cri, car Ames lui tordait le bras au point de presque le disloquer. Corridon dut faire un effort pour ne pas envoyer son poing dans la figure d'Ames. Il savait que Kara le regardait et, d'une façon ou d'une autre, réussit à se maîtriser.

— Répondez-moi, dit Ames, et il tordit encore, ce qui força Marian à tomber sur les genoux.

— Attention, dit Homer avec angoisse. Si elle n'est pas...

— Attendez, dit Corridon. Laissez-moi lui parler.

Sans lâcher prise, Ames desserra un peu son étreinte.

— Allez-y, dit-il. Si elle ne vous parle pas, à vous, je lui casse le bras.

Corridon se pencha sur Marian.

— Si vous travaillez pour Ritchie, il vaudrait mieux le dire. Il ne bluffe pas. Il vous cassera le bras ; et il la regardait de façon significative, essayant de la convaincre que le bluff ne lui servirait plus.

Un instant, elle hésita, puis, tout à coup, Ames lui remonta le bras un peu plus haut et elle haleta :

— Oui… je travaille pour Ritchie.

Ames la lâcha et recula. Homer reprit sa respiration avec un long râle sifflant.

— Alors ils doivent connaître l'endroit où nous sommes, dit-il, et il se leva en chancelant.

— Ils l'ont toujours su ! cria Kara folle de colère. Vous ne comprenez pas ? Il vous a roulés ! Ritchie n'est pas mort. Elle est venue pour le prévenir que je m'étais échappée !

— Elle ment ! coupa Corridon. Je n'ai jamais vu cette femme auparavant. Ritchie est mort.

Il se tourna vers Homer, qui le regardait fixement, le visage blême.

— Elle essaye de se venger de moi. Après tout, c'est sa parole contre la mienne.

— Elle le connaît ! dit Kara, le doigt pointé vers Marian. Demandez-le-lui, à elle. Si vous ne pouvez pas la faire parler, j'y arriverai bien, moi !

Ames saisit de nouveau le bras de Marian.

— Le connaissez-vous ?

Marian secoua la tête.

— Non.

— Nous perdons du temps, coupa Homer, la voix tremblante. S'ils connaissent cette maison, ils sont peut-être déjà dans le parc.

— Ils n'ont aucune preuve, gronda Ames. Qu'ils viennent ! Ne vous en mêlez pas.

Il s'avança sur Corridon, et ses yeux brillaient dangereusement.

— Comme vous dites, c'est votre parole contre celle de Kara. Je vais voir qui ment. Si cette fille ne sait pas qui vous êtes, alors, en ce qui me concerne, mon opinion est faite.

Corridon haussa les épaules.

— Je ne la connais pas, dit-il. Kara essaye de tout foutre en l'air. Si vous la croyez, vous jouez exactement son jeu.

La main d'Ames plongea dans la poche revolver de Corridon pour en sortir l'automatique 38 qu'il lui avait passé.

— Je garde ça jusqu'à ce que je sois fixé, dit-il calmement, et il traversa la pièce pour presser un bouton sur le bureau d'Homer. L'épreuve sera simple. Si cette fille vous connaît, elle sait votre nom. J'ai l'intention de le lui demander par la force. Si elle ne peut pas me le dire, je serai convaincu.

— Elle vous le dira ! dit Kara d'un ton cruel. Laissez-moi m'en charger !

— Suffit ! gronda Ames en se tournant vers elle.

Le cœur de Corridon faiblit. Il connaissait Ames. Il se maudit de ne pas avoir agi immédiatement.

La porte s'ouvrit et Yevsky entra.

— Emmenez cette femme dans la pièce du sous-sol et préparez-la pour un interrogatoire, dit Ames.

Yevsky saisit Marian et la traîna hors de la pièce. Ames regarda attentivement Corridon.

— Kara et vous, suivez-moi.

Puis, se tournant vers Homer, il continua :

— Assurez-vous qu'aucun papier ne traîne.

Mettez les prisonniers à l'abri. Nous serons avertis si la police arrive. Activez ! Ne restez pas planté là comme un abruti !

Du geste, il fit sortir Corridon et Kara. Corridon passa le premier. Kara le suivit, le couvrant toujours de son revolver. Ames fermait la marche.

Ils descendirent au sous-sol, dans la pièce où Corridon avait vu le cadavre pendu au crochet, le jour de son arrivée.

Marian était assise sur une grossière chaise de bois. Ses bras et ses jambes étaient liés. Elle levait vers Corridon ses yeux calmes. Il lui fallut beaucoup de courage pour la regarder.

Yevsky se tenait près de la porte. Kara se dirigea vers l'autre bout de la pièce, d'où elle pouvait surveiller Corridon.

Ames ôta son manteau, ouvrit un placard et en sortit une blouse blanche imperméable.

— Mon expérience, dit-il d'une voix coupante, m'a appris que la méthode la plus brutale est aussi la plus rapide. Nous n'avons pas le temps d'essayer la persuasion. Quoi qu'il arrive, cette femme ne peut plus quitter Baintrees.

Il regarda Corridon.

— Je vais lui arracher l'œil gauche. Sur-le-champ. Et puis je lui demanderai de me dire votre nom et, si elle refuse de parler, je lui arrache l'œil droit. Une chose dont je suis sûr, c'est que si elle le connaît elle me le dira. Beaucoup de gens têtus me sont déjà passés entre les mains. Et ma méthode n'a jamais failli.

Corridon se sentit pâlir. Il vit Ames s'avancer vers Marian, qui le regardait avec horreur.

— C'est votre dernière chance. Connaissez-vous son nom ? demanda Ames en se penchant sur elle. Vous avez entendu ce que je dis. Je ne bluffe pas.

— Je ne sais pas qui c'est, haleta Marian, qui se recroquevillait sur sa chaise. Ne me touchez pas !

Ames sourit.

— C'est très rapide, mais malheureusement très douloureux, dit-il, et il entortilla ses doigts dans sa chevelure pour lui tirer la tête en arrière.

Quand Marian hurla, Corridon dit brusquement :

— Attendez !

Ames le regarda, et ses yeux brillants s'assombrirent.

— Eh bien ?

— Lâchez-la, dit Corridon avec un sourire forcé. Évidemment elle sait qui je suis. J'ai toujours été un agent de Ritchie. Kara a raison. Je vous ai roulés.

Ames restait immobile.

— Vous parlez sérieusement ? dit-il, et les coins de sa bouche tombèrent.

— Et comment ! Vous ne pensiez tout de même pas que j'allais perdre mon temps dans une organisation de dingues comme la vôtre, non ? Si elle s'en était pas mêlée, je vous aurais tous foutus en cabane d'ici quelques jours. Dommage. Eh bien, tant pis. La chance tourne de votre côté, mais pas pour longtemps.

Lentement, Ames lâcha Marian. Il s'avança sur Corridon :

— Alors, vous m'avez roulé, dit-il, et violemment il frappa Corridon sur la bouche.

III

« C'est maintenant ou jamais », pensa Corridon en saisissant le poignet d'Ames d'une main preste. Il fit pivoter le nazi et, d'un violent coup de pied dans les reins, il le catapulta sur Kara, à l'autre bout de la pièce.

Au moment où il exécutait ce mouvement, Kara leva le revolver et tira sur lui. Ames, en tentant de se protéger, fit un écart et la balle l'atteignit en plein front. Son corps, déjà insensible, propulsé par le coup de pied de Corridon, vint s'écraser sur Kara et la précipita à terre.

L'attaque de Corridon fut si imprévue que Yevsky resta figé sur place, trop surpris pour faire un geste. Profitant de cet avantage, Corridon franchit la pièce d'un bond. Son pied écrasa le poignet de Kara alors qu'elle récupérait son revolver qui avait roulé à terre pendant sa chute. Corridon se pencha et son poing s'écrasa sur le crâne de Kara, la laissant inanimée.

Il se retourna juste à temps pour parer l'attaque de Yevsky qui chargeait comme un taureau. Plongeant sous un swing sauvage, il se redressa derrière la garde de Yevsky et lui balança dans la mâchoire un uppercut chargé de mélinite. Yevsky s'écrasa contre le mur, glissa et s'allongea par terre.

Haletant, Corridon frotta ses phalanges endolories et sourit à Marian.

— Eh bien, la chance tourne ! dit-il.

Il se pencha pour ramasser le revolver de Kara, puis s'avança vers Marian, défit les courroies et l'aida à se lever :

— Comment ça va ?

Elle s'appuya contre lui, blême et tremblante, le souffle court. Puis elle réussit enfin à articuler, en essayant de sourire :

— Je savais que vous me sortiriez de là.

— Il s'en est fallu de peu. Nous ne sommes pas encore sauvés.

Il l'entoura de son bras.

— Où est Rawlins ?

— Il arrive. Je lui ai dit où j'allais.

— Vous auriez dû l'attendre. Ames ne bluffait pas.

Elle frissonna :

— Je le sais. J'ai eu abominablement peur.

Corridon fit quelques pas et se pencha sur Ames.

— On en est débarrassé, maintenant. Il est mort.

Passant à Yevsky, il le retourna et fouilla ses poches. Il trouva un revolver qu'il tendit à Marian.

— Sortons d'ici. J'ai un mot à dire à Homer avant que Rawlins s'amène. Je vais vous planquer dans ma chambre. Vous y serez en sécurité pendant dix minutes.

Il ouvrit la porte et jeta un regard d'un bout à l'autre du couloir.

— Personne en vue.

Elle le suivit. Il ferma la porte et poussa le lourd verrou.

— Ils seront très bien là-dedans pour un petit moment. Personne ne peut les entendre. Je passe le premier. Si nous faisons de mauvaises rencontres, n'hésitez pas. Tirez d'abord, vous vous excuserez après.

Avançant silencieusement, avec Marian à un mètre derrière lui, il monta l'escalier, s'arrêta pour surveiller le hall, mais ne voyant personne, il lui fit signe de le rejoindre.

— Montons au premier, dit-il à voix basse. Ma chambre est la deuxième porte à droite. Si on rencontre quelqu'un, laissez-moi me débrouiller tout seul et courez chez moi.

Elle acquiesça et il lui fit un brusque sourire.

— Vous avez l'air de prendre ça avec le plus grand calme, dit-il. J'ai l'impression que vous y prenez plaisir.

— Pas du tout. Cet horrible individu m'a fait mourir de peur.

Il s'avança dans le hall. Quelque part à l'arrière de la maison, il entendit des voix, mais personne ne se montra.

Tous deux montèrent silencieusement l'escalier.

— Deuxième porte à droite, dit-il en s'arrêtant sur le palier. Je n'en ai pas pour longtemps. Tirez si vous le jugez nécessaire.

— Vous serez prudent ? demanda-t-elle, anxieuse.

— C'est assez drôle de vous entendre dire ça !... et il la poussa gentiment vers la porte de sa chambre.

Sitôt qu'elle fut entrée et qu'elle eut refermé la porte, il retourna sur ses pas et redescendit dans le hall. Il tenait le revolver de Kara caché le long de son corps.

Après avoir écouté un moment, il longea sans bruit le couloir jusqu'au bureau d'Homer. La porte était entrouverte et il risqua un œil.

Homer s'agitait parmi un fouillis de papiers éparpillés sur son bureau. Sa grosse figure charnue était blême et il respirait avec effort. Précipitamment, il entassait de ses grosses mains tremblantes les dossiers dans une serviette.

Corridon s'avança tranquillement dans la pièce. Homer tressaillit, leva les yeux et resta court.

— Ne bougez pas, dit Corridon en levant son revolver.

Homer se transforma en statue. Seule, sa respiration témoignait qu'il était encore en vie.

Corridon ferma la porte.

— Autant regarder les choses en face, dit-il en s'approchant du bureau. C'est ta dernière partie. Tu n'as pas à te plaindre. Tu as eu la main assez longtemps.

Homer ne bougeait toujours pas. Ses yeux saillants lui donnaient l'air d'une bête terrorisée.

— Qu'est-ce que vous voulez ? réussit-il à dire.

— Assieds-toi et pose tes mains sur le bureau, dit Corridon. Je veux le nom du chef.

Homer s'assit.

— Je ne sais pas, dit-il, en tremblant. Comment le saurais-je ?

Corridon lui sourit.

— La police sera là dans quelques minutes, Quoi qu'il arrive, tu en prendras pour ton grade. T'as le choix… Dix ans de prison ou une balle dans les tripes. Qu'est-ce que tu préfères ?

Homer blêmit. Il voulut dire quelque chose, mais les mots ne sortaient pas.

— Voilà la situation, reprit Corridon. Si tu ne me dis pas qui est le chef, je te colle une balle dans le buffet. Si tu me dis, eh bien !… je reconnais que ce qui t'attend n'est pas folichon — je te remets entre les mains de Rawlins.

Homer le regardait, mort de terreur.

— Mais je ne le sais pas, bégaya-t-il. Je… je vous dis que je ne sais pas…

— Alors, c'est tant pis pour ta pomme. Je suis décidé à te supprimer. Si la police t'agrafe, c'est probable qu'elle va te gâter. Tout le monde sait comme ils sont affectueux.

Il leva le revolver.

— Juste pour que ce soit un peu plus drôle, je vais compter. Si je n'ai pas le nom du chef avant d'arriver à dix, je tire, et je te garantis que tu mettras du temps à crever.

— Mais je ne le sais pas ! cria Homer en repoussant sa chaise. Je n'ai jamais su…

Corridon restait très calme, le revolver pointé sur le ventre d'Homer.

— … cinq, six, sept, huit, neuf…

Son doigt se replia sur la détente.

— Arrêtez, cria Homer, et son corps épais s'affaissa sur le bureau. Je vais vous le dire. C'est Georges Manners.

Corridon lui fit un grand sourire.

— Je m'en doutais. Ça ne pouvait être que Manners. Il avait été renvoyé de l'armée, et c'était sa façon de leur rendre la monnaie de leur pièce.

— Ils me tueront, gémit Homer. Il faut me protéger. Ils vont me tuer.

— Pas d'hystérie, dit Corridon, très sec. Il n'en reste pas un pour te tuer, ni même pour s'inquiéter de toi.

Il entendit la porte s'ouvrir derrière lui et se retourna brusquement. Rawlins se tenait dans l'embrasure, l'air épanoui.

— Te voilà, fit-il. Je me demandais où tu étais passé.

Derrière lui surgirent trois policiers en civil. Ils entrèrent, entourèrent Homer.

— Presque pas d'histoires, dit Rawlins en se grattant l'aile du nez. Y en a pas un seul qui ait cherché à se faire remarquer.

— Emmène-moi celui-là, dit Corridon en désignant Homer. C'est du gros gibier. Marian va bien ?

— Je te crois, qu'elle va bien ! Elle est là, dehors.

Il alla à la porte, fit signe, et Marian entra.

— Il a été formidable, dit-elle à Rawlins en souriant à Corridon. Si vous l'aviez vu assommer ces trois types, en bas…

— Je vois ça d'ici, dit Rawlins, comme on embarquait Homer, qui avait l'air tout heureux de se retrouver en compagnie de trois détectives — il adore jouer les supermen !

— Aucune trace de Diestl ? demanda Corridon.

— On est à sa recherche, dit Rawlins. Mais t'en as fait assez pour cette nuit. Je me charge du reste.

— Il y a quelque chose de bien plus important à faire, dit Corridon. Tu vas m'accompagner au Chapon Rouge. Homer m'a dit que c'est Manners le grand patron de l'organisation.

Rawlins acquiesça.

— Ça ne m'étonne pas. Ritchie a toujours pensé qu'il était derrière. Donne-moi cinq minutes et je te rejoins.

Il sortit rapidement de la pièce.

Corridon ouvrit une boîte d'argent sur le bureau d'Homer, y prit une cigarette et, l'allumant, demanda :

— Quelles nouvelles de votre oncle ?

— Ça ne sera pas grave. Il a la clavicule cassée, répondit Marian. Il ne fera même pas de lit.

Elle s'interrompit, puis reprit :

— Tout ça a merveilleusement marché, Martin.

— En effet.

Il la regarda d'un air soucieux.

— Si nous prenons Manners, toute l'organisation s'effondre. Mais on ne l'a pas encore.

Il se dirigea vers la porte, l'ouvrit et pénétra dans le hall. Il arriva juste à temps pour voir Diestl à qui on faisait descendre l'escalier. Diestl n'eut pas un regard pour lui, mais traversa le hall sous bonne escorte pour gagner la voiture de police qui l'attendait. Son visage était lugubre.

Rawlins réapparut.

— Tu trouveras un couple de clients dangereux dans la pièce du sous-sol, lui annonça Corridon. Kara et Yevsky. Y a aussi Ames, mais il est mort. C'est Kara qui l'a descendu.

— Gates s'occupera d'eux, dit Rawlins. Tout ça fait un joli petit tableau de chasse, mais c'est Manners qu'il nous faut. Je suis prêt, si tu l'es.

— Vous en êtes ? demanda Corridon, en se tournant vers Marian.

— Ça, oui ! Je ne veux rien manquer. Et, de plus, mon oncle voudra savoir en détail tout ce qui s'est passé.

— Il le saura.

Tous trois descendirent les marches jusqu'à la voiture de police qui les attendait. Au moment où ils démarraient, Rawlins demanda :

— Tu crois qu'il y sera ?

— Probablement pas. Ça m'étonnerait qu'Homer ne l'ait pas prévenu. Bien sûr, on peut toujours compter sur la chance.

Mais, quand ils arrivèrent au Chapon Rouge, Brett, sombre et immaculé, avec son regard sardonique, leur apprit que Manners avait quitté le club environ une demi-heure plus tôt.

— Il semblait pressé, dit Brett. Il y a quelque chose qui ne va pas ?

Rawlins refusa toute explication et s'attarda juste le temps de s'assurer de l'absence de Manners. Le grand bureau où Corridon avait rencontré Manners et bavardé avec lui était un vrai déballage. Les tiroirs gisaient sur le sol, des papiers jonchaient le parquet et un petit coffre-fort était resté ouvert.

Corridon posa un regard méditatif sur le coffre. Il se demandait combien il avait contenu. Manners avait sans doute filé avec la totalité des fonds de l'organisation et, d'après ce que Ritchie lui avait raconté, la somme devait être considérable.

Rawlins s'était assis au bureau.

— On l'aura, dit-il. Je mets en mouvement le dispositif de sécurité et puis je te ramène à Stratford Road. Le colonel Ritchie doit griller d'envie de te voir.

Corridon ne quittait pas des yeux le coffre-fort, et Rawlins, qui suivait son regard, fronça les sourcils.

— Qu'est-ce que tu mijotes, en ce moment ? demanda-t-il. T'as l'air de quelqu'un qu'a jamais vu de coffre-fort.

Corridon montra ses dents dans un sourire.

— Je pensais que tu me dois un shilling, dit-il d'un ton suave. Kara a filé. Qu'est-ce que tu dirais de me le rendre maintenant, avant d'avoir tout dépensé ?

IV

Ritchie, le bras en écharpe, était assis dans un fauteuil de son studio d'en haut, un whisky-soda à portée de la main. Corridon adossait sa forte carrure à la cheminée, une cigarette allumée entre les doigts.

— Excepté Manners, disait-il, l'organisation est nettoyée. Quand ils l'auront pris, l'affaire sera dans le sac. Rawlins a l'air tout à fait sûr de l'attraper.

Ritchie approuva du chef.

— Je pense qu'il y arrivera. Ce n'est qu'une question de temps. Il ne peut pas quitter le pays.

Corridon tira sur sa lèvre inférieure.

— Si, il le peut. S'il a de l'argent, il se procurera un bateau ou un avion. Enfin, c'est Rawlins que ça regarde. Ça n'est pas notre affaire.

— Non, l'affaire ne vous regarde plus, désormais, dit Ritchie, qui fit une pause et reprit : Vous avez fait du bon travail. Vous faites toujours du bon travail quand vous travaillez pour moi. Marian m'a donné tous les détails. Vous avez risqué votre vie pour elle. Je vous en suis reconnaissant.

Corridon s'agita. Il détestait les compliments.

— C'est rien. Je regrette que vous ayez pris du plomb dans l'aile. J'aurais dû me douter que Kara allait vous prendre pour cible.

— C'est très embêtant, mais ç'aurait pu être mille fois pire. Je vais me trouver hors de service pendant une semaine ou deux. (Ritchie s'arrêta pour lamper une gorgée de whisky.) J'ai terriblement besoin d'aide, Martin. Le ministère de la Guerre accepterait sûrement que j'augmente mon état-major, si je le demandais. J'ai besoin d'un homme pour commander en second. Il aurait le grade de commandant et recevrait une solde spéciale. Qu'en dites-vous ?

Corridon hésita. Il ne voulait pas blesser les

sentiments de Ritchie, mais il savait que ce travail n'était pas pour lui.

— J'apprécie votre offre, mais j'ai d'autres projets. Nous nous sommes déjà tout dit à ce sujet. Je travaille mieux quand je suis à mon compte.

— C'est une occupation aussi utile qu'importante, dit Ritchie sans beaucoup d'espoir. Il est temps de vous ranger. Vous n'avez pas pensé à vous marier ?

— Moi ?

Corridon parut suffoqué.

— Mais… non. Pourquoi faire une malheureuse ? Je ne suis pas du bois dont on fait les maris.

— Ça dépend de la femme, dit Ritchie. Par exemple Marian…

Mais Corridon l'empêcha de continuer.

— En fait, coupa-t-il, je vais à Paris. J'ai l'impression que Paris et moi, nous allons admirablement nous entendre !

Ritchie l'observa, sentit que le cas était désespéré et sourit :

— Vous ferez ce que vous voudrez, naturellement, mais je crois que vous êtes en train de faire une boulette. C'est le moment de vous ranger. Vous ne rajeunissez pas.

— J'ai trente-huit ans, dit Corridon, un peu vexé. Je me suis promis d'avoir dix mille livres à mon compte en banque à l'âge de quarante ans. L'O. S. S. 5 n'irait pas jusque-là.

On frappa à la porte et Rawlins entra. Il semblait fatigué.

— J'ai tendu le filet, dit-il en s'écroulant dans

un fauteuil. Il ne nous reste plus qu'à attendre qu'il y tombe. À moins qu'il n'ait quelque moyen imprévu de quitter le pays, il est pris. Mais j'ai demandé à la police du continent de nous donner un coup de main s'il réussit à filer.

— Il a de l'argent ? demanda Ritchie.

— Je crois bien. Homer m'a dit qu'ils avaient quinze mille livres pour les dépenses courantes, et il n'en reste pas trace.

— J'espère qu'il les aura en poche quand tu le piqueras, dit Corridon avec un beau sourire. Voilà une jolie petite somme à offrir au Trésor.

— Nous l'aurons, dit Rawlins d'un ton sec. (Il s'interrompit pour allumer une cigarette et continua :) Homer nous a été très utile. Il a raconté des tas de choses. Nous avons arrêté Brett. D'après Homer, il fait partie de la bande. Nous avons aussi pris la bonne femme qui a tué Lemmon. Elle a avoué.

Il lança un coup d'œil à Corridon.

— Du coup, te voilà blanchi.

— Bravo, dit Corridon. Quelles nouvelles de Lorène Feydak ?

— On l'a relâchée. Pour le moment, elle est à l'hôtel Mayfair. Nous lui avons vivement conseillé de quitter le pays. Nous lui avons facilité le départ.

Corridon s'arracha de la cheminée.

— Eh bien, tu m'as l'air de t'être occupé de tout.

Il regarda Ritchie.

— Maintenant, je quitte le service actif. Si jamais vous me deviez encore du pognon, je vous serais reconnaissant de le faire parvenir chez Fosdick et Butler, mes avoués. J'espère être à Paris demain après-midi.

Il tendit la main.

— Soignez-vous bien, colonel. La prochaine fois que vous aurez un boulot dans le genre de celui-ci, soyez gentil, ne me le réservez pas, voulez-vous ? Ça rappelait un peu trop les travaux forcés. Alors, à bientôt.

Ritchie lui serra la main.

— Vous êtes sûr que vous ne changerez pas d'avis ? demanda-t-il. Vous en aurez vite assez de Paris…

— Ne croyez pas ça, dit Corridon en se dirigeant vers la porte ; mais peut-être que Paris en aura vite assez de moi.

Il sourit à Rawlins.

— À bientôt, sale flic. Et n'arrête pas n'importe qui.

Quand il fut parti, Rawlins dit :

— J'ai l'impression qu'il mijote quelque chose. Il s'est désintéressé de Manners un poil trop vite. Je crois que je vais le faire surveiller.

— Perte de temps, dit Ritchie avec un sourire. Il est bien trop malin pour se laisser filer, à moins qu'il n'ait rien à cacher. Mais je crois que vous avez raison. Il médite un coup. Si vous voulez Manners et l'argent, il vaudrait mieux vous remuer. J'ai comme une idée que Corridon va se mettre en chasse à son compte.

— Oui, dit Rawlins, et il se leva péniblement. Je vais prendre des vraies précautions pour qu'il ne puisse pas sortir le fric du pays si jamais il lui tombe entre les griffes.

En descendant l'escalier, Corridon aperçut Marian qui errait dans le hall.

— Vous avez accepté la place, Martin ? demanda-t-elle en venant vers lui.

Il plongea son regard au fond des yeux gris sérieux et secoua la tête.

— Non. C'est pas dans mes cordes. Je ne suis pas bon pour un travail régulier. De plus, je vais à Paris.

Ses yeux trahirent sa déception.

— Je suppose que vous savez ce qui vous convient le mieux, dit-elle. Je regrette. Vous allez nous manquer.

— Ça ne marcherait pas, dit Corridon, gêné, et il tendit la main. Je vous donnerai de mes nouvelles, au cas où vous auriez envie de faire un voyage à Paris un de ces jours. Je ne voudrais pas vous perdre de vue.

Elle glissa sa main dans la sienne.

— Vraiment ? dit-elle. Eh bien, je suppose qu'il faut me contenter de ça. Je penserai à vous, Martin.

Corridon se sentit soudain déprimé.

— Il y a des tas de gens qui courent après le clinquant quand ils ont de l'or pur sous le nez. C'est mon cas. Au revoir, Marian. Nous nous reverrons.

Il se pencha et l'embrassa. Puis, comme elle commençait à murmurer quelque chose, il lui fit un petit sourire en coin, lui caressa le bras, descendit rapidement les marches qui menaient à la rue.

V

La pendule du tableau de bord marquait trois heures moins vingt. Une grosse lune réfrigérante éclairait la route plate qui, passant par Robertsbridge, conduit à Baldslow, et de là à Hastings.

Corridon bâilla. Il aurait bien préféré être au lit, mais il avait une affaire urgente. Il gardait le pied sur l'accélérateur et la voiture filait à toute vitesse ; ses gros phares étincelants taillaient la route obscure, découpant les cimes des haies sur le ciel nocturne.

La route était à lui, mais de temps en temps il s'assurait, d'un regard dans le rétroviseur, que personne ne le suivait. Il ne jugeait pas impossible que Rawlins l'ait fait pister. Rawlins n'était pas fou. Des regards méfiants qu'il lui avait lancés, Corridon déduisait que Rawlins se doutait de ses intentions.

Tant pis, il allait risquer le coup. Si ça ne marchait pas, il aurait à réviser ses plans. En entendant dire que Manners était parti, il avait fouillé dans sa mémoire pour retrouver une piste qui pouvait mener à sa cachette, et il s'était rappelé une allusion d'Ernie au bungalow de Fairlight, juste à la sortie d'Hastings.

« Un chouette petit coin, avait dit Ernie, ricanant. Sur les falaises, surplombant la mer. Au Coin de l'Eau, ça s'appelle. Il m'y a emmené une fois. La seule maison, sur des kilomètres. »

Corridon se rappelait le petit sourire méprisant sur le visage blême du garnement, tandis qu'il décrivait la maison. Une chance sur mille, mais si Manners voulait fuir par la mer, c'est là sans doute que Corridon le trouverait.

L'esprit de Corridon revint à Marian. Ritchie s'était expliqué clairement. Il ne se serait pas opposé à leur mariage. Corridon secoua la tête, le front soucieux. Ça ne pouvait pas coller. Aller, jour après jour, au ministère de la Guerre, rentrer chez lui, vivre une vie routinière et respectable ? Hors de question. Au moins, il était honnête avec lui-même. Dommage, Marian l'attirait. « Un euphémisme », pensa-t-il avec un sourire sarcastique ; mais il n'allait pas admettre qu'il éprouvait autre chose que cette simple attirance.

Il filait sur l'interminable route de Cambridge qui mène au clocher de Hastings. La ville était vide et silencieuse. Le cadran éclairé de l'horloge marquait trois heures. Un agent solitaire, surgi de l'ombre, regarda attentivement la voiture qui passait un peu trop rapidement l'hôtel de la Reine en direction de la mer.

Vingt minutes encore et Corridon fut sur la route de Fairlight. Il lui fallut près d'une heure pour découvrir la maisonnette et il tomba dessus par un coup de veine plus que par déduction.

Il avait suivi la route qui surplombait la falaise et s'apprêtait à faire demi-tour, quand au loin, sur sa droite, il aperçut une lumière. Il s'arrêta et éteignit ses phares. Il sortit de la voiture et traversa un champ en direction d'un bosquet. Il entendait le bruit du ressac battant les rochers, et, sorti du bosquet, il se trouva au sommet de la falaise.

Il s'arrêta un moment pour regarder la mer à la lumière de la lune. Il distingua, juste en dessous de lui, un bateau à moteur de dix mètres amarré à une jetée. Une fine coque d'acajou où brillaient le cuivre et l'acier. Corridon sourit. « Il n'est pas encore parti », pensa-t-il ; il se retourna et s'avança vers la lumière.

Le cottage trapu surgit de derrière un rang de peupliers. Une lumière brillait dans une des pièces du rez-de-chaussée et, comme il s'en approchait doucement, il vit, sur les stores, passer l'ombre d'un homme.

Était-ce Manners ?

Sa main fouilla dans son manteau et en ressortit armée d'un automatique. Il avança lentement, prenant garde de ne pas faire de bruit. Se souvenant des précautions prises pour garder Baintrees, il se demanda si le petit cottage était protégé de la même façon et décida de ne pas s'attaquer à la porte du jardin et de ne pas prendre l'allée. Au contraire, il passa par-derrière, sauta un mur bas en briques et atterrit dans un coquet petit jardin soigneusement entretenu. Il prit le sentier herbeux qui, séparant deux carrés de légumes, menait directement à la fenêtre allumée. Il s'arrêta à la fenêtre pour écouter, mais n'entendant rien, il s'en éloigna en suivant l'allée qui menait à la porte de derrière.

Il tourna doucement la poignée, s'attendant à ce que la porte soit verrouillée, mais, sous sa pression, elle céda ; il l'entrouvrit de quelques pouces pour écouter. Toujours rien. Le clair de lune passait par l'entrebâillement de la porte et éclairait la petite cuisine. Il s'assura qu'il n'y avait rien par terre qui risquait de le faire tomber, puis pénétra à l'intérieur et referma la porte.

Dans le noir, il tâtonna jusqu'à ce qu'il eut trouvé une autre porte. Sa main chercha le commutateur électrique et doucement l'abaissa. La pièce, bien meublée, servait probablement de salle à manger. En face, il y avait une autre porte. Se déplaçant en silence, le revolver braqué, il traversa la pièce et écouta à la porte. Il entendit bouger dans la pièce voisine : quelque chose tomba par terre et un homme toussa pour s'éclaircir la gorge.

Les doigts de Corridon se refermèrent sur la poignée de la porte, la tournèrent et la porte s'ouvrit sur une pièce illuminée, entourée d'étagères à livres. Vêtu d'un imperméable et d'un chapeau mou, Manners, debout devant un bureau, lui tournait le dos.

Silencieusement, Corridon ouvrit la porte et s'avança dans la pièce.

— Pas un geste, dit-il tranquillement.

Un frisson secoua la robuste carcasse de Manners. Très lentement, il tourna la tête. Il regarda Corridon avec des yeux agrandis et il eut un halètement poussif.

— Désolé de vous avoir fait peur, dit Corridon avec calme.

Il tenait son revolver pointé sur les pieds de Manners.

— Asseyez-vous. Il est grand temps que nous bavardions un peu.

Manners ne bougea pas. Il semblait essayer de

dissimuler derrière lui quelque chose qui était sur le bureau.

Revolver au poing, Corridon avança et contourna Manners tout en le surveillant étroitement.

La main de Manners s'abattit sur ce qui était posé sur le sous-main.

— Éloignez-vous et levez les pattes, ordonna Corridon.

Manners ne bougeait toujours pas.

— Vous n'avez pas le droit de vous introduire ici de cette façon, dit-il, les lèvres sèches.

Sa voix ressemblait à un bruissement de feuilles mortes.

— Faites pas l'idiot, dit Corridon, froidement. Homer vous a donné. Votre carrière est finie. En arrière !

Manners le regarda pendant un long moment, puis ses épaules fléchirent et il enleva la main du buvard : un petit tas de diamants scintillait sous la lumière de la lampe.

Corridon sourit.

— Asseyez-vous, dit-il. On n'a pas beaucoup de temps.

Manners se laissa tomber sur une chaise, il posa ses mains sur le bureau à quelques pouces des diamants.

— Ils sont à moi, murmura-t-il de la même voix bizarrement assourdie. Je m'en vais. Nous pourrions nous entendre, Corridon.

— Croyez-vous ? dit Corridon, tirant à lui une chaise pour faire face à Manners.

Il s'assit.

— De quelle façon ?

— Ces pierres représentent quinze mille livres. Je vous en donne la moitié contre une heure d'avance.

Corridon reposa le revolver sur le bureau de façon que le canon se trouve en ligne avec le visage de Manners. Il tendit la main gauche et tira le sous-main de son côté.

— Je vous ai dit que votre carrière s'arrête là, dit-il calmement. Le reste de la bande est sous les verrous. Vous allez les rejoindre.

— Si vous me dénoncez, vous n'aurez pas les diamants, explosa Manners en serrant les poings. Je le dirai à la police. Je vous connais, Corridon. Je connais vos trucs. C'est pour me dépouiller que vous êtes venu. Vous ne vous en tirerez pas comme ça.

Corridon sourit :

— Bien sûr que je prends les diamants, dit-il, suave, et je m'en sortirai fort bien. Le bateau aussi, je le prends. Ce qui vous mettra dans une situation sans issue. Sans fric et sans bateau, vous êtes foutu. La police va s'amener. Vous arriverez peut-être à lui échapper ce soir, mais elle vous aura avant peu. Racontez-leur l'histoire des diamants, je vous en prie. Ce sera votre parole contre la mienne. Je ne veux pas dire qu'ils ne vous croiront pas, mais croire une histoire et la prouver sont deux choses différentes. D'ici qu'ils vous attrapent, je serai en France. Ils ne trouveront pas les pierres et comme ils ne peuvent rien faire contre moi avant de les avoir trouvées, votre marché ne me semble pas très avantageux, hein ?

Manners ne dit rien. Il regardait Corridon faire

glisser les diamants du buvard dans le creux de sa main.

— Pourtant, je ne vais pas être trop vache avec vous, continua Corridon. Si la police vous attrape, vous écoperez de vingt ans, et je crois pas que vous viviez aussi longtemps. C'est pas votre genre, de rester derrière les verrous. Trop sensible.

Il fourra les diamants dans sa poche et se leva.

— Je vous offre une autre solution. Peut-être que vous avez déjà vu ces petits trucs-là ?

Il fit rouler une capsule blanche sur le bureau dans la direction de Manners.

— D'autres pauvres types s'en sont servis pour s'éviter des années de souffrance. Elles ont le grand avantage d'avoir un effet instantané et sans douleur. Si vous choisissez cette façon de vous retirer, j'en serai heureux, mais il vous faudra vous grouiller. Ils seront là d'ici une demi-heure.

Il commença à reculer lentement vers la porte.

— Adieu, Manners. Vous plaignez pas. Vous avez bien rigolé, maintenant c'est le moment de payer.

Manners ne le regarda pas. Le visage tiré, les doigts nerveux, il restait assis, fixant la capsule.

Corridon sortit rapidement de la maisonnette, suivit en courant l'allée du jardin, escalada le mur et descendit le sentier raide qui menait à la mer.

Il trouva le bateau prêt pour un départ immédiat. Le starter électrique ranima le moteur, qui se mit à rugir. Il vira de bord et prit le large, poussa le moteur à pleins gaz, pour que Manners, toujours assis dans la petite maison silencieuse, ne puisse pas ne pas l'entendre.

Quand il eut perdu la terre de vue, il donna un coup de barre et exécuta un large demi-cercle, en abaissant le régime du moteur jusqu'à l'extrême ralenti. Il mit le cap vers la jetée, et, une demi-heure plus tard, glissait silencieusement à quai, amarrait le bateau et grimpait le sentier raide qui menait à la maison.

À la fenêtre, la lumière brillait toujours. Il prit l'allée du jardin, s'arrêta à la porte d'entrée et, soulevant le marteau, il frappa à la porte.

Rien. Il attendit et frappa encore. Il ne se passait toujours rien. S'éloignant de la porte, il s'approcha de la fenêtre éclairée et regarda à l'intérieur de la pièce.

Manners se tenait devant le bureau. On aurait dit une statue de pierre.

Élevant la voix, Corridon cria :

— Ouvrez, c'est la police !

Comme hypnotisé, Manners étendit la main vers la capsule qui se trouvait sur le bureau. Il la prit et la porta à sa bouche.

Corridon le regardait, sans compassion. Il le vit frissonner, faire deux pas chancelants en avant et tâtonner, les mains tendues, puis tomber à terre et rouler sur le dos en portant ses doigts à sa gorge.

Corridon fit le tour par la porte de derrière, revolver au poing. Une fois entré dans la pièce de devant, il retourna le corps de Manners du bout du pied, s'assura qu'il était bien mort et s'en éloigna. Il examina le bureau. Sur le sous-main, il y avait une feuille de papier. Il lut ce que Manners y avait écrit, s'en empara et la glissa dans sa poche. Aucune raison pour que Rawlins sache qu'il avait pris les diamants et donné la capsule à Manners.

Puis, sans un regard pour le corps inanimé qui gisait à terre, il quitta la maisonnette, s'installa au volant et reprit la route de Londres.

VI

Lorsqu'il entendit frapper à sa porte, Corridon faisait sa valise en sifflant comme un merle. Il descendit l'escalier et fut tout surpris de tomber sur Rawlins, visiblement maussade.

— T'as le chic pour te ramener quand on n'a pas besoin de toi, dit-il avec un sourire ironique. Qu'est-ce que tu veux encore ?

— De toute façon, je n'ai pas l'impression que je l'aurai, dit Rawlins, amer. Tant pis, j'entre. J'ai quelque chose à te dire.

— Faut te grouiller, répondit Corridon en le conduisant à l'étage supérieur. Je prends le train du bateau dans une heure environ.

— Que tu dis ! fit Rawlins.

Il se tenait le dos à la fenêtre, les sourcils froncés, le regard soucieux.

— Qu'est-ce qui te prend ? demanda Corridon en continuant à empiler des affaires dans la valise. Je t'ai connu plus fringant et plus drôle.

— Nous avons retrouvé Manners.

— Eh bien, tu devrais jubiler, non ?

— Il est mort : cyanure.

— Raison de plus pour te réjouir. Tu perdras pas ton temps à témoigner au procès.

— Homer dit que Manners avait quinze mille livres sur lui, dit Rawlins d'un ton significatif. Nous ne pouvons pas mettre la main dessus.

Corridon jeta un regard autour de lui pour voir s'il n'avait rien oublié :

— Oui, mais, bien entendu, tu n'as pas de preuves de ce que dit Homer. Peut-être que c'est une blague, dit-il en traversant la pièce pour prendre un coffret à cigarettes en argent... Un cadeau que mon régiment m'a fait au moment de mon départ, remarqua-t-il. Je ne vois pas pour quelle raison. Peut-être parce qu'ils étaient contents de me voir partir.

— Il ne s'agit pas de ton régiment, coupa Rawlins. J'ai des raisons de croire que tu es allé à Fairlight la nuit dernière et que tu as trouvé Manners.

— Qui veux-tu qui te prenne au sérieux ? demanda Corridon en glissant la boîte à cigarettes dans la valise. Tu as vraiment des idées bizarres et têtu comme une bourrique, avec ça !

Rawlins respira profondément.

— As-tu été à Fairlight, la nuit dernière ?

— Grands dieux, non !

Rawlins s'assit.

— Manners avait un bateau. Prêt à partir. Et puis, tout d'un coup, il change d'avis et se suicide. Pourquoi ?

— Comment veux-tu que je le sache ? Peut-être qu'il n'aimait pas la cuisine française. Peut-être qu'il avait des remords et qu'il a pensé qu'il était temps d'aller discuter de ça avec ses ancêtres. J'en sais rien, moi.

— S'il a subitement perdu l'argent qui lui permettait de fiche le camp, il a pu se dire que le suicide était sa seule porte de sortie, dit Rawlins. Mon idée, c'est qu'il a dû perdre son fric.

— On n'a pas idée d'être imprudent à ce point-là ! fit Corridon en fermant la valise. Eh bien, mon vieux, si c'est tout, tu pourrais peut-être mettre les bouts. Je suis pressé.

— Est-ce que tu verrais un inconvénient à ce que je fouille ta valise ? demanda Rawlins. Mon idée, c'est que tu as le fric sur toi.

— Les idées que tu peux avoir !... fit Corridon en se mettant à rire. Fouille, je t'en prie, si tu as un mandat de perquisition.

— Je n'en ai pas, dit Rawlins, d'un ton lugubre. Mais tu pourrais quand même faire preuve d'un peu de bonne volonté.

— Justement j'en manque, ce matin, dit Corridon avec bonne humeur. De plus, s'il se trouve que je sois en possession de l'argent, serait-il vraisemblable que je le garde sur moi, sachant fort bien que t'allais rappliquer ? Accorde-moi un minimum d'intelligence.

— Alors, c'est toi qui l'as ? fit Rawlins en se levant.

— J'ai dit : *si* je l'avais...

Corridon enfila son manteau et prit son chapeau.

— Il ne faut jamais se hâter de conclure. L'ennui, avec toi, c'est que tu n'as confiance en personne. C'est un abominable défaut. Allez, je file.

— Je vais t'organiser une de ces petites réceptions dans les baraquements de la douane ! explosa Rawlins, fou de colère. À poil, on te mettra !

— J'ai pris un bain ce matin, comme ça je n'aurai pas à rougir, dit Corridon avec un large sourire. Au revoir. Je te reverrai pas avant un an ou deux. Fais pas de conneries pendant mon absence.

Rawlins descendit l'escalier à sa suite. Tout en verrouillant la porte d'entrée, Corridon ajouta :

— Je quitte ce trou. Je sens qu'il est temps que je m'installe dans les quartiers chics. Quand je reviendrai, je vivrai en gentleman. J'espère amasser un magot à Paris.

— Tu y es pas encore ! fulmina Rawlins. J'espère t'offrir une pension gratuite et un logement avec des barreaux aux fenêtres.

— Ma parole, tu as des visions d'opium ! Va donc te faire cuire une bonne tasse de thé. Tu baisses.

La figure rouge de Rawlins commençait à tourner au violet ; Corridon lui tapota l'épaule avec condescendance et s'en alla, sifflotant un air joyeux, comme s'il n'avait pas un souci au monde.

Trois membres du service spécial attendaient au baraquement de la douane, quand Corridon arriva à Newhaven. Il les accueillit avec un sourire chaleureux et se soumit, corps et bagage, à une fouille approfondie.

— Je crois que ce pauvre Rawlins est en train de décliner, dit-il en commençant à se rhabiller, cependant que les trois détectives le dévisageaient d'un air menaçant. Il devrait prendre sa retraite.

Voyez donc ce qu'il vous fait faire comme heures supplémentaires, jeunes gens !

Ils ne trouvèrent rien à répliquer, mais leurs regards étaient toujours menaçants lorsqu'ils le virent franchir la passerelle du bateau. Il se retourna pour faire au revoir de la main, mais ils ne lui répondirent pas. Ils savaient que, d'une façon ou d'une autre, il les avait roulés et qu'il allait rouler de même façon la police française qui l'attendait patiemment à Dieppe, après le coup de téléphone que lui avait passé Rawlins.

Corridon ne fut vraiment sûr d'être tiré d'affaire que lorsque le train pour Paris quitta la gare dans un nuage de vapeur.

La traversée l'avait rendu un peu nerveux. La police française, à Dieppe, s'était montrée fort peu courtoise. Il était encore possible que d'autres policiers l'accueillissent à la gare, quand il arriverait à Paris, Rawlins était la minutie même. C'est pourquoi, quand Lorène Feydak passa devant son compartiment, il évita soigneusement de la regarder ; elle passa sans lui accorder un coup d'œil.

Des inspecteurs l'attendaient, en effet, à la porte de sortie. Au moment où ils l'entourèrent, il vit que Lorène passait sans encombre devant le guichet, et il les accueillit avec un sourire si jovial et si sarcastique qu'ils comprirent immédiatement qu'ils perdaient leur temps.

Une heure et demie plus tard, Corridon réglait un taxi devant un modeste hôtel de la rue Balzac. Tout heureux de découvrir que son français n'était pas aussi rouillé qu'il le croyait, il demanda, au bureau, Mlle Feydak. Mlle Feydak l'attendait, lui dit-on. Voulait-il se donner la peiné de monter ?

Lorène ouvrit la porte d'un appartement spacieux, composé d'une chambre, d'un salon et d'une salle de bains.

Il jeta son manteau et son chapeau sur une chaise, s'approcha d'elle, lui prit les mains et demanda :

— Pas d'ennuis ?

— Ils étaient bien trop occupés à se tracasser à ton sujet pour s'inquiéter de moi, répondit-elle en éclatant de rire. Donne-moi cinq minutes et je te les passe. Je les ai cousus dans mon porte-jarretelles.

— Je ne suis pas à une minute près, fit Corridon en se disant qu'elle était bien belle. Il y en a sept mille qui te reviennent. Ça devrait te permettre de prendre un nouveau départ.

— Merci, chéri. Je craignais justement que tu ne me dises ça. Je suppose que tu veux partir d'ici... seul ?

— Oui, dit Corridon en posant les mains de chaque côté des hanches de Lorène. Mais ne t'en fais pas. Tu ne seras pas longtemps seule. Tu auras sûrement beaucoup de succès à Paris.

Elle leva les yeux vers lui.

— Est-ce qu'on ne pourrait pas passer une semaine ensemble ? demanda-t-elle en posant ses mains sur celles de Corridon. Rien qu'une semaine, j'essaierai de m'en contenter. Tu vois, je n'ai absolument aucune dignité.

— Tu m'as dit une fois que je n'étais pas le genre de type dont une fille doit tomber amoureuse, lui rappela Corridon. Tu as dit que la fille avait toutes les chances d'être malheureuse. Sois raisonnable, Lorène. Sitôt que j'aurai vendu les diamants, nous nous séparerons. Tu sais aussi bien que moi que ça ne marcherait pas.

— Je crois que tu es amoureux de Marian Howard, dit-elle sans le regarder. Tu l'es, n'est-ce pas ?

— Je ne sais pas, dit Corridon en fronçant les sourcils. De toute façon, elle est à Londres et je suis à Paris. Donne-moi les diamants. On va sortir pour arroser ça.

Il la poussa vers la porte de sa chambre.

— Une semaine, dit-elle. Et puis nous nous séparerons. Je ne te ferai pas de scène.

— Va récupérer les diamants, dit Corridon.

En attendant, il regarda la rue bruissante et dorée de soleil. C'était le printemps, et les femmes, pensait-il, paraissaient aériennes. Après tout, peut-être qu'une semaine en compagnie de Lorène, ça serait agréable.

Quand on est seul, Paris peut sembler aussi sinistre que Londres. Ça ne durerait pas toujours. Elle le savait. Résolument, il chassa Marian de son esprit, et, après une hésitation, il entra dans la chambre où Lorène, anxieuse, l'attendait.

DU MÊME AUTEUR

Aux Éditions Gallimard

LE FIN MOT DE L'HISTOIRE, *nouvelles* (Folio nº 2306).

Dans la collection James Hadley Chase

PAS D'ORCHIDÉES POUR MISS BLANDISH, nº 1 (Folio Policier nº 461).

EVA, nº 2 (Folio Policier nº 463).

LA CHAIR DE L'ORCHIDÉE, nº 3 (Folio Policier nº 462).

VIPÈRE AU SEIN, nº 4.

LA PETITE VERTU, nº 5.

ALERTE AUX CROQUE-MORTS, nº 6.

AU SON DES FIFRELINS, nº 7.

LE CORBILLARD DE MADAME..., nº 8.

IL FAIT CE QU'IL PEUT, nº 9 (Folio Policier nº 496).

UNE MANCHE ET LA BELLE, nº 10.

POCHETTE SURPRISE, nº 11.

OFFICIEL !, nº 12.

LE DÉMONIAQUE (À tenir au frais), nº 13.

DOUZE CHINETOQUES ET UNE SOURIS, nº 14.

MISS SHUMWAY JETTE UN SORT, nº 15 (Folio Policier nº 491).

DANS LE CIRAGE !, nº 16.

MÉFIEZ-VOUS, FILLETTES, nº 17 (Folio Policier nº 490).

GARCES DE FEMMES !, nº 18.

LE REQUIEM DES BLONDES, nº 19.

ET TOC !..., nº 20.

EN GALÈRE !, nº 21.

PAS DE VIE SANS FRIC, nº 22.

LES POISSONS ROUGES N'ONT PAS DE SECRET, nº 23.
À PIEDS JOINTS, nº 24.
LE ZINC EN OR, nº 25.
FAIS-MOI PLAISIR... CRÈVE, nº 26.
LE JOKER EN MAIN, nº 27.
UNE BOUFFÉE D'OR PUR, nº 28.
LE VAUTOUR ATTEND TOUJOURS, nº 29.
ON REPIQUE AU JEU, nº 30.
C'EST LE BOUQUET !, nº 31.
N'Y METTEZ PAS VOTRE NEZ, nº 32.
PRÉSUMÉ DANGEREUX, nº 33.
UNE HIPPIE SUR LA ROUTE, nº 34.
QUI VIVRA, RIRA, nº 35.
ÇA N'ARRIVE QU'AUX VIVANTS, nº 36.
C'EST MA TOURNÉE, nº 37.
FAIS-MOI CONFIANCE, nº 38.
DÉLIT DE FUITE, nº 39.
LE DENIER DU COLT, nº 40.
DU GÂTEAU !, nº 41.
L'ABOMINABLE PARDESSUS, nº 42.
VOIR VENISE... ET CREVER, nº 43.
COUCHE-LA DANS LE MUGUET, nº 44.
UN TUEUR PASSE, nº 45.
PARTIE FINE, nº 46.
UN BEAU MATIN D'ÉTÉ, nº 47.
LA BLONDE DE PÉKIN, nº 48.
C'EST PAS DANS MES CORDES, nº 49.
LES BOUCHÉES DOUBLES, nº 50.
ÇA IRA MIEUX DEMAIN, nº 51.

COLLECTION FOLIO POLICIER

Dernières parutions

281.	William Irish	*J'ai vu rouge*
282.	David Goodis	*Vendredi 13*
283.	Chester Himes	*Il pleut des coups durs*
284.	Guillaume Nicloux	*Zoocity*
285.	Lakhdar Belaïd	*Sérail killers*
286.	Caryl Férey	*Haka*
287.	Thierry Jonquet	*Le manoir des immortelles*
288.	Georges Simenon	*Oncle Charles s'est enfermé*
289.	Georges Simenon	*45° à l'ombre*
290.	James M. Cain	*Assurance sur la mort*
291.	Nicholas Blincoe	*Acid Queen*
292.	Robin Cook	*Comment vivent les morts*
293.	Ian Rankin	*L'ombre du tueur*
294.	François Joly	*Be-bop à Lola*
295.	Patrick Raynal	*Arrêt d'urgence*
296.	Craig Smith	*Dame qui pique*
297.	Bernhard Schlink	*Un hiver à Mannheim*
298.	Francisco González Ledesma	*Le dossier Barcelone*
299.	Didier Daeninckx	*12, rue Meckert*
300.	Dashiell Hammett	*Le grand braquage*
301.	Dan Simmons	*Vengeance*
302.	Michel Steiner	*Mainmorte*
303.	Charles Williams	*Une femme là-dessous*
304.	Marvin Albert	*Un démon au paradis*
305.	Fredric Brown	*La belle et la bête*
306.	Charles Williams	*Calme blanc*
307.	Thierry Crifo	*La ballade de Kouski*
308.	José Giovanni	*Le deuxième souffle*
309.	Jean Amila	*La lune d'Omaha*
310.	Kem Nunn	*Surf City*
311.	Matti Y. Joensuu	*Harjunpäa et l'homme-oiseau*
312.	Charles Williams	*Fantasia chez les ploucs*
313.	Larry Beinhart	*Reality show*
314.	Newton Thornburg	*Fin de fiesta à Santa Barbara*

315.	Michel Steiner	*Petites morts dans un hôpital psychiatrique de campagne*
316.	P.J. Wolfson	*À nos amours*
317.	Charles Williams	*L'ange du foyer*
318.	Pierre Rey	*L'ombre du paradis*
320.	Carlene Thompson	*Ne ferme pas les yeux*
321.	Georges Simenon	*Les suicidés*
322.	Alexandre Dumal	*En deux temps, trois mouvements*
323.	Henry Porter	*Une vie d'espion*
324.	Dan Simmons	*L'épée de Darwin*
325.	Colin Thibert	*Noël au balcon*
326.	Russel Greenan	*La reine d'Amérique*
327.	Chuck Palahniuk	*Survivant*
328.	Jean-Bernard Pouy	*Les roubignoles du destin*
329.	Otto Friedrich	*Le concasseur*
330.	François Muratet	*Le Pied-Rouge*
331.	Ridley Pearson	*Meurtres à grande vitesse*
332.	Gunnar Staalesen	*Le loup dans la bergerie*
333.	James Crumley	*La contrée finale*
334.	Matti Y. Joensuu	*Harjunpää et les lois de l'amour*
335.	Sophie Loubière	*Dernier parking avant la plage*
336.	Alessandro Perissinotto	*La chanson de Colombano*
337.	Christian Roux	*Braquages*
338.	Gunnar Staalesen	*Pour le meilleur et pour le pire*
339.	Georges Simenon	*Le fils Cardinaud*
340.	Tonino Benacquista	*Quatre romans noirs*
341.	Richard Matheson	*Les seins de glace*
342.	Daniel Berkowicz	*La dernière peut-être*
343.	Georges Simenon	*Le blanc à lunettes*
344.	Graham Hurley	*Disparu en mer*
345.	Bernard Mathieu	*Zé*
346.	Ian Rankin	*Le jardin des pendus*
347.	John Farris	*Furie*
348.	Carlene Thompson	*Depuis que tu es partie*
349.	Luna Satie	*À la recherche de Rita Kemper*
350.	Kem Nunn	*La reine de Pomona*
351.	Chester Himes	*Dare-dare*
352.	Joe R. Lansdale	*L'arbre à bouteilles*
353.	Peppe Ferrandino	*Le respect*
354.	Davis Grubb	*La nuit du chasseur*
355.	Georges Simenon	*Les Pitard*
356.	Donald Goines	*L'accro*
357.	Colin Bateman	*La bicyclette de la violence*

358. Staffan Westerlund *L'institut de recherches*
359. Matilde Asensi *Iacobus*
360. Henry Porter *Nom de code : Axiom Day*
361. Colin Thibert *Royal Cambouis*
362. Gunnar Staalesen *La Belle dormit cent ans*
363. Don Winslow *À contre-courant du Grand Toboggan*
364. Joe R. Lansdale *Bad Chili*
365. Christopher Moore *Un blues de coyote*
366. Jo Nesbø *L'homme chauve-souris*
367. Jean-Bernard Pouy *H4Blues*
368. Arkadi et Gueorgui Vaïner *L'Évangile du bourreau*
369. Staffan Westerlund *Chant pour Jenny*
370. Chuck Palahniuk *Choke*
371. Dan Simmons *Revanche*
372. Charles Williams *La mare aux diams*
373. Don Winslow *Au plus bas des Hautes Solitudes*
374. Lalie Walker *Pour toutes les fois*
375. Didier Daeninckx *La route du Rom*
376. Yasmina Khadra *La part du mort*
377. Boston Teran *Satan dans le désert*
378. Giorgio Todde *L'état des âmes*
379. Patrick Pécherot *Tiuraï*
380. Henri Joseph *Le paradis des dinosaures*
381. Jean-Bernard Pouy *La chasse au tatou dans la pampa argentine*
382. Jean-Patrick Manchette *La Princesse du sang*
383. Dashiell Hammett *L'introuvable*
384. Georges Simenon *Touriste de bananes*
385. Georges Simenon *Les noces de Poitiers*
386. Carlene Thompson *Présumée coupable*
387. John Farris *Terreur*
388. Manchette-Bastid *Laissez bronzer les cadavres !*
389. Graham Hurley *Coups sur coups*
390. Thierry Jonquet *Comedia*
391. George P. Pelecanos *Le chien qui vendait des chaussures*
392. Ian Rankin *La mort dans l'âme*
393. Ken Bruen *R&B. Le gros coup*
394. Philip McLaren *Tueur d'aborigènes*
395. Eddie Little *Encore un jour au paradis*
396. Jean Amila *Jusqu'à plus soif*

397. Georges Simenon — *L'évadé*
398. Georges Simenon — *Les sept minutes*
399. Leif Davidsen — *La femme de Bratislava*
400. Batya Gour — *Meurtre sur la route de Bethléem*
401. Lamaison-Sophocle — *Œdipe roi*
402. Chantal Pelletier — *Éros et Thalasso*
403. Didier Daeninckx — *Je tue il...*
404. Thierry Jonquet — *Du passé faisons table rase*
405. Patrick Pécherot — *Les brouillards de la Butte*
406. Romain Slocombe — *Un été japonais*
407. Joe R. Lansdale — *Les marécages*
408. William Lashner — *Vice de forme*
409. Gunnar Staalesen — *La femme dans le frigo*
410. Franz-Olivier Giesbert — *L'abatteur*
411. James Crumley — *Le dernier baiser*
412. Chuck Palahniuk — *Berceuse*
413. Christine Adamo — *Requiem pour un poisson*
414. James Crumley — *Fausse piste*
415. Cesare Battisti — *Les habits d'ombre*
416. Cesare Battisti — *Buena onda*
417. Ken Bruen — *Delirium tremens*
418. Jo Nesbø — *Les cafards*
419. Batya Gour — *Meurtre au Kibboutz*
420. Jean-Claude Izzo — *La trilogie Fabio Montale*
421. Douglas Kennedy — *Cul-de-sac*
422. Franco Mimmi — *Notre agent en Judée*
423. Caryl Férey — *Plutôt crever*
424. Carlene Thompson — *Si elle devait mourir*
425. Laurent Martin — *L'ivresse des dieux*
426. Georges Simenon — *Quartier nègre*
427. Jean Vautrin — *À bulletins rouges*
428. René Fregni — *Lettre à mes tueurs*
429. Lalie Walker — *Portées disparues*
430. John Farris — *Pouvoir*
431. Graham Hurley — *Les anges brisés de Somerstown*
432. Christopher Moore — *Le lézard lubrique de Melancholy Cove*
433. Dan Simmons — *Une balle dans la tête*
434. Franz Bartelt — *Le jardin du Bossu*
435. Reiner Sowa — *L'ombre de la Napola*
436. Giorgio Todde — *La peur et la chair*
437. Boston Teran — *Discovery Bay*
438. Bernhard Schlink — *Le nœud gordien*

439.	Joseph Bialot	*Route Story*
440.	Martina Cole	*Sans visage*
441.	Thomas Sanchez	*American Zazou*
442.	Georges Simenon	*Les clients d'Avrenos*
443.	Georges Simenon	*La maison des sept jeunes filles*
444.	J.-P. Manchette & B.-J. Sussman	*L'homme au boulet rouge*
445.	Gerald Petievich	*La sentinelle*
446.	Didier Daeninckx	*Nazis dans le métro*
447.	Batya Gour	*Le meurtre du samedi matin*
448.	Gunnar Staalesen	*La nuit, tous les loups sont gris*
449.	Matilde Asensi	*Le salon d'ambre*
450.	Jo Nesbø	*Rouge-gorge*
451.	Olen Steinhauer	*Cher camarade*
452.	Pete Dexter	*Deadwood*
454.	Keith Ablow	*Psychopathe*
455.	Batya Gour	*Meurtre à l'université*
456.	Adrian McKinty	*À l'automne, je serai peut-être mort*
457.	Chuck Palahniuk	*Monstres invisibles*
458.	Bernard Mathieu	*Otelo*
459.	James Crumley	*Folie douce*
460.	Henry Porter	*Empire State*
461.	James Hadley Chase	*Pas d'orchidées pour Miss Blandish*
462.	James Hadley Chase	*La chair de l'orchidée*
463.	James Hadley Chase	*Eva*
464.	Arkadi et Gueorgui Vaïner	*38, rue Petrovka*
465.	Ken Bruen	*Toxic Blues*
466.	Larry Beinhart	*Le bibliothécaire*
467.	Caryl Férey	*La jambe gauche de Joe Strummer*
468.	Jim Thompson	*Deuil dans le coton*
469.	Jim Thompson	*Monsieur Zéro*
470.	Jim Thompson	*Éliminatoires*
471.	Jim Thompson	*Un chouette petit lot*
472.	Lalie Walker	*N'oublie pas*
473.	Joe R. Lansdale	*Juillet de sang*
474.	Batya Gour	*Meurtre au Philharmonique*
475.	Carlene Thompson	*Les secrets sont éternels*
476.	Harry Crews	*Le Roi du K.O.*
477.	Georges Simenon	*Malempin*
478.	Georges Simenon	*Les rescapés du Télémaque*

Composition Interligne
Impression Novoprint
le 1er février 2008
Dépôt légal : février 2008

ISBN 978-2-07-034969-2/Imprimé en Espagne.

154982